KB243013

안현일 판타지 장편 소설

# 페나인의 상인들

## The Merchants of Penaine

페나인의 상인들 3
안현일 판타지 장편 소설

초판 1쇄 찍은 날 § 2001년 12월 10일
초판 1쇄 펴낸 날 § 2001년 12월 20일

지은이 § 안현일
펴낸이 § 서경석

편집장 § 문혜영
편집책임 § 김희정
편집 § 박영주 · 권민정 · 장상수
마케팅 § 정필 · 강양원 · 김규진

펴낸곳 § 도서출판 청어람
등록번호 § 제1081-1-89호
등록일자 § 1999. 5. 31
어람번호 § 제1-0176호

주소 § 경기도 부천시 원미구 심곡1동 350-1 남성B/D 3F (우) 420-011
전화 § 032-656-4452  팩스 § 032-656-4453
e-mail § eoram99@chollian.net

ⓒ 안현일, 2001

값 7,500원

ISBN 89-5505-206-5 (SET)
ISBN 89-5505-209-X 04810

※ 파본은 본사나 구입하신 서점에서 교환하여 드립니다.
※ 저자와 협의하여 인지를 붙이지 않습니다.

안현일 판타지 장편 소설

# 페나인의 상인들

## The Merchants of Penaine

**3** 모스 섬에서

도서출판 청어람

## ✿ 목차

"지금… 뭐가 지나간 거지?"

저 멀리 사라지고 있는 뿌연 먼지를 살펴보며 막 성문 앞으로 달려온 수비대장이 부하들에게 물었다.

"마차라고 생각되는데요?"

약간 뻔뻔하게 생긴 병사 하나가 뻔뻔하게 대답했다.

"그래? 조사는 한 거겠지?"

"조사하려고 했죠."

"…하려고… 만?"

"네. 그게 말입니다, 조사하려고 마차를 세우는데 갑자기 쏜살같이 달려가 버렸거든요."

"왜 그래야 했을까?"

"음… 뭔가 찔리는 구석이 있었던 거겠죠."

“…그럼 지금 뭐 하는 거야? 당장 달려가서 잡아야 할 거 아냐!”

“그렇지만 녀석들은 마차를 타고 있었거든요. 우리가 아무리 빨라도 마차를 따라잡는다는 것은 불가능하죠. 그래서 모두들 보고만 있던 중입니다.”

수비대장은 그 말에 수긍하며 곧 다른 부하에게 명령을 내렸다.

“넌 즉시 기사단에 통보해라. 동문 쪽으로 수상한 마차가 지나갔다고 말야!”

부하가 달려가는 것을 보던 수비대장은 흘금 좀 전의 병사를 바라봤다.

“누가 이 녀석을 감옥에 처넣어. 감히 상관에게 말대답이나 하다니! 용서할 수 없어!!”

곧바로 다른 부하들이 달려들어 그를 잡았지만 그 병사는 태연하게 하품을 할 뿐이었다.

“아, 또 들어갑니까? 어제 나왔는데…….”


허술한 수비 덕에 무사히 성을 빠져나온 일행은 안도를 하며 속도를 줄였다. 추격이 없는 것에 의아해하긴 했지만 별 생각 없이 새로 마차에 오른 무녀에 대해 관심을 기울이기 시작했다.

“이름이……?”

“마리오네.”

짤막하면서 차가운 대답이었다. 무녀는 여성용으로 제작된 두건이 달린 망토를 걸치고 있었다. 그리고 긴소매를 걷어 하얀 손을 내놓더니 곧 두건을 젖히며 얼굴을 드러냈다.

“우웃!”

모두들 깜짝 놀라 그녀를 쳐다봤다. 일행의 반응이 이상했는지 흠칫하며 마리오네는 모두를 둘러봤다. 그들을 대표해서 레온이 조심스럽게 입을 열었다.

"저기 말이에요… 머리 길이가 다른데 이건 개성인 건가요?"

"머리 길이가 다르다니요?"

"으음… 그러니까 오른쪽은 귀를 드러낼 정도인데 왼쪽은 귀를 덮을 정도로 길어서 말이지요……."

마리오네는 대답 대신 직접 손을 뻗어 머리를 더듬었다. 그리고 담담하게 입을 열었다.

"잘못 잘랐네."

"헉!"

다들 숨을 멈추며 그녀를 쳐다봤다. 그녀의 말투는 너무나도 담담해서 하나의 감정도 실려 있지 않은 것 같았다. 그렇기에 정말 잘못 자른 건지 일부러 그렇게 잘라놓고 태연히 말하는 것인지 가늠할 수 없을 정도였다.

"안됐군. 가위질이 서툰 모양이지?"

대꾸한 이는 알 베자스였다. 그의 질문에 마리오네는 살짝 고개를 끄덕였다. 그들의 모습에 제프와 레온은 너무 놀라 숨을 거푸 들이켰다.

"허어어억!!"

"왜 그래, 둘 다?"

"마, 말을 알아듣고 있잖아?"

"……."

자신을 이상한 눈초리로 보자 기분이 상한 알은 쳇 하고 혀를 찼다.

그는 마부석으로 자리를 옮겨 수요의 고삐를 낚아챘다. 잘됐다 싶은 수요는 얼른 마리오네를 향해 웃음을 던졌다.

"이봐, 어디까지 가지?"

"페로즈까지 가고 싶어요."

"…페로즈? 페로즈 성? 위클리프의 페로즈를 말한 거야?"

수요가 몇 번에 걸쳐 질문했지만 무녀는 가볍게 고개를 끄덕일 뿐이었다.

"거기가 어디인지 알아? 통행증은 있어? 대체 어떻게 갈 생각이지?"

"전 무녀이니까 통행증은 필요없는 것으로 알아요. 그리고 어떻게 갈지는 아직 생각해 보지 못했죠."

"아, 그렇군!"

수요는 뭔가 생각이 났는지 고개를 끄덕였다.

"맞아. 신을 모시는 사제들은 통행증이 없어도 통과를 할 수 있었지. 왜 그 생각을 못했을까?"

혼잣말을 하던 수요는 문득 고개를 들어 무녀를 쳐다봤다.

"하지만 관문에서 신성력을 확인받지 못하면 통과할 수 없을 텐데?"

그의 말에 마리오네는 불쾌한 눈빛을 띠었다.

"님이 보기엔 제가 가짜 무녀로 보이는 모양이지요?"

"아니, 그런 건 아니지만, 그 나이에 신성력이 있다는 건……."

"제 능력이 의심스럽다면 직접 보여드리죠."

마리오네는 팔을 걷어붙이더니 얼른 키리모아의 곁에 앉았다. 그리고 그의 붕대를 풀어놓은 후 두 손을 모아 상처에 댔다. 그리고 정신을 집중하며 주문을 외우기 시작했다.

그녀의 행동에 모두들 눈을 동그랗게 뜬 채 바라보았다. 신을 모시는 사람들이 존경받는 이유는 딱 한 가지였다. 그들의 신성력이 바로 그것이다. 그 신성력을 바탕으로 한 치유 능력은 그들만의 고유 기술이었고, 또한 완벽에 가까운 능력이라고 할 수 있다. 만약 그녀가 키리모아를 치유할 수 있다면 그건 매우 큰 도움이 분명했기에 모두들 기대를 가지고 그녀를 쳐다봤다.

덜컹!

꾹!

"아악!"

죽은 듯이 잠들어 있던 키리모아가 비명을 지르며 눈을 떴다. 마차가 덜컹거리는 바람에 가까이 손을 대고 있던 마리오네가 상처를 짓누른 것이다. 그 고통에 눈을 뜬 키리모아는 힘겹게 제프에게 입을 열었다.

"이, 이 여자를 저쪽으로… 부탁이야."

"……."

"이봐요! 그렇게 말할 것까진 없잖아요? 전 지금 당신을 치유하려고 하는 거란 말이에요!"

정말 불쾌했는지 마리오네는 양미간을 좁히며 인상을 썼다. 그녀의 표정이 단호했기에 키리모아는 아무 말도 하지 못했다.

몇 번의 덜컹거림과 몇 번의 비명이 이어진 끝에 마리오네는 이마에 흐르는 땀을 닦으며 그의 몸에서 떨어졌다.

"아무래도 너무 덜컹거려서 집중하기가 힘드네요. 나중에 해드릴게요."

"……."

모두들 마리오네의 담담한 태도에 할 말을 잃은 표정이었다. 다만 키리모아는 그만두겠다는 그녀의 말에 마치 저주에서 풀려난 표정으로 안도의 한숨을 쉬고 있었다.

"저어… 정말 무녀 맞아요?"

레온의 질문이었다.

그러나 마리오네는 대답을 하지 않았다. 그리고 곧 모두를 돌아보며 다른 이야기를 꺼냈다.

"제 기억엔 레온 경은 레스터 출신이고 제프 경은 스고우 출신으로 알고 있습니다만……."

"말씀 낮추십시오, 무녀님. 전 작위를 받지 않았으니 경이라 불릴 수 없습니다."

제프의 대답에 마리오네는 커다란 눈을 더욱 크게 떴다.

"크루세이더로 알고 있는데요?"

"맞습니다. 하지만 모시고 있는 영주도 없고 작위를 받지도 않았죠."

마리오네는 고개를 끄덕이며 레온을 쳐다봤다.

"저도 마찬가지예요. 그냥 이름을 부르도록 해요."

"그래요. 그럼, 저도 이름을 불러주세요."

마리오네는 가볍게 고개를 끄덕였다.

"그런데 레스터나 스고우로 가려면 칸트 숲을 지나칠 생각인가요?"

"우린 목적지가 서로 다릅니다. 제프와 키리모아는 칸트 숲 근처에서 내려줄 생각이지요. 우린 위클리프로 갈 겁니다."

"아!"

그 말을 듣고 마리오네의 눈빛이 반짝거렸다. 얼핏 그녀의 표정을 살핀 알은 고개를 저으며 한숨을 쉬었다.

“잘됐네요. 저도 동행하게 해주세요.”

앞에 앉은 알의 한숨이 더욱 커졌다.

“통행증은? 실력을 보아하니 그 정도로는 관문을 통과할 수 없을 것 같은데?”

수요의 대답에 알의 한숨은 더 더욱 커졌다.

“아직도 날 무시하는군요! 좋아요, 다시 보여드리죠!”

“아악! 제발! 제프, 도와주게!”

키리모아가 먼저 말을 꺼내긴 처음 있는 일이었다. 언제나 과묵하고 듬직한 모습을 보이던 그도 마리오네 앞에선 고양이 앞의 쥐처럼 공포에 질려 떨고 있었다.

하지만 그런 것에 아랑곳하지 않고 마리오네는 담담히 그를 향해 다가섰다.

“으악~! 으악~!”

“시끄러워요! 어서 상처를 내게 맡기도록 해요!”

“그만둬. 널 통과시키는 건 내가 어떻게든 해줄 테니 굳이 능력을 보이지 않아도 돼.”

앞에 있던 알이 퉁명스럽게 대꾸했다.

마리오네는 곧 멀뚱히 그를 쳐다보며 물었다.

“제가 신성력을 보이지 않아도 된다는 말인가요?”

“그런 거 보이지 않아도 돼.”

“그래요? 다행이네요.”

“피차일반이야.”

울먹이는 어조로 키리모아가 입을 열었다.

제프가 키리모아의 상처를 다시 감싸는 동안 알은 머뭇거리다가 결심한 듯 입을 열었다.

"그런데 우린 지금 쫓기고 있는 중이야. 우리와 있다간 위험에 빠질지도 모르는데 괜찮겠어?"

"네."

마리오네는 단호하게… 라기보다는 태연하게 대답했다.

"괜찮아요."

"이상한 무녀로군."

들릴락 말락 하게 알은 중얼거렸다.

그동안 뒤쪽을 주시하던 레온은 알의 어깨를 잡고 소리쳤다.

"알, 큰일 났어!"

"추격해 온 거야?"

"앗! 어떻게 알았어?"

"…당연한 건 묻지 마. 여하튼 어디까지 왔어?"

"음, 곧 따라잡힐 것 같아. 어쩌지?"

"어쩌지 하고 물어도 좋은 생각은……."

"저곳으로 올라가, 알!"

수요가 가리킨 방향에는 작은 언덕이 펼쳐져 있었다. 그의 생각을 짐작한 알은 곧 그곳을 향해 마차를 몰았다.

"어떻게 하려는 거야?"

궁금한 듯 레온이 수요를 향했다.

"모르겠어? 우린 겨우 여섯 명이지만, 물론 그중엔 여자도 있고 부상병도 있지만, 마스터와 크루세이더가 포함되어 있단 말야. 웬만한 기사단 정도는 충분히 이길 수 있어."

"에……?"

레온이 당황하는 동안 제프는 고개를 끄덕였다.

"그렇군. 싸우기로 작정했다면 평야에서 붙잡혀 포위되는 것보단 언덕에서 내려다보는 것이 더 유리하다는 얘기겠지."

대답과 함께 제프는 활과 화살을 꺼냈다.

그 순간 뿌연 흙먼지와 함께 콘버드의 문장인 흰 독수리가 그려진 깃발이 나타났다. 그 깃발 밑으로 십여 명의 기사들이 경장을 한 채 모습을 드러냈다.

"콘버드 기사단이다!"

수요의 외침과 더불어 알은 더욱 빨리 언덕을 향해 채찍질을 가했다. 하지만 마차보다는 경장을 갖춘 기마대가 더 빨랐다. 언덕 꼭대기에 이르기 전에 기마대는 벌써 십여 미터까지 추격을 가해왔다.

그 순간 달리는 마차 위에서 제프가 몸을 일으켰다. 오른쪽 무릎을 마차 바닥에 댄 채 상체를 세운 제프는 어느새 가슴 한가득 장궁을 꺼내 시위를 당기고 있었다. 흔들리는 마차 위라고 해도 제프는 페나인 제일의 궁사라는 칭호를 받는 자였다. 게다가 거리가 십여 미터 안팎이라면 어떤 상황이라도 맞출 수 있는 제프였다.

팽팽하게 당겨진 활시위를 놓는 순간 화살 하나가 바람을 가르며 기마대를 향해 날아갔다. 화살은 곧장 맨 앞의 기마병에게 날아가다 그 앞에서 급커브를 그리며 땅에 처박혔다. 그 바람에 깜짝 놀란 말이 앞발을 들며 멈춰 섰다.

"이랴! 이랴!"

실력은 없어도 역시 콘버드 기사단이었다. 말 위에 있던 기사는 안장 위에서 벌떡 몸을 일으켜 고삐를 죄며 말을 진정시켰다. 순식간에 대열이 멈춰 서며 기사단은 검을 뽑아 들었다.

"건방진……."

"들어라!"

제프가 그들을 향해 먼저 소리를 질렀다.

"내 이름은 제프! 이번에 궁술 대회에서 우승한 사람이다! 내 화살을 시험해 보고 싶은 자는 앞으로 나서라! 당장 꼬치로 만들어주마!"

"헉!"

갑자기 기사단이 입을 쩍 벌리며 멍청한 표정으로 마차를 바라봤다. 그들에게 위협이 먹힌다고 생각한 알이 레온에게 눈짓을 했다. 눈치를 챈 레온이 얼른 마차에서 일어나 기마대를 향해 소리쳤다.

"나는 레온이디!"

막상 이름을 밝힌 후에 뭐라고 위협을 해야 할지 몰라 망설이는 레온이었다. 그러나 벌써 그가 일어설 때부터 기마대는 눈을 치뜨며 당황하고 있었다.

"마, 마스터다! 검술 대회에서 우승한 소년이야!"

"어어, 그래. 바로 그 녀석이 나야!"

레온은 대답을 한 후에 뭔가 부족한 듯하여 한마디 덧붙였다.

"그러니까 이제 따라오지 마!"

"헉! 하, 하지만……!"

"못 들었는가? 따라오지 말란 말이야! 화살에 맞고 싶어?"

어느새 시위를 매긴 제프가 화살을 들어 기마대를 향해 겨눴다. 그들 곁에서 레온도 검자루에 손을 대며 기마대를 향해 사나운 눈빛을 쏘아댔다.

"하, 하지만……."

"시끄러워! 말대꾸하지 마! 따라오지 마!"

수요의 마지막 외침과 함께 마차는 언덕을 넘었다. 기마대는 레온과 제프의 위협에 기가 죽었는지 더 이상 쫓아오지는 않았다. 일행은 무사히 추격대를 따돌릴 수 있었다.


"뭐라고 했지?"
"고, 공녀님을 놓쳤다고……."
"뭐라고 했지?"
"공녀님을 놓쳤다고 했습니다."
"뭐라고 했지?"
"…신관을 부를까요? 아무래도 귀가 멀었나 봅니다."
"그게 좋을 것 같군."
맥클리스는 입가에 살짝 미소를 지으며 상대를 쳐다봤다.
"지금 이곳에 배가 잘린 채 신음할 녀석이 생길 것 같거든."
"…죄송합니다, 맥클리스 경."
"다시 한 번 묻겠어. 뭐라고 했지?"
벌써 다섯 번째 똑같은 대답을 한 기사단장이었다. 그는 맥클리스가 대체 어떤 대답을 원하는지 알아챌 수가 없었기에 말문이 막힌 채 땀을 흘리고만 있었다. 그의 곁에 있던 부기사단장이 혹시나 하는 마음에 맥클리스를 향해 입을 열었다.
"마리오네 공녀께서 확실히 그 마차 위에 있었습니다. 그리고 그 마차 위에는 다른 사람들도 있었습니다."
"누구?"
이번엔 확실히 다른 질문이 나왔다.
기사단장은 크게 안도하며 얼른 부기사단장에게 자리를 양보했다.

그가 앞으로 나서며 조심스럽게 대답을 했다.

"레온과 제프가 있었습니다. 마차 안을 볼 수는 없었지만 분명 키리모아도 있었을 겁니다."

"레온과 제프……!"

맥클리스의 얼굴이 순식간에 변화했다.

지금까지 얼굴 가득 '정말 어이없는 녀석들이군' 이라는 내용의 미소를 머금고 있던 맥클리스였다.

비록 마리오네가 사라졌다고는 해도 설마 혼자 힘으로 성을 빠져나간다는 것은 불가능할 것이라고 믿고 있었다. 그런데 그 '설마' 가 사실이 되었다.

비록 마리오네가 성을 빠져나가도 설마 콘버드 기사단을 뿌리친다는 것은 불가능할 것이라고 믿고 있었다. 그런데 그 설마도 사실이 되었다.

그리고 그 두 번의 설마 하는 마음이 지금 맥클리스의 어이없는 웃음의 근원이었다.

한데! 레온과 제프라니! 그 마차 위에 레온과 제프가 있다는 보고에 그의 안색은 한순간에 바뀌고 말았다. 마스터와 크루세이더가 있다면 '설마' 가 '당연히' 로 바뀌는 게 정상이지 않은가! 맥클리스는 정색을 굳히며 곧 시종에게 명령을 내렸다.

"라미드를 불러주게. 급히!"

시종이 문밖으로 사라지자 그는 갑자기 고개를 갸웃하며 기사단장을 쳐다봤다.

"한데 레온과 제프 일행이 왜 마리오네를 납치한 거지?"

"그, 글쎄요. 그건 저희도……."

“납치가 아니라 공녀께서 그 마차 위에 탄 게 아닐까 싶습니다
만…….”

약간 더 똑똑한 부기사단장의 대꾸였다.

“왜?”

“글쎄요… 우연히 그렇게 된 게 아닐까요?”

“그럴 리가 있나! 그게 말이 되느냔 말이다. 콘린 시의 그 많은 사람
중에 마리오네가 우연히 레온 일행을 만나게 되었다고? 그게 말이 된
다고 생각해?!”

“…죄송합니다.”

부기사단장이 얼른 고개를 숙이며 물러났다. 하지만 그들은 부기사
단장의 말이 실제로 옳았다는 것은 몰랐다. 마리오네는 정말 우.연.히.
도 레온 일행의 마차에 올라탔다는 것을!


새벽녘부터 성 전체에 어수선한 분위기가 감돌고 있음을 렌베토는
눈치 채고 있었다. 그렇다고 손님으로 성에 와 있는 자신이 나서서 호
기심을 채우고 다닐 수는 없었다. 적어도 그는 그런 정도의 분별력은
있는 기사였다.

그러나 누구에게도 직접적으로 물을 수는 없었지만 적어도 성을 돌
아다니는 것 정도는 상관없을 거라고 그는 생각했다. 그리고 아침 내
내 돌아다닌 끝에 드디어 그의 호기심을 채워줄 만한 인물을 찾아내는
데 성공했다.

“라미드 경!”

“렌베토 경……!”

자신을 부르는 소리에 고개를 돌리던 라미드는 곧 얼굴을 굳혔다.

자신을 불러 세운 이가 렌베토라는 것을 아는 순간에 말이다.

그러나 렌베토는 그런 것에 상관하지 않았다.

"성이 어수선한 것 같은데, 대체 무슨 일입니까?"

"렌베토 경께서는 몰라도 됩니다. 전 이만 바빠서……."

"그러지 말고 가르쳐 주시죠?"

렌베토는 급히 지나가려는 라미드의 팔을 잡았다.

막상 잡히고 나니 라미드는 어찌해야 할지 몰랐다. 어쨌든 상대는 같은 근위대에서 자신보다 직위가 높은 렌베토였으니까 말이다. 그렇다고 콘버드 내의 문제를 외부에 밝히는 것도 꺼려지는 건 사실이었다.

"이건 콘버드 자체의 문제입니다. 경이 참견하실 성질의 것이 아닙니다."

"그렇습니까? 그거 미안하군요. 하면 근위대에 소속되어 있는 경이 이렇게 다급해하는 건 무슨 이유입니까?"

"그건 이 성에서 마스터를 상대할 수 있는 유일한 사람이 바로 저이기 때문입니다."

라미드는 렌베토가 레온과 안면이 있을 거라곤 생각하지 못했다. 그렇기에 이런 정도로 대답해도 괜찮으리라고 생각했다. 한데 그의 대답에 렌베토의 얼굴은 삽시간에 굳어졌다.

현재 이 성에서 마스터라고 불릴 수 있는 자는 셋뿐이었다. 맥클리스 경과 주브노 경, 그리고 레온이 전부였다. 그리고 라미드가 '상대'한다면 자신보다 직위가 높은 맥클리스나 주브노는 아닐 터였다. 그렇다면 답은 하나 레온일 것이다.

"레온을? 무슨 일입니까?"

“더 이상은 말씀드릴 수 없습니다.”

라미드의 얼굴이 삽시간에 굳어졌다.

라미드는 그가 눈치 챘다는 걸 직감하고 자신이 실수했다는 것을 깨달았다. 그렇다고 더 이상 사실을 말할 수는 없었기에 강력하게 부인하기로 마음먹었다.

“그들은 내 친구야! 만약 그들을 잡아들이려는 것이라면 난 맥클리스 경에게 강력하게 항의하겠소!”

어느새 발끈해 버린 렌베토였다. 설마 했지만 맥클리스 경이 축제를 망쳤다는 이유로 레온과 제프를 잡으리라고는 생각지도 못했다. 그리고 어느새 그의 손은 라미드의 멱살을 잡고 있었고 어느새 그의 입에서는 강력한 분노의 화신들이 라미드의 안면을 강타하고 있었다.

멱살을 잡혔다는 것보다 반쯤 벌린 입으로 렌베토의 분노의 화신들이 들어왔다는 것에 더욱 불쾌해진 라미드는 입 가장자리를 실룩이며 천천히 얼굴을 닦아냈다.

그제야 자신의 실수를 깨달은 렌베토는 서둘러 멱살을 풀고 그의 옷을 만져 주었다.

“미, 미안합니다.”

“괜찮습니다. 차분한 듯한 얼굴로 다혈질적인 모습을 보인다는 것은 이미 알고 있었던 사실이니까요.”

라미드도 화가 치밀긴 했지만 그저 말 몇 마디에 그쳐야만 했다. 어쨌든 렌베토는 자신보다 상관이었고, 또한 지금은 급한 볼일이 있는 것이다. 그는 서둘러 복도를 지나가려고 했다. 그런 그의 앞을 렌베토는 다시금 막아섰다.

“대체 무슨 일인지 알려주시길 바랍니다. 다시 말하지만 레온은 저의 친구이기도 합니다."

"그런 납치범과 경이 친구일 거라곤 생각지도 못했군요!"

라미드의 차갑고 냉랭한 어조에 렌베토는 당황했다.

톡 쏘듯 한마디 던진 라미드는 곧바로 복도를 지나 달려나갔다. 그런 그를 따라가며 렌베토가 소리쳤다.

"누가 납치되었단 말이오?"

"신경 쓰지 마십시오!"

"대공의 영애십니까?"

넘겨짚듯 물어본 말이었다. 그러나 효과는 대단했다. 라미드는 순간 멈춰 서더니 무서운 눈초리로 렌베토를 쏘아봤다. 그 흉흉한 기세에 렌베토도 멈춰 서서 그를 바라봤다. 그리고 자신이 넘겨짚은 것이 맞다는 것을 깨달았다.

"공녀께서 납치되었다는 말입니까?"

"아닙니다."

단호한 음성이었다. 하지만 렌베토의 귀에는 '앗! 그걸 어떻게 아셨지요?'로 들렸다.

"네, 알겠습니다. 공녀께서는 레온 일행에게 납치되지 않았습니다. 이제 됐죠?"

라미드의 이마에 굵은 힘줄이 새파랗게 돋아나고 있었다. 살살 약을 올리는 렌베토의 말투에 독이 오른 것이다. 그런 그에게 렌베토는 마지막 일격을 가하는 것을 잊지 않았다.

"어서 가보시지요. 레온 일행에게 납치되지 않은 공녀를 만나뵈는 게 임무인 것 같은데 말입니다. 이런 곳에서 시간을 끌어선 안 되는 거 아닙니까?"

"ㅇㅇㅇㅇㅇㅇㅇ~!"

인간의 비명과 유사한 울림이 라미드의 목에서 흘러나왔다. 그 소리는 복도를 가로지르며 뛰어가는 라미드를 따라 길게 이어지고 있었다. 복도 저편으로 달려가는 라미드를 바라보며 렌베토는 혼자 중얼댔다.

"공녀를 납치하다니… 미쳤군."

그리고 그의 입가에 묘한 웃음이 흘러나왔다.

"잘했어, 레온!"


마차는 부지런히 동쪽을 향해 달렸다. 정확하게는 고든 마을로 돌아가는 중이었다. 원래대로라면 갈 필요가 전혀 없었지만 부상당한 키리모아를 위해서 칸트 숲에서 가까운 곳까지 데려다 줘야만 했다. 그리고 칸트 숲에서 가까운 마을을 레온 일행은 하나 알고 있었다. 그곳이 고든이었다.

그들이 라미드의 추격대를 맞이한 것은 성을 떠난 지 사흘이 흐른 후였다.

여기엔 이유가 있었다. 레온 일행이 인적이 드물 때를 골라서 길을 갔던 것이 그 하나요, 남쪽으로 갔으리라 예상한 라미드 일행의 착각이 또 하나의 이유였다.

여하간에 라미드는 레온을 찾아냈고, 사흘 간 헤맨 것에 대해 꽤나 분통이 터진 그는 눈에 불을 밝히며 잽싸게 따라붙었다.

그들을 맞아 싸우기 위해 알은 마차를 길옆에 세우고 준비를 했다. 준비라고 해야 활과 화살을 든 제프와 검을 치켜든 레온이 모습을 보이는 것이 전부였지만.

“멈춰라!”

이미 멈춘 지 오래였지만, 으레 이런 추격 중에 나오는 명대사인지라 라미드는 거리가 가까워지자마자 냅다 소리를 질렀다. 그리고 곧바로 자신도 멈춰 섰다. 제프가 들고 있는 활이 팽팽히 당겨져 있다는 것에 찔끔했던 것이다.

“라미드 경이군.”

마부석에 앉아서 철검을 들고 있던 수요가 한마디 했다.

“무슨 일입니까?”

침착한 어조로 제프가 질문했다. 그러나 어조와는 달리 그의 몸짓은 ‘조금이라도 서툰 짓을 하면 쏠 겁니다’ 라는 뜻이 강력하게 포함되어 있었다.

라미드는 추격대를 세우며 레온들을 매섭게 노려봤다.

“무슨 짓이냐?”

“그쪽이야말로 무슨 짓이에요? 왜 우릴 추격하는 거죠?”

레온이 퉁명스럽게 대꾸했다. 물론 옆에서 알이 시키는 대로 검을 휘둘러 겁을 주는 것을 잊지 않으면서 말이다.

그의 검이 방긋방긋 미소를 지으며 번쩍일 때마다 라미드는 흠칫흠칫 몸을 떨었다. 누가 뭐래도 그는 마스터였으며, 자신의 차기 주군인 맥클리스를 이긴 자였으며, 궁술을 포함해 한 번도 이겨본 적이 없는 강력한 라이벌인 렌베토를 단번에 거꾸러트린 자였으니까.

그렇지만 다행스러운 것은 자신은 레온과 싸우기 위해서 이 자리에 온 것은 아니란 점이었다. 그가 맥클리스에게 받은 명령은 ‘레온과 제프를 잘 설득해서 공녀를 다시 모셔 오라’ 는 것이었지 ‘결코 마스터와 한판 뜨고 오라’ 는 건 아니었다.

그는 목소리를 가다듬으며 소리쳤다.

"어째서 너희들은 공녀를 납치한 것이냐!"

그의 준엄한 질책에 레온 일행은 순식간에 혼란에 빠지고 말았다.

적어도 이 점에 있어서 맥클리스는 현명한 선택을 했다. 콘버드의 평범한 기사는 몇백 명이 가봐야 전혀 도움이 안 될 것임을 잘 알았던 것이다. 분명 말을 꺼내기도 전에 레온이나 제프의 기세에 눌려 쫓겨 올 것이 뻔했다.

그리고 실제로 그런 일이 사흘 전에 있었다. 물론 맥클리스에게 올라간 보고 내용은 간략하기 그지없어 '레온과 제프가 공녀 일행을 데리고 성을 빠져나갔다'에 불과했지만 말이다.

적어도 그들 두 사람과 대화를 하기 위해선 그에 걸맞은 인물이 나서야만 한다고 맥클리스는 생각했다. 그리고 그럴 만한 인물로 현재 콘버드에 와 있는 라미드를 떠올린 것이다.

그리고 그 선택이 옳았음을 증명하듯 라미드는 당당하게 소리친 것이다. '왜 공녀를 납치한 것이냐?' 라고!

반면에 레온 일행은 너무나도 황당한 누명에 뭐라고 대꾸하기 전에 약속이라도 한 듯 무녀를 향해 시선을 돌렸다. 모두의 시선에는 '당신이 공녀?' 라는 내용이 가득 실려 있었고 무녀는 태연하게 그들을 향해 대꾸했다.

"제가 공녀인데요. 뭐 잘못된 거라도?"

"맙소사! 그런 말은 한 적 없잖아요!"

제프의 황당한 말투에 마리오네는 살짝 눈살을 찌푸렸다.

"묻지도 않았잖아요?"

"……."

그녀의 대답에 레온과 알을 포함해 라미드와 그 추격대까지 얼빠진 얼굴을 하고 말았다.

문득 라미드의 뒤에 있던 제법 똑똑한 부기사단장이 뭔가 알아챘다는 듯 고개를 끄덕였다.

"보아하니 저들도 공녀를 알아보지 못한 것 같군요. 그렇다면 공녀를 납치했다는 건 누명이었겠는데요?"

그는 곧 뭔가 이상하다는 생각에 고개를 갸웃했다.

"그럼 왜 그렇게 열심히 도망갔던 걸까요?"

"그야 우리를 잡으려는 줄 알았죠."

얼른 레온이 변명했다.

"우리가 왜?"

라미드가 퉁명스럽게 대꾸했다.

"콘버드 축제를 망쳤다고 생각하는 줄 알았습니다. 우리 둘이서 우승을 가로채듯 했으니 말입니다."

그제야 라미드도 뭔가 눈치 챈 표정이었다. 그리고 발끈하며 소리쳤다.

"콘버드의 기사들이 그렇게 속 좁은 자들로 비춰졌단 말이냐? 이 무슨 모욕인가! 당장 그대들에게 결투를……."

화가 치밀긴 했지만 눈까지 뒤집힌 라미드는 아니었다. 그의 시야에 검을 든 채 버젓이 서 있는 레온의 모습이 들어온 순간 그는 말끝을 흐리며 얼른 검자루에서 손을 거뒀다.

"공녀께선 어서 이리로 오십시오. 맥클리스 경께서 애타게 기다리고 계십니다."

"싫어요!"

“헉!”

“허걱!”

사방에서 숨을 멈추며 비명을 질렀다.

마리오네의 대답을 확인하듯 라미드는 재차 물었다.

“공녀께선 어서 저희와 함께 성으로 돌아갑시다.”

“싫다고 했어요!”

이번의 응답엔 모두들 비명보다 침묵으로 마리오네를 주시했다. 전후 사정을 모르는 기사들과 레온들은 그녀의 대답에 어이가 없었다. 대체 무슨 이유로 그녀는 성으로 돌아가지 않겠다는 것인가!

그런 모두의 시선에도 불구하고 마리오네는 담담하게 라미드를 쳐다볼 뿐이었다. 반면에 마리오네의 시선에 라미드의 얼굴은 삐질삐질 땀을 흘리기에 바빴다. 여하간에 그는 공녀를 모셔 오라는 명령을 받았기 때문이다.

“만약 공녀께서 자꾸 고집을 피우신다면 저희도 어쩔 수 없이 무력 행사를 할 수밖에 없습니다. 하니 이쯤해서 저희를 따르도록 하심이……..”

마리오네는 시선을 거두었다. 그리고 곁에 있는 레온과 제프를 향해 담담한 눈빛을 보냈다. 그녀의 아무 뜻도 없어 보이는 눈빛에 두 사람은 순간 찔끔했다.

“들었죠? 이렇게 가냘픈 소녀에게 무력을 행사한다는 말을. 일류 검사이신 두 분이 그런 무력 행사를 보고만 있진 않으시겠죠?”

그녀의 말은 너무나 무서웠다.

단 한 마디로 기사들과 레온들을 싸움으로 몰아넣는 무시무시한 화술이었다. 그리고 그 섬뜩한 말에 제프와 라미드가 온몸을 떨고 있는 와중에 전혀 다른 이유로 몸을 떨고 있는 사람이 있었다.

바로 레온이었다.

"이런 어린 소녀에게 무력을 행사하겠다니! 도저히 묵과할 수 없어요!"

그의 외침에 마리오네는 흡족한 미소를 살짝 머금었다. '역시 기사란 연약한 아가씨를 보호할 줄 알아야 해' 라는 미소를 지으며 그녀는 레온을 듬직하다는 표정으로 쳐다봤다.

그러나 앞뒤 사정은 전혀 모르면서도 이해 관계에 있어 너무나도 철두철미한 알이 있었다. 그는 천천히 마부석에서 몸을 일으켜 레온의 어깨를 잡았다. 그리고 모두가 들을 수 있게 목소리를 가다듬었다.

"공녀란 건 대공의 딸이란 뜻이겠지? 맥클리스 후작은 대공의 장자라고 들었어. 그렇다면 여기 있는 마리오네 무녀님은 후작의 동생이란 뜻이잖아? 동생을 모셔 오라고 기사들을 보낸 것이 잘못은 아닌 것 같아, 레온. 그렇지 않아?"

"어어, 듣고 보니 그런 것 같아."

알은 다시 마리오네를 쳐다봤다.

"무녀… 아니, 공녀께선 무슨 사정이 있는진 모르겠지만 우리에겐 우리의 사정이란 게 있는 겁니다. 그러니 이쯤해서 서로 헤어지는 게 좋을 것 같군요."

"당신들의 사정이란 게 뭐죠?"

"음, 그러니까 우린 장사꾼이란 말입니다. 돈도 되지 않는 일에 목숨까지 걸며 끼고 싶지는 않다는 거죠."

마리오네는 잠시 알을 쳐다봤다. 그녀의 눈빛은 너무나도 맑아서 누가 봐도 아무 생각이 없다고 생각할 정도였다. 그러나 그런 담담한 눈빛과 달리 그녀의 말은 매우 매서웠다.

"내가 만약 아버지를 보러 가고 싶다면 그건 잘못인가요?"

"물론 아니죠. 아주 좋은 현상입니다. 그러니 이제 저 기사들을 따라 아버지를 만나러 가시길 바랍니다."

"아버진 페로즈 성에 있어요."

그렇게 대답하며 마리오네는 간절한 눈빛을 담아 알을 쳐다봤다.

"그곳까지 데려다 줄 사람이……."

"성에 가서 오빠에게 부탁해 보시죠."

간절하고 애절한 눈빛을 단호하게 뿌리치는 알이었다.

그리고 그런 눈빛을 아무리 해봐야 흔들리지 않을 남자란 것을 마리오네도 곧 깨달았다. 그녀는 약간 이마를 찌푸리며 별 기대도 하지 않은 채 아무렇게나 내뱉었다.

"돈을 주겠어요."

"얼마나?"

알의 반응에 누구보다 놀란 건 마리오네였다. 그러나 내색하지 않은 채 눈빛을 반짝인 그녀는 알의 마음에 쏙 드는 말을 서슴없이 뱉어내기 시작했다.

"많이, 아주 많이!"

"레온!"

레온이 그를 돌아봤다.

"일거리야!"

"뭔데?"

"방금 공녀를 페로즈 성까지 모서 가는 일을 맡았어."

그리고 알은 라미드를 물끄러미 쳐다봤다.

"기사들께서도 들었겠지요? 공녀는 걱정 말라고 전해주세요. 우리가 잘 모시고 갈 테니."

"그, 그런……!"

라미드의 입이 함지박만하게 벌어졌다.

"설마 부녀 간의 재회를 막겠다는 건 아니겠죠?"

"그, 그런……!"

"아니면 마스터의 호위로는 부족하다는 건가요?"

"그, 그런……!"

"그럼 저희는 이만……."

마부석에 앉은 알이 고삐를 채는 순간 라미드는 얼른 마차를 향해 말을 달렸다. 그러자 알은 매섭게 라미드를 쏘아보며 소리쳤다.

"공녀께서는 저희를 못 믿어서 콘버드 기사단도 대동하실 생각인가 보죠?"

"설마!"

마리오네도 매섭게 라미드를 쏘아봤다.

"돌아가요!"

"…네."

라미드의 불행은 콘버드 대공 휘하에 소속되어 있다는 것이었다. 그는 더 이상 공녀를 쫓아가지도 못한 채 공녀의 말을 전하러 성으로 기수를 돌릴 수밖에 없었다.

그들이 흙먼지를 피우며 떠나는 걸 물끄러미 바라보던 알은 입가에 미소를 가득 품으며 마리오네를 쳐다봤다.

"그래서 대금은 언제……?"

"지금은 없어요. 하지만 페로즈에 도착하면 꼭 드리도록 하죠. 괜찮죠?"

"물론입니다. 아까 말씀처럼 많이, 아주 많이 주셔야 해요."

그때까지 어이없는 거래를 어이없게 바라본 일행은 어이없는 대화
에 더 더욱 아연하고야 말았다.

　고든 마을에 도착한 일행은 각자 바쁘게 움직이기 시작했다. 제프는 칸트 숲으로 연락하기 위해 봉화를 준비하러 갔고 키리모아는 우선 촌장 집에서 안정을 취하고 있었다. 마리오네는 머리를 다듬으러 이발소를 찾았고 알은 그녀를 졸졸 따라다니며 시중을 들고 있었다. 누가 뭐래도 그녀는 알의 돈줄이었으니까. 레온은 느긋하게 마을 구경을 하고 다니며 여유를 보이고 있었고 수요는 마차를 지키며 분통을 터뜨리고 있었다.

　"젠장! 우린 지금 쫓기고 있는 몸이란 말야. 이런 데서 노닥거리고 있을 시간이 없다고!"

　"하지만 기사단은 그냥 돌아갔잖아?"

　"다시 올 거란 건 뻔한 일 아냐?"

　잠시 턱을 괴고 생각에 잠기던 레온은 곧 환하게 웃을 뿐이었다.

“그래도 라미드 경보다 뛰어난 기사는 없을 거라고 생각해.”

“물론 그렇겠지. 하지만 맥클리스 경이 올 수도 있어. 그리고 숫자도 몇 배는 불어나서 오겠지. 게다가 이제 제프가 내리면 전력이 격감한다는 것도 유념하란 말야.”

수요는 슬쩍 레온을 흘겨봤다.

“어쩌면 마법사랑 신관을 대거 끌고 올지도 모르지.”

“그건 정말 큰일이군.”

대답은 그렇게 했지만 레온의 안색은 별로 바뀌지 않았다. 수요는 레온의 대답에 화를 벌컥 냈다.

“자신이 있는 거야, 아님 무신경한 거야?”

“레온을 다그쳐 봐야 소용없어.”

대답한 것은 막 마리오네를 데려온 알이었다. 그의 손에는 쿠션이 여러 개 들려 있었다. 그는 레온과 수요를 번갈아 돌아봤다.

“하지만 수요의 말에도 일리는 있어. 어쨌든 빠른 시간 안에 콘버드를 벗어나는 게 좋겠지.”

“내 말이 그 말이야.”

수요가 퉁명스럽게 대꾸했다.

“이렇게 늦장 부릴 새가 없단 말야.”

“늦장 부리진 않았어.”

알은 담담히 대꾸했다.

“이 더운 여름에 두건을 뒤집어쓰고 있으면 괴로울 테니 머리를 자르는 게 좋을 것 같아 이발소에 모셔 갔던 것뿐이야. 그리고 난 쿠션을 준비했구.”

“그러니까 시간 낭비라는 거야! 쿠션을 뭐에 쓴다고?”

대답 대신 알은 마차 한구석에 쿠션을 깔고 망치질을 해서 고정을 했다. 순식간에 편안한 자리를 만들어낸 알은 미소를 지었다.

"이렇게 해두면 마차가 속력을 높여도 공녀께선 편할 테지. 나도 다 생각이 있어서 쿠션을 장만한 거야."

"내가 보기엔……."

수요는 미심쩍은 눈초리로 알을 째려봤다.

"돈이 되니까 그러고 있는 것 같아."

"절대 아니라니까!"

강한 부정을 하는 알이었다.

잠자코 있던 레온이 마리오네를 바라보며 웃었다.

"훨씬 보기 좋아진 것 같네요."

"감사합니다."

마리오네는 짧게 대답을 하며 레온의 부축을 받아 마차에 올라탔다. 그녀가 쿠션 위에 자리를 잡고 앉는 것을 바라보던 수요는 의심쩍은 눈초리로 옛일을 떠올렸다.

"하지만 전에 사냐가 탔을 때는 마차가 아무리 세게 달려도 쿠션 같은 거 준비하지 않았잖아?"

"그, 그때는……."

알은 땀을 삐질거리며 겨우 변명을 했다.

"마을이 없었잖아!"

"변명일 뿐이야."

이제는 거의 확신하는 표정으로 수요가 대꾸했다.

알은 더 맞서봐야 좋은 소리 듣기는 힘들 것 같아 곧 마부석에 앉으며 소리쳤다.

“자, 출발하자.”

“에? 제프에게 인사 정도는 하고 가야지?”

“녀석도 바쁠 거야. 어쨌든 수요 말대로 우린 쫓기는 중이니까 서두르는 게 좋겠지.”

레온이 아쉬운 표정을 짓고 있는 동안 가는 작대기를 한아름 안고 제프가 나타났다. 그는 바쁘게 뛰어다녔는지 땀을 흘리며 마차 위에 안고 있던 작대기를 내려놓았다. 그것은 활과 화살이었다.

“늦지 않아 다행이군. 바로 출발했을 줄 알았는데……!”

“오, 제프. 그 사정은 저기 있는 알에게 물어봐.”

수요의 빈정대는 말이었다.

알은 얼굴을 붉힌 채 얼른 제프를 돌아보며 화제를 돌렸다.

“그것들은 다 뭐야?”

“아무래도 콘버드를 나가는 동안 필요할 것 같아서 말이지.”

“짐만 될 뿐이야. 우리더러 무기를 소지하고 다니란 거야?”

“이미 가지고 다니잖아? 몇 개쯤 더 늘어난다고 무슨 일 생기는 것도 아니면서 뭘 그래?”

능글맞은 제프의 대답에 알은 인상을 찌푸렸다.

“이게 몇 개에 불과하다면 나도 이렇게까지 말하진 않아.”

마차 한쪽을 가득 채운 화살을 보며 알은 투덜거렸다.

“이건 짐이야. 이런 걸 갖고 있다가 들키면 관문에서 통과도 못할 거야.”

“일단 가지고 가. 그냥 버리게 된다면 더 더욱 좋고.”

제프는 웃음을 거두며 진지하게 말했다.

그의 얼굴을 힐끔 본 알은 더 말하지 않고 채찍질을 가했다. 무슨 일이 생길지 모르니 준비해 가라는 제프의 뜻을 알고 있기 때문이었다.

레온 일행이 그들을 다시 만난 건 우연에 가까웠다.
고든 마을을 떠난 지 이틀, 관문에 거의 도달했을 때 그들은 '마치 기다렸다는 듯' 나타나서 반갑게 레온들을 맞이했다.
그들은 물론 기사단이었다. 경장을 했다고는 해도 그 위용은 친위대에 버금갈 정도였고, 특히 선두 곁에 있는 사람은 갑옷이 아닌 로브를 걸친 것이 한눈에 마법사임을 알아볼 수 있었다.
약 십여 명의 인원으로 맨 앞의 기사를 선두로 창을 든 기병들이 곧장 레오의 마차를 향해 달려왔다. 기세 좋게 달리는 기사단의 중앙에 창이 아닌 깃대를 들고 있는 병사가 있었다. 그 깃발에 수놓아져 있는 것은 뜻밖에도 황금 사자였다. 바로 윈저의 문장, 그리고 그 선두에 있던 자는 바로 렌베토였다.
다가온 기사단은 근위대의 렌베토를 수행하는 윈저의 기사단이었다.
"오, 이런 곳에서 만나다니 정말 반갑군."
손을 흔들며 나타난 렌베토에 일행은 안도를 했다.
"그렇군요. 이.런.곳.에서 뵙다니 정말 신기할 정도의 우연이네요."
알은 묘한 뉘앙스를 풍기며 대답했다.
그의 말대로 마주친 장소가 공교로웠다. 그들은 멀리 관문이 보이는 약간 높은 언덕 위에서 길을 가고 있다기보다는 서 있다가 레온을 향해 곧장 질주해 왔기 때문이다. 마치 누군가를 기다렸다는 인상이 강했기에 알은 떨떠름한 표정으로 그를 바라봤다.
"안녕하신가요, 마리오네 공녀. 여기서 또 뵙는군요."

렌베토는 얼른 마차 뒤에 있는 마리오네에게 인사를 건넸다.

반면에 마차 위에 있던 세 사람, 알과 수요, 레온들은 긴장하여 그를 바라봤다. 기다렸다는 듯 나타난 기사단이 공녀를 알아본다는 건 아무리 좋게 생각해도 공녀를 데리러 왔다고밖에는 생각할 수 없었다.

게다가 지금은 렌베토임을 알아보고 가까이 접근할 때까지 아무런 제지도 안 한 상태였다. 만약 렌베토가 이끄는 기사단이 마음만 먹는다면 사방에서 포위하듯 공격해 올 수도 있는 거리였으며, 이런 경우엔 아무리 레온이라고 해도 속수무책일 수밖에 없었다. 공녀를 비롯하여 알과 수요 중에 한 명이라도 붙잡힌다면 레온은 즉시 검을 거둬야 할 상황이기 때문이다.

"절 아나요?"

마리오네가 특유의 감정없는 표정으로 물었다.

"전에 저녁 만찬 때에 뵈었지요. 기억나지 않습니까?"

"전혀."

담담하게 대답한 마리오네는 곧 렌베토의 표정을 살피고는 덧붙여 말했다.

"미안해요."

하지만 대답과는 달리 표정은 전혀 미안함을 담고 있지 않았다.

"이거 아쉽군요. 전혀 기억하지 못하는 것 같아서 말입니다."

렌베토는 어깨를 으쓱하더니 개의치 않고 다시 물었다.

"공녀께서는 어디로 가실 생각입니까?"

"페로즈로 갈까 해요."

"대공께 가는 겁니까? 그거 잘됐군요."

"잠깐만요, 렌베토 백작. 혹시 공녀를 데리러 온 건 아니겠죠?"

알의 질문에 렌베토는 눈을 동그랗게 떴다.

무슨 말 같지도 않은 소리냐 하는 얼굴이었지만 곧 인원을 살핀 렌베토는 고개를 끄덕였다.

"그러고 보니 제프가 없군? 제프는 어디로 갔지?"

렌베토가 보기에도 지금 상황이라면 충분히 공녀를 뺏을 수 있을 것 같았다. 아무리 마스터라고 해도 전 방향에서 특정인이 아닌 채 무작위로 아무에게나 공격해 들어가는 걸 막아낼 수는 없을 것이다. 그리고 무력이 전혀 갖추어지지 않은 세 사람 중에 한 명만 잡아도 레온은 손을 들 수밖에 없을 것이다. 물론 제프가 있다면 상황은 정반대로 역전되어 반대로 자신들이 잡힐 가능성이 더 컸지만.

"제프는……."

모두들 망설이며 그를 쳐다봤다.

그들의 표정에서 불안감을 느낀 렌베토는 슬쩍 미소를 지었다.

"안심하게. 난 근위대의 기사라네. 게다가 윈저 출신이니 콘버드 가문의 일에 나설 입장은 아니지. 물론 콘버드에서 내게 부탁할 수도 있겠지만, 그렇게 자존심없는 콘버드 기사단이 아니란 말일세."

"그럼 경께서는 왜 이곳에 있는 겁니까?"

"당연히 돌아가는 길이었지."

"수도로 말입니까?"

"물론."

렌베토는 슬쩍 헛기침을 하며 진실을 말했다.

"사실은 자네들을 기다리고 있었지."

"……!"

모두가 헉 하고 숨을 멈추자 렌베토는 얼른 손을 휘저으며 변명을 했다.

"사실은 자네들이 공녀를 데려간 것을 알고 왔지만 아무래도 공녀를 자네들에게만 맡긴다는 건 곤란할 것 같아서 말이지. 그래서 동행하기 위해 이곳에서 기다리고 있었던 거라네."

"덩달아 세 명의 소속 불명의 검사를 자신의 부하에 넣어볼 생각도 있었겠지요?"

수요가 능글맞게 웃었다.

헉, 하고 숨을 들이켜며 렌베토는 그 말을 부정하지 못했다. 그는 살짝 고개를 끄덕이며 대답했다.

"하지만 제프와 키리모아가 내렸을 거라곤 생각도 못했군. 아쉽지만……."

렌베토는 은근한 눈빛으로 레온을 바라봤다.

레온이 거절을 하려고 입을 열려는 찰나에 곁에 있던 알이 그의 허리를 쿡 찌르며 미소를 지었다.

"겸사겸사 여러 가지 일이 있어서 다행입니다. 게다가 든든한 기사단이 곁에 있어준다면 저희도 잘된 일이지요. 동행하게 되어서 기쁩니다."

"뭘, 나야말로 잘 부탁하네."

렌베토의 대답과 함께 다들 크게 웃었다. 각자의 생각과 꿍꿍이를 숨긴 채.

관문은 무사히 넘을 수 있었다. 레스터의 통행증만으로도 충분했지만 여기에 근위대의 힘이 실린 렌베토의 입김이 가세하여 일행은 수비대장의 극진한 대접까지 곁들여 받을 수 있었다. 덕분에 고든을 떠날 때 짐이 될 것이라 예상했던 화살 뭉치도 무사히 통과되었다. 알은 좋아하며 마을에 도착하면 팔아야겠다고 중얼댔다.

콘버드를 벗어났다는 것과 렌베토를 포함한 기사단의 호위가 있다는 것에 일행은 크게 안도했다. 그리하여 속도가 다소 늦어지고 있을 때 즈음 알은 문득 생각난 것이 있어 수요를 쳐다보며 물었다.

"지금 막 생각난 건데 말야……."

"뭐가?"

"귀족들은 통행증이 없어도 관문을 통과할 수 있지 않아?"

"물론 그렇지. 그냥 문장만 보이면 되니까."

"기사들도 가능하겠지?"

"물론."

그렇게 대답한 수요는 질문한 알과 똑같은 표정이 되었다. 그 표정은 어영부영 안심하고 있을 때가 아니란 내용이 가득 실려 있었다. 불행하게도 자신들을 추격할 상대는 콘버드의 기.사.단.인 것이다. 비록 그들의 영지를 벗어나긴 했지만 추격을 완전히 뿌리치진 못했다. 그들이 맘만 먹는다면 얼마든지 위클리프에 들어올 수 있었으니까.

알은 힐끔 선두에 앞서가는 렌베토를 바라봤다.

"믿을 수 있을까?"

"지금에 와서 그런 걸 물어봐야 소용없겠지?"

"무슨 뜻이야?"

"내가 알기론 콘버드와 윈저는 우호적이진 않다는 뜻이야. 물론 적대적이지도 않지만, 서로 협력을 하는 편은 아니란 얘기지. 콘버드 기사단이 쫓아오더라도 쉽게 우리를 돕지도, 방해하지도 않을 거란 얘기야."

"그런 거로군."

대답과 함께 알은 속도를 가했다. 그리고 선두에 앞서가는 렌베토를 향해 소리쳤다.

"렌베토 경, 속도를 좀 올렸으면 합니다만……."

"좋은 생각이지."

렌베토는 흔쾌히 대답했다. 그리고 곧 손을 들어 손수 모두를 독촉하며 앞서 나가기 시작했다. 그로서도 속도를 높이는 것에 반대할 이유는 없었다. 엄밀히 말해서 공녀를 빨리 대공에게 전해주는 것은 자신에게도, 윈저 대공에게도 유리했으니까. 물론 그 뒤에 일이 어떻게 전개될지는 예상할 수 없었지만 일단 정략결혼을 막았다는 데 의의가 있었다.

한참 그렇게 달리고 있는데 뒤에 있던 레온이 걱정스런 목소리로 말했다.

"공녀의 얼굴이 이상해, 알."

뒤돌아보니 마리오네의 안색이 노랗게 변해 있었다.

"멀미야."

대답과 함께 알은 급정거를 했다. 앞서 가던 렌베토가 곧 말머리를 돌려 이쪽으로 달려왔다.

"무슨 일인가?"

"공녀께서 멀미를 하고 있습니다."

"그거 큰일이군……."

"전 괜찮아요."

대답과 달리 그녀는 힘겨운 표정이었다.

"잠시 쉬어야겠군."

렌베토는 곧 주변을 둘러봤다. 콘버드나 윈저와 마찬가지로 위클리프도 평야가 많은 영지였다. 당연히 근처에 숲은 보이지 않았다. 그는 입을 다시며 부하들에게 소리쳤다.

"이곳에 야영 준비를 하도록!"

명령과 함께 기병들이 말에서 내려 천막을 치기 시작했다. 장대 대신에 창을 세우고 그 위에 작은 천막을 세우는 작업이었다.

"와아, 기사단이 있으니 정말 편한걸?"

레온은 신기한 듯 천막 세우는 것을 구경했다.

"우린 식사라도 준비해야겠군."

알은 마리오네를 부축해 마차에서 내렸다.

고든에서 떠날 때 충분하게 식량을 준비해 온 알이었다. 물론 새로 가세를 한 기사단들도 자신들의 식량을 충분히 챙겨 왔기에 식사 준비는 순조롭게 진행되었다. 체력이 약한 알과 수요, 마법사가 달라붙어 음식을 준비하는 동안 렌베토와 레온은 주변을 정찰했다.

"장사꾼치고는 물건이 없는 것이 이상하군."

잠시 정찰을 하던 중에 렌베토는 은근하게 레온에게 물었다.

"화살과 활을 팔 생각이에요. 물론 알의 생각이지만."

"……"

렌베토는 말문이 막혔다. 자신의 말이 무슨 뜻인지 레온이 알아채지 못했을 거라곤 생각지 못했기에 그의 대답에 막상 할말을 잃은 것이다. 그는 다시 헛기침을 하며 말을 이었다.

"혹시 기사가 될 생각은……."

"없어요!"

너무나도 단호한 어조에 렌베토는 다시 입을 다물었다.

자신이 생각해도 너무 버릇없었다고 생각한 레온은 다시 정중하게 대답했다.

"저는 중개상이 될 겁니다. 그렇게 다짐하고 집을 나왔으니까요."

"…혹시 레스터의 귀족 가문인가?"

"네?"

"음, 행동하는 것도 그렇고 말투도 그렇고… 어딘가에 기품이 있는 것 같아서 말이네. 혹시 귀족 가문에서 수업을 받지 않았을까 생각되어서 말야."

"네, 맞아요."

레온은 고개를 끄덕여 긍정을 했다.

렌베토가 다소 놀라며 그를 쳐다보자 그는 굳은 표정으로 렌베토에게 대답했다.

"만약 기사가 된다면 가문을 통하겠지요. 그러니까 절 꼬시려 해도 소용없어요."

"그렇겠군."

렌베토는 체념한 듯 힘없이 대답했다. 그리고 문득 그의 가문이 어디인지 궁금해졌다. 전에도 느꼈지만 그의 검술은 자신의 상관인 버나드 후작과 유사한 점이 많았기 때문이다.

"혹시 자네는 레스터 가문과 무슨 연관이 있는 건 아닌가?"

"…왜 그런 생각을……?"

"음, 그냥 그런 생각이 들었네만……."

레온은 얼른 고개를 돌려 석양을 향했다.

언젠가 알이 경고했듯이 그는 거짓말을 썩 잘하지는 못했다. 그가 평생 동안 가장 잘한 거짓말은 봄의 햇살 속에서 알을 속여 마차에 탔던 것이 전부였다. 물론 그 이후엔 알에게 전부 간파당해 표정만으로도 자신의 생각을 들킬 정도였지만. 그리고 그 점에 대해 알은 '말하기 곤란한 일이 있을 때는 고개를 들어 먼 산을 보도록 해' 라고 충고했었다. 그리고 그의 충고대로 그는 석양을 바라보며 변명할 거리를 찾고 있었다.

렌베토가 대답을 기다리는 동안 멀리 마차 쪽에서 알이 소리치는 것이 보였다. '다행이다' 싶은 레온은 곧 마차를 향해 말을 달리며 외쳤다.

"식사 준비가 끝난 모양이군요."

"배고픈데 잘됐군."

식욕이 궁금함을 누른 렌베토가 뒤쫓아 말을 달렸다.

레온이 도착하니 마리오네가 소매를 걷어붙인 채 그릇과 수저를 건넸다.

"앗, 공녀께서 이런 일을……!"

한쪽에 즐비하게 앉아 있는 사내들 역시 황공한 표정으로 그릇을 받쳐 들고 있었다. 마리오네는 여전히 담담한 목소리로 대꾸했다.

"5년 동안 신전에서 수행한 몸입니다. 이 정도의 일은 일도 아니에요."

"몸은 좀 괜찮아요?"

"5년 동안 신전에서 수행한 몸입니다. 그 정도는 충분히 버틸 수 있어요."

"……"

뒤이어 달려온 렌베토에게 그릇을 챙겨주며 마리오네는 똑같은 말을 반복하고 있었다. 그녀를 바라보는 레온에게 다가온 수요가 낮은 목소리로 중얼거렸다.

"말려도 듣지를 않아. 자신만 우대받는 게 싫은 모양이야."

"그래도… 괜찮을까? 공녀가 이런 일을 한다는 건……."

"뭐, 자기가 좋아서 하는 일인데 어쩌겠어?"

렌베토와 레온이 멀뚱히 그릇을 든 채 줄을 서자 마리오네는 얼른 국자를 들고 스튜를 퍼주기 위해 냄비 곁에 섰다. 그러자 알이 그녀의 국자를 가로챘다.

"이건 제가 하죠."

"5년 동안 신전에서……."

그녀는 같은 말을 반복하다가 깜짝 놀라 입을 다물었다. 갑자기 알이 그녀의 양어깨를 움켜잡더니 진지하게 대꾸한 것이다.

"20년 동안 신전에서 일한 몸입니다. 이런 거에는 아주 능숙하지요."

알은 덧붙여 말하는 것을 잊지 않았다.

"신전에서 수행한 것이 자랑은 아니란 뜻이지요."

"전 단지 일을 할 수 있다는 걸 보여주고 싶었을 뿐이에요. 저만 편하게 있는 것은 왠지 불공평하다고 느껴서 말입니다."

"지금 공녀께서 도울 일은 빨리 기운 차리는 겁니다."

알의 단호한 말에 마리오네는 얌전하게 그릇을 내밀었다.

"알겠습니다."

"이해한 것 같군요."

알은 빙긋 웃으며 그녀의 그릇에 스튜를 덜었다. 마리오네는 그릇을 든 채 멀뚱히 알을 향했다.

"한데 어느 신전에 있었는지 물어도 될까요?"

"레스터 령의 포란 마을에 있는 대지 모신의 신전입니다. 사실 전 고아라 그곳에서 자라다시피 했지요."

"아……!"

마리오네는 놀랐는지 손으로 입을 가리며 짧게 외쳤다.

"몰랐어요. 당신에게 그런 아픔이 있을 줄은…….."

"뭐, 지난 일이니 그다지 아플 것도 없습니다."

알은 머쓱하게 대꾸하며 장난스런 눈짓을 했다.

"한데 좀 비켜주시지 않겠습니까? 뒷사람들도 스튜를 먹고 싶어 침을 흘리고 있으니 말입니다."

"아!"

짧은 대답과 함께 마리오네는 옆으로 비켜섰다.


레온 일행이 위클리프 어딘가에서 휴식을 취하고 있는 동안 콘버드 성에서는 라미드가 그간의 사정을 보고하는 중이었다.

"마리오네가… 스스로 거부를……?"

그렇게 대답하던 맥클리스는 문득 며칠 전에 부기사단장이 조심스럽게 말했던 것을 떠올렸다. '공녀께서 그 마차 위에 탄 게 아닐까' 운운하던 그의 말이 옳았을지도 모른다는 생각이 든 것이다.

'하지만 그 많은 마차 중에 왜 하필 레온의……?'

이거야말로 마른하늘에 날벼락이라는 생각에 애써 고개를 젓던 맥클리스는 깊이 한숨을 내쉬었다.

"그럼 난 이제 어떻게 해야 하지?"

"글쎄요… 어쨌든 공녀께서는 본인의 의지로 대공 전하를 찾아 나선 것이니 저로선 더 이상 어쩔 수 없었습니다."

대답한 라미드는 허리를 숙여 예를 취한 후 곧바로 밖으로 나가려고 했다. 대공의 집안일에 더 휘말려 봐야 머리 아플 일만 늘어날 것이 분명하니 미리 도망갈 생각인 것이다.

"잠깐!"

물론 그렇게 빠져나가려는 라미드의 속셈을 모를 맥클리스가 아니었다. 그로선 유용하게 써먹을 수 있는 라미드를 쉽게 놓아보낼 생각이 전혀 없었다.

그때 시종이 들어와 주브노 백작이 왔음을 알렸다. 맥클리스의 얼굴이 굳어진 반면에 라미드는 눈치 채지 못하게 미소를 띠었다.

"모셔 오게……."

맥클리스의 대답엔 긴장이 잔뜩 배어 있었다.

라미드가 나가는 것과 동시에 주브노가 당당하게 홀로 걸어 들어왔다. 그는 맥클리스 앞에 서자마자 대뜸 미소와 함께 질문을 했다.

"들자하니 공녀께서 성을 나가셨다고 하던데……."

이미 알고 하는 질문인데 속여서 뭐하겠는가.

"그렇게 됐습니다, 주브노 경."

"무슨 마차를 타고 갔다고 하던데……."

주브노는 힐끔 맥클리스의 얼굴을 살폈다.

그러나 맥클리스는 별다른 감정을 드러내진 않았다. 분명 주브노는 공녀가 타고 나간 마차 위에 레온이 있다는 것을 모를 것이라 여겼다. 굳이 밝혀서 자신의 입지를 난처하게 만들고 싶지 않았기에 그는 태연함을 가장하며 엷은 미소를 지었다.

"곧 데려올 수 있을 겁니다."

"오, 그래요? 내가 듣기엔 마차에는 이번에 검술 대회를 우승했던 레온이라는 소년이 있다고 들었는데?"

맥클리스의 얼굴이 흠칫하며 굳어졌다. '어떻게 알았을까?' 하고 머리를 회전하는 동안 주브노는 계속 말을 이었다.

"괜찮다면 내가 공녀를 마중 나가도 될까 해서 말이지요."

"네? 마중을……?"

맥클리스가 당황하여 그를 쳐다봤다.

"물론입니다. 어차피 내 아내될 사람이니 내가 데리러 가는 것이 이상하진 않겠지요?"

주브노는 히죽 웃으며 맥클리스를 쳐다봤다.

반면에 맥클리스의 안색은 눈에 띄게 변하고 있었다. 콘버드 가문의 일이었다. 그것을 칼버딘에서 해결하겠다고 말하고 있는 것이다. 게다가 매우 고자세의 당연한 듯한 얼굴로.

맥클리스의 자존심이 확 구겨지는 순간이었다. 만약 주브노 칼버딘이 마스터가 아니었다면, 앞으로 자신과 협력 관계가 될 사람이 아니었다면 당장이라도 검을 뽑아 요절을 냈을지도 모를 일이었다. 하지만 맥클리스는 자신의 야망을 위해 참을 줄 아는 현명한 남자였다. 다만 표정만은 숨길 수 없어 얼굴 가득 불쾌한 기색을 뿜어내며 옆에 있는 기둥만 노려볼 뿐이었다.

주브노는 실실 웃고 있다가 그의 표정이 심상치 않음을 눈치 챘다. 곧 자신의 말에 상대가 불쾌해하고 있음을 감지한 주브노는 얼른 말을 바꾸기 시작했다.

"사실은 그 마차 위에 있는 마스터와 대결해 보고 싶은 마음에……."

맥클리스의 눈빛이 호의적으로 변하며 그를 향했다.

“사실 경께서도 기사이니 알겠지만 뭐랄까, 대단한 실력이지 않습니까?”

“그렇긴 하지요.”

맥클리스는 고개를 끄덕이며 맞장구를 쳤다.

주브노는 회심의 미소를 지었다. 역시 그의 생각대로 맥클리스는 전형적인 무인이었다. 그의 아버지인 기리안 대공은 정략적인 면이 뛰어나 중앙에서도 재상으로 있을 정도였지만 반대로 맥클리스는 기사의 품격이 더 위였다. 기리안 대공이 검으로써 성공하지 못한 반면에 맥클리스는 검으로써 성공한 이유도 어쩌면 그런 것에서 기인한 것인지도 모르지만, 지금 주브노에게 있어선 늙은 너구리보다는 눈앞에 있는 순수한 멧돼지가 훨씬 요리하기 쉬운 편이었다.

그는 미소를 지으며 입을 열었다.

“저도 마스터입니다. 눈앞에서 그런 실력을 지닌 자를 봤는데 상대해 보고 싶지 않다면 거짓말이겠지요. 이해할 수 있겠지요?”

“물론입니다!”

맥클리스의 눈빛이 반짝였다. 순수한 기사 간의 만남에 대해 무척이나 감격한 눈빛이었다.

그리고 그런 눈빛을 바라보는 주브노의 눈빛도 반짝이고 있었다. 눈앞의 멍청이가 속아넘어가기 시작했다는 것을 알아챘다는 듯.

“하지만 레온은 무척이나 강합니다.”

“저도 강합니다.”

주브노는 불쾌한 듯 인상을 구겼다. 물론 계산된 행동이었지만 맥클리스는 전혀 눈치 채지 못했다.

“게다가 레온 이외에 제프라는 크루세이더 급의 무사도 있는 것으로 알려져 있습니다.”

“칼버딘의 기사들을 무시하는 겁니까? 우리에게도 그 정도의 기사
는 충분히 있습니다.”

주브노의 인상은 더 더욱 험악하게 구겨지고 있었다.

맥클리스는 그의 태도에 더 더욱 감동받은 듯했다. 진정한 무인이라
면 상대가 아무리 강하다 해도 쉽게 피할 수 없는 것이다. 끓는 피가
그걸 용서하지 않기 때문이라고 맥클리스는 생각했다. 그리고 주브노
는 그렇게 혈기 왕성하게 자신에게 소리치고 있었다. 맥클리스는 깊이,
아주 깊이 감동했다.

하지만 공녀가 타고 있는 마차는 벌써 오래전에 성을 떠났다. 라미
드가 추격하면서 헤맨 까닭에 멀리 떨어진 후에야 잡았고, 그 뒤에 돌
아오는 동안 추가로 도주한 거리가 있을 테니 지금쯤은 관문을 넘었을
지도 모르는 일이다. 이제와 추격해 봐야 따라잡는다는 것은 불가능에
가까웠다. 여기까지 생각이 미친 맥클리스는 조심스럽게 입을 열었다.

“하지만 마리오네는 지금쯤 관문을 넘었을 겁니다. 따라잡을 수 있
는 거리는 아니지요.”

“경께서는 허락만 해주면 됩니다. 추격은 제가 데려온 일행이면 충
분하니까요.”

“……?”

의아한 표정으로 주브노를 바라보자 그는 자랑스럽게 입을 열었다.

“마법사를 데려왔습니다.”

“아……! 공간 이동을 하실 생각이군요? 하지만 어설픈 자라면 마나
가 부족해 금세 지치게 될 텐데요? 게다가 몇 사람 데려가지도 못할 테
고 말입니다.”

그의 말에 주브노는 진짜로 불쾌해졌다. 그는 위압적인 눈빛을 뿜어내며 맥클리스를 노려봤다.

"칼버딘의 마법사를 우습게 보지 마십시오! 그리고 칼버딘의 기사는 몇 명만 데려가도 그런 애송이 정도는 쉽게 제압할 수 있단 말입니다."

그의 기세에 흠칫하며 맥클리스는 주춤 물러섰다. 순간적으로 보인 주브노의 눈빛은 광기에 가까웠다. 그는 등 뒤로 흐르는 식은땀을 느끼며 곧 고개를 끄덕였다.

"그럼 경께 부탁드리겠습니다. 모쪼록 제 동생을 데려와 주십시오."

"그럼, 허락한 것으로 알고 전 이만……."

주브노는 얼른 고개를 숙여 흉흉한 눈빛을 감추었다. 맥클리스도 얼른 답례를 위해 허리를 굽혔기에 주브노의 입가에 스민 미소를 미처 보지는 못했다. 그리고 그가 고개를 들었을 때는 어느새 주브노는 몸을 돌려 밖으로 걸어나가는 중이었다.


이른 아침 콘버드 성을 나선 이는 총 네 명이었다. 주브노 백작을 포함해 마법사 한 명과 그의 수족과 같은 기사가 한 명이었다. 그리고 붉은 칠이 된 플레이트 아머와 철 투구를 쓴 기사가 한 명이었다.

"주브노 경, 여기에서 공간 이동을 한다고 해도 거리가 있어서 쉽게 가지는 못할 것 같습니다만……? 관문까지 가는 데도 대여섯 번은 반복해야 할 테고, 그 정도면 충분히 지칠 것이라 생각됩니다. 그동안에도 놈들은 도망가고 있을 테니 다소 무리가 아닐까……."

주브노의 충신인 토마스의 말이었다.

천천히 말을 달리던 주브노는 입가에 가는 미소를 머금었다.

"이미 오래전에 손을 써두었지."

"네?"

"걱정 말게. 그들은 분명 길을 가다가 막힐 테니까."

"무슨 뜻인지……."

어리벙벙한 토마스의 말에 앞서 가던 마법사, 지콜이 음흉한 웃음을 지었다.

"며칠 전에 연락을 해두었다는 뜻입니다."

"연락……? 누구에게 말입니까?"

"모르겠나? 물론 군대에게 해뒀지. 아무리 마스터라도 군대를 뚫고 들어갈 수는 없을 테니까?"

"아……!"

알았다는 듯 토마스가 고개를 끄덕였다. 그리고 만면에 웃음을 띠는 동안 주브노는 맨 뒤에 묵묵히 따라오는 적기사에게 묘한 눈빛을 보냈다.

"곤라크 경, 그대의 도움이 소용없을지도 모르겠소."

"저는 상관하지 않아도 괜찮습니다. 어쨌든 공녀를 데려올 수만 있다면 되니까 말입니다."

"후후후후, 물론이오. 공녀를 데려온 후에는 곧바로 칼버딘으로 가는 거지. 이게 내 계획이란 말야."

그리고 큰 소리로 주브노는 킬킬거리며 웃었다.

위클리프로 들어선 지도 며칠이 지났다. 그럼에도 아직 추격해 오는 기사단의 모습은 보이지 않았다. 하지만 그 점이 오히려 더 불안한 렌베토였다. 너무 쉽게 맥클리스가 물러섰다는 점에 의아한 것이다. 특히 렌베토는 그의 야망에 대해서 언질을 받은 터였다. 콘버드와 칼버딘의 정략결혼에 대해 윈저 대공의 언질이 있었기에 이 정도에 맥클리스가 포기했다는 건 이해할 수 없었다.

그는 마차 곁으로 붙어서 말을 달리며 짐짓 물었다.

"혹시 기사단과 조우하진 않았었나?"

"콘버드 기사단 말입니까? 얼마 전에 쫓아온 적은 있습니다. 그때는 라미드 경이었죠."

"라미드 경이? 그래서 어떻게 되었지?"

렌베토가 다급하게 물었다.

"어떻게 되긴요.… 그냥 포기하고 갔지요."

알은 그때의 상황을 자세하게 설명했다. 라미드에게 공녀가 거부 의사를 확실히 전했기 때문에 쉽게 물러섰다는 것에 대해서 말이다. 그의 설명을 듣고 있던 렌베토는 문득 의아해서 곰곰이 생각해 봤다. 왜 알은 얼마 전이었다고 할까, 하고 궁금해진 것이다.

"그들을 만난 곳은 어디였지?"

"고든 마을 북서쪽이었습니다."

"고든?"

처음 듣는 지명이라 렌베토가 고개를 갸웃거리자 곁에 있던 마법사가 다시 설명했다. 설명을 듣고도 렌베토는 의아한 얼굴로 알을 쳐다봤다.

"대체 거길 왜 간 건가?"

"제프와 키리모아를 칸트 숲에 내려주기 위해서였습니다."

아, 하며 렌베토는 뭔가 알았다는 표정을 지었다.

분명 길이 엇갈리는 바람에 라미드는 마차를 찾는 데 오랜 시간이 걸렸을 것이다. 그래서 콘버드에서 한참 떨어진 곳에 이르러서야 잡을 수 있었을 것이고 다시 돌아가는 데도 시간이 들었을 것이다. 그렇다면 이미 거리 상으론 엄청난 차이가 나기 때문에 추격해 온다는 것 자체가 불가능했을 것이 틀림없었다.

렌베토의 설명을 듣고 있던 수요가 고개를 저었다.

"그렇지만 마법사가 있지 않습니까? 실제로 페로즈에서 콘버드까지는 마법에 의해 3일이면 충분히 도착할 수 있다고 들었습니다."

"그것도 맞는 말이지. 하지만 두 가지 문제가 있다네. 첫째, 콘버드에는 뛰어난 마법사가 없다는 것이지."

순간 마리오네가 눈을 가늘게 뜨며 렌베토를 째려봤다.

"그래요. 콘버드의 마법사는 윈저보다 실력이 떨어지긴 합니다. 그렇다고 아주 무시할 정도는 아니라고 봅니다만."

"아, 이거 공녀께서 불쾌하셨던 모양이군요."

렌베토는 당황하여 얼른 사과를 하며 변명을 늘어놓았다.

"대신 콘버드의 신관들은 뛰어나지 않습니까? 신관 전사의 전투력은 물론이요, 사제, 수도사, 신녀, 무녀 할 것 없이 모두 투철한 신성력을 지니고 있으니 말입니다."

실제로 신전에 있다고 해도 무녀와 같은 하급 신관들에게 신성력이 있다는 것은 불가능했다. 그들은 이제 막 신전에 들어가 수행을 하는 경우가 대부분이기 때문이다. 하지만 렌베토는 은근히 '무녀'를 넣음으로써 마리오네를 높였다. 그리고 오빠를 닮아서인지, 아니면 집안 내력인지는 모르겠지만 마리오네는 그 말에 넘어가 금세 기분이 좋아져서 생긋 웃고 있었다.

겨우 마리오네를 달랬다고 생각했는지 렌베토는 한시름 놓으며 계속 말을 이었다.

"두 번째로 현재 콘버드의 기사들 중에 레온을 이길 자가 없다는 거야."

그 말을 하며 렌베토는 다시 공녀의 눈치를 살폈다. 하지만 공녀는 그 점은 인정하는지 토를 달지는 않았다.

"음, 그렇다는 건 마법사가 데려올 수 있는 인원이 한정적이니만큼 쫓아온다 해도 이기긴 어렵다고 생각할 거란 얘기로군요."

"그런 셈이지."

렌베토는 수요를 바라보며 고개를 끄덕였다.

"물론 다른 수를 생각한다면 또 모르겠지만, 일단 강공책은 쓸 수 없게 된 셈이지."

"흐음, 그렇다면 앞으론 소수의 인원으로 막아서겠군요."

"아니……."

렌베토는 어깨를 으쓱하더니 미소를 지었다.

"어쩌면 더 이상 추격이 없을지도 모르지."

모두의 표정이 다소 밝아지자 렌베토는 앞을 가리키며 다시 몇 마디를 덧붙였다.

"그리고 이제 수도까지는 삼사 일이면 도착할 수 있을 거야. 그전에 작은 숲이 하나 있지만 지나가는 데 반나절도 안 걸릴 정도로 작은 것이지. 그리고 그 숲을 지나면 만 하루 정도의 거리. 추격대가 온다 해도 수도 근처에서 싸움을 할 수는 없을 테니, 앞으로 고비는 이틀인 셈이지."

"이틀……!"

알과 레온은 나지막하게 중얼거렸다. 렌베토의 말대로라면 이틀만 버티면 콘버드의 추격대를 완전히 떼어놓을 수 있다는 얘기였다. 마리오네를 안전하게 대공에게 데려다 줄 수 있다는 말이었고 다시는 추격받지 않아도 된다는 뜻이었다. 두 사람은 나란히 앉아 렌베토가 가리킨 방향을 말없이 바라봤다.


렌베토가 말했던 이틀 중에 첫 번째 날은 무사히 넘어갔다. 추격해 오는 기사단의 흙먼지도 보이지 않았고 누군가 공간 이동해 오지도 않았다. 그렇기에 이틀째 아침부터 알과 수요는 안도를 하며 조금씩 안정을 찾아가고 있었다.

게다가 마리오네는 흔들리는 마차에 익숙해졌는지 멀미가 심하지 않았다. 덕분에 속력은 배로 빨라져 렌베토가 예상했던 것보다 훨씬 빠르게 일행은 숲에 도달할 수 있었다.

지평선 너머로 초록색 점이 보였고, 속도를 더해감에 따라 점차 커지더니 근처에 다다랐을 때는 양 끝이 보이지 않을 정도로 울창한 숲이 나타났다. 숲 근처에 이르러서는 렌베토도 한결 긴장을 늦출 수 있었다.

"이쯤에서 조금 쉬었다 가는 편이 좋겠군."

렌베토는 슬쩍 마리오네를 쳐다보며 입을 열었다. 잘 참아내고는 있지만 여자인 마리오네는 심한 강행군에 매우 힘겨워하고 있었다.

"그편이 좋겠군요."

알도 대답과 함께 마차를 세웠다.

두 사람의 대화를 듣지 못한 마리오네는 흔들림이 멈추자 힘겹게 고개를 들었다. 그리고 반쯤 풀린 눈동자로 알을 바라보며 입을 열었다.

"왜 멈추는 거지요?"

"잠시 쉬어가려고 합니다."

"저 때문이로군요. 그럴 필요 없어요. 계속 가세요."

"공녀께서는 이미 충분히 지쳐 있어요. 이제 목적지도 눈앞이니 조금은 쉬어도 괜찮을 겁니다."

"내가 없었다면 여기서 쉴 필요도 없었겠지요?"

마리오네는 창백한 얼굴로 꿋꿋이 고집을 피웠다.

알은 머리를 긁적이며 덤덤히 대꾸했다.

"공녀께서 없었다면 이렇게 서둘러 오지도 않았겠지요."

마리오네는 힘겨운지 미처 대답할 말을 찾지 못하는 듯했다. 그녀가 머뭇거리고 있는 동안 잠시 숲을 바라보던 레온이 고개를 갸웃거렸다.

"이상해……."

"뭐가?"

"숲에서 이상한 기운이 솟구치고 있어."

"뭐……?"

알과 수요가 흠칫 몸을 떨더니 숲을 향해 눈길을 돌렸다. 레온의 마스터로서의 능력 중에 주변을 감지하는 능력은 정말 쓸 만했다. 특히 알이 느끼기에도 그는 처음 봤을 때보다 비약적으로 발전한 편이었다. 하지만 두 사람의 눈에 숲은 변함없는 모습을 하고 있을 뿐이었다.

"별다른 점은 없는 것 같은데?"

수요의 말이 끝나기가 무섭게 갑자기 숲에서 요란한 소리가 들려왔다.

처음에 중앙에서 들려온 소리를 신호로 좌우로 쇠를 두드리는 소리가 퍼지더니 어느새 숲 전체가 굉음을 내며 울렸다.

그 소리에 모두의 안색이 바뀌었고 숲을 바라보며 긴장을 했다. 제일 먼저 들려온 소리를 눈치 챈 것은 렌베토였다.

"이건 군악대 소리로군!"

그의 말이 끝나자 갑자기 숲 좌우에서 수많은 병사가 쏟아져 나오기 시작했다. 병사들은 오른손에 들고 있는 검으로 왼손의 방패를 두드려 소리를 내고 있었다. 갑옷은 가벼운 차림으로 가죽 갑옷만을 걸치고 있었지만 모두 똑같은 형태임을 알아볼 수 있었다.

중앙에 커다란 깃발이 나타나자 소리가 뚝 그치더니 그 앞에 푸른색 갑옷을 입은 기사가 천천히 말을 달려오고 있었다.

"6돌격 기병단이로군."

렌베토의 말에 레온과 알은 이맛살을 찌푸렸다. 갑작스럽게 나타난 병사들이 하필이면 제일 마주치고 싶지 않은 6기병단이라니, 참 어이없었다.

그리고 렌베토의 말대로 언젠가 만났던 금발의 여기사, 크리스틴이 앞으로 나서 그들을 쏘아보고 있었다.

"돌격 기병단이 우리에게 무슨 볼일이지?"

렌베토가 준엄하게 물었다.

"당신은 누구죠?"

크리스틴은 눈앞에 있는 중년의 기사에게서 느껴지는 위압적인 풍모에 조심스럽게 물었다.

그녀로서도 약간 당황하고 있었다.

분명 전해 듣기로 마차에는 공녀를 포함해 레온과 알, 수요, 제프, 키리모아만이 타고 있어야 했다. 그들 중에 이미 레온과 알, 수요를 만나봤으므로 어느 정도의 실력을 갖추고 있는지는 알고 있었다. 제프와 키리모아 중에 키리모아는 부상자이니 상관없었지만 제프는 요주의 인물이라고 전해 들었다. 그리고 공녀야 아직 수업이 한참 부족한 무녀이니 신경 쓸 필요도 없었다.

한데 지금 마차 주위에는 듣던 것과는 전혀 다른 인물이 여럿 추가되어 있었다. 윈저의 문장인 황금 사자가 펄럭이며 십여 명의 기병들이 서 있었고, 맨 앞에서 고압적인 자세를 보이는 중년의 기사는 방패 위에 근위대의 표식이 그려져 있었다.

"난 근위대의 렌베토 파스난 백작이라고 한다."

렌베토의 고함에 크리스틴은 눈치 채지 못하게 얼굴을 찡그렸다. 그리고 곁에 있는 모르트만 들을 수 있을 정도로 자그마하게 투덜댔다.

“제길! 근위대의 렌베토가 있다는 얘기는 없었잖아?”

“우리의 역할은 그저 길을 막는 것뿐이잖아? 잠시 상대하는 건 그리 손해보지 않을 거야.”

“하지만 뭐라고 속여?”

크리스틴은 낮게 중얼댄 후에 무서운 눈초리로 모르트를 쏘아봤다.

“부하들 앞에서는 존댓말을 하라고 했잖아!”

“미안미안. 이런 상황에서도 예민한 귀로군요.”

“시끄럿!”

두 사람이 다투고 있는 와중에 곁에 있던 파머가 좋은 생각이 났는지 끼어들었다.

“훈련 중이라고 하는 건 어떨까요?”

그 말에 두 사람은 금세 싸움을 멈췄다. 그리고 크리스틴의 눈빛이 반짝이더니 고개를 끄덕였다.

“좋은 생각이군!”

크리스틴은 곧장 렌베토를 향해 소리쳤다.

“우린 여기서 훈련 중입니다!”

어렵게 궁리해 낸 생각이었지만 렌베토의 반응은 예상 밖이었다.

“누가 물어봤나?”

“헛!”

크리스틴이 짧게 숨을 멈췄다.

“그러고 보니 아직 물어본 건 아니잖아. 파머, 이 바보 같은 녀석!”

“우리가 여기서 무얼 했는지 물어오면 대답하자는 뜻이었어. 끝까지 듣지도 않은 채 덥석 소리친 건 누군데 그래?!”

“쳇! 그거 미안하군.”

크리스틴은 머리를 벅벅 긁더니 흠칫 파머를 노려봤다.

"너도 존댓말 빼먹었어!"

"미, 미안합니다……."

"주의해!"

다그치듯 짧게 소리친 크리스틴은 근심 어린 표정으로 마차를 향해 시선을 던졌다.

"한데 뭐라고 하면서 저들의 발을 묶어놓지?"

세 사람이 한참 고민에 쌓여 있을 때 맞은편의 렌베토와 레온 일행도 모여서 고민에 빠져 있었다.

"왜 저들이 여기서 훈련 중인지 모르겠군요."

수요의 말이었다.

"족히 이삼천은 될 것 같군요."

알의 말에 레온이 부정을 했다.

"아냐. 정확하게는 천 명 정도일 거야."

"그래, 너 눈 좋다."

톡 쏘듯 대꾸하며 알은 렌베토에게 시선을 돌렸다.

"만약 싸우게 된다면 우리가 상대가 될까요?"

"왜 싸워야 한단 말인가?"

렌베토는 의아한 표정으로 물었다.

"그게……."

머뭇거리던 알이 고개를 저으며 대답했다.

"일전에 한 번 맞닥뜨린 적이 있는데 그때 서로 마음이 맞지 않았거든요. 어쩌면 그때의 앙갚음을 할지도 모르기 때문에……."

"그렇다 해도 근위대를 상대로 시비를 걸 만큼 멍청하진 않을걸?"

수요가 싱글거리며 대꾸했다.

"그럴까?"

"물론이네. 근위대와 돌격 기병단 사이가 좋은 건 아니지만 그렇다고 공공연하게 시비를 걸 만큼 근위대가 호락호락하진 않다네."

렌베토의 대답이었다. 그는 전혀 걱정하지 않는 얼굴이었다.

다소 안심을 한 알은 슬쩍 눈을 돌려 크리스틴을 향했다. 그리고 깜짝 놀라 고함을 쳤다.

"저들이 움직이기 시작했습니다."

알의 지적대로 군대는 크리스틴의 명령에 따라 좌우로 퍼졌다. 마치 마차를 중심에 넣고 U자 형으로 에워싸는 형상이었다.

일사불란한 군대의 움직임에 일행은 당황했다. 훈련 중이란 말과는 달리 군대는 실전과 같은 기운을 뿜어내고 있었다. 기세를 북돋는 함성을 지르며 천 명의 병사는 검과 방패를 세운 채 순식간에 마차를 에워쌌다.

"뭐, 뭐지?"

제일 먼저 수요가 정신을 차렸는지 어느새 활과 화살을 잡고 주변을 두리번거리고 있었다. 렌베토도 뭔가 심상치 않음을 감지하고 얼른 말을 달려 앞으로 나섰다. 그는 목청을 돋우어 외쳤다.

"이게 무슨 짓인가?"

"훈련 중이라고 했지 않았나요?"

크리스틴이 차갑게 대꾸했다.

"여기엔 민간인도 있다. 길을 비키지 못할까?"

"싫습니다만!"

단호한 어조였다.

렌베토는 당황하여 말문이 막혔다. 노골적으로 거부 의사를 보이는 크리스틴에게 어이가 없었던 것이다. 그는 다시 말을 돌려 마차로 달려갔다. 그리고 재빨리 고삐를 쥐고 마차를 인도하기 시작했다.

"우선 이곳을 빠져나가는 것이 좋을 것 같다. 훈련에 휘말리면 위험하니까."

별다른 이견이 없는 일행은 곧바로 오른쪽 틈을 향해 달렸다. 그러나 그전에 군대의 진형이 바뀌더니 오른쪽에 있던 틈이 사라졌다. 병사들은 검을 들어 마차가 지나갈 수 없도록 방어하며 소리를 질러댔다.

"이 무슨 짓인가!"

렌베토가 당황하여 좌우를 둘러봤다. 어느새 삼면이 포위되어 있었다. 병사들은 몇 겹으로 둘러싼 채 조금씩 좁혀들고 있었다. 거리가 가까워질수록 벽은 더욱 두텁고 견고해지고 있었다.

"돌아갈 수밖에 없단 말인가?"

하지만 그것도 수월할 것 같지가 않았다. 후미 쪽도 점차 병사들이 달려들어 길목을 막아서며 벽을 쌓고 있는 중이었다.

이쯤 되자 렌베토도 뭔가 이상하다는 생각이 들었다. 훈련이라고 말하긴 했지만 지금 기병단의 행위는 자신들의 진로를 막아서려는 의도가 다분히 보였던 것이다. 그는 마차를 세우고 검을 뽑았다.

"지금 이 행동은 무얼 의미하는 건가?"

그는 크리스틴을 향해 고함을 쳤다.

반면에 그녀는 코웃음을 치며 못 본 척하고 있을 뿐이었다.

그녀의 태도가 의아스럽긴 했지만 당하고만 있을 수 없다고 판단한 렌베토는 곧 기사단을 향해 외쳤다.

"전투 준비를 하라!"

이미 분위기가 이상함을 눈치 챈 기병들도 명령을 하기 이전에 벌써 창을 꼬아 잡고 주변을 경계하고 있는 중이었다. 그들의 준비 상태를 확인하며 마차 위에 타고 있는 공녀를 바라봤다.

공녀의 얼굴은 창백했다. 아니, 원래부터 창백했으니 어쩌면 별로 바뀐 것 같지도 않았다. 하지만 뭔가 안심을 시켜야 한다는 생각에 렌베토는 어렵게 입을 열었다.

"안심하십시오, 공녀. 무사히 빠져나갈 수 있을 겁니다."

"괜찮아요."

전혀 괜찮지 않은 얼굴로 매우 괜찮은 목소리의 대답이었다. 정말 괜찮은 건지 아니면 일부러 그렇게 말하는 것인지 렌베토가 혼란해하고 있는 와중에 알이 질문을 했다.

"제가 보기엔 우리를 포위하고 움직이지 못하게 하려는 것 같습니다. 어떻게 된 일인지 물어봐 주실 수 있겠습니까?"

그 말에 정신을 차린 렌베토가 고개를 끄덕였다.

"그러지."

그는 크리스틴을 향해 말을 달렸다. 아직은 대화로 해결할 수 있을 거라고 여긴 그는 검을 거둔 채 그녀를 향해 외쳤다.

"훈련을 잠시 멈춰주게. 우리가 지나간 후에 다시 시작해도 괜찮지 않은가?"

"이미 시작되었습니다. 근위대는 어떤지 몰라도 돌격대의 훈련은 한 번 시작하면 쉽게 멈출 수 없습니다."

크리스틴의 차가운 대꾸였다.

"정녕 멈출 수 없단 말인가? 이곳엔 공녀도 타고 있단 말이다. 기리안 대공의 영애께서 타고 계시단 말이다."

"그랬나요? 그렇다 해도 아쉽지만 멈출 수는 없을 것 같습니다만!"

"내가 보기엔!"

렌베토는 격앙된 목소리로 외쳤다.

"우리가 지나가지 못하게 하는 것 같은데? 대체 무슨 이유인가?"

당장이라도 달려들 기세였다. 어느새 그의 검은 크리스틴을 향해 뻗어져 있었다. 그녀의 대답 여하에 따라 렌베토는 달려들 각오를 하고 있는 중이었다.

그리고 그것이 위협이 아님을 그녀도 알 수 있었다. 최소한 렌베토의 눈빛은 그렇게 외치고 있는 중이었다. 그때 곁에 있던 모르트가 낮은 목소리로 입을 열었다.

"도착한 것 같아."

"어디에?"

그녀가 가장 기다리고 있던 말이었다. 반갑게 대꾸한 후에야 모르트가 반말을 했다는 것을 눈치 챈 크리스틴은 눈살을 찌푸리며 노려봤다.

"아, 미안. 어쨌든 앞으로 한 번 정도 공간 이동을 하면 도착할 수 있을 겁니다."

"시간은 얼마나 걸릴 것 같아?"

"한, 이십여 분 정도……."

"그래? 어떻게든 버텨봐야겠군."

"그냥 공격하는 것은 어떨까요? 어차피 그 편이 우리의 목적이었잖아요?"

파머가 끼어들었다.

"미친놈! 저기엔 근위대의 기사도 있단 말야. 내가 망설이는 이유를 모르겠어?!"

“그렇다면…….”

“안타깝지만 다음 기회를 노릴 수밖에. 우선은 주브노 백작의 뜻대로 여기서 지연시키는 것만 생각하자.”

대충 의견을 모은 크리스틴은 곧 렌베토를 향해 시선을 돌렸다. 그는 여전히 분노한 기색으로 이쪽을 노려보고 있는 중이었다.

“자아, 슬슬 시간 때우기를 해볼까…….”

크리스틴은 일부러 늦장을 피우며 렌베토를 향해 말을 몰았다.

“아무래도 훈련을 중지시킬 순 없을 것 같군요. 미안하게 생각…….”

“내가 물은 건 왜 우리를 지나갈 수 없게 하는지에 대한 것이었다!”

분노한 음성의 대답과 함께 렌베토는 박차를 가했다. 그의 말이 질풍처럼 앞으로 내달렸고 온 힘이 실린 렌베토의 일격이 크리스틴의 머리 위로 떨어져 내렸다. 그건 결코 위협의 수준이 아닌 살기가 가득 담긴 일격이었다.

반면에 대충 말싸움이나 하며 시간을 때우기로 생각했던 크리스틴은 갑자기 달려드는 렌베토의 모습에 크게 당황했다. 게다가 그녀는 전투 준비도 갖추지 못한 상태였다. 질겁을 하며 검을 뽑는 사이에 렌베토의 일검은 벌써 머리 위로 떨어져 내리는 중이었다.

크리스틴은 얼른 안장에서 미끄러지듯 바닥에 떨어졌다. 바닥을 뒹구는 것과 동시에 놀란 말이 앞으로 내달리며 렌베토와 그녀 사이에 벽을 만들어줬다. 그 바람에 렌베토의 검은 그냥 허공을 가르고 말았다.

그 짧은 순간을 이용해 그녀는 방어 태세를 갖추었다.

순간적인 기지를 사용해 위기를 모면한 그녀의 임기응변은 확실히 칭찬해 줄 만했지만 그것은 커다란 실수이기도 했다. 말을 잃은 상황에서 마상의 기사를 상대하는 것은 몇 갑절이나 힘든 일이기 7때문이다.

캉! 캉! 캉!

세 번 연달아 휘두른 검을 크리스틴은 용케 막아냈다.

두 사람의 실력을 비교해 본다면 같은 크루세이더라고 해도 크리스틴은 렌베토와 견줄 수 없었다. 실전 경험은 각종 전투를 맛본 크리스틴이 우세임이 틀림없지만 렌베토는 근위대의 숱한 기사들과 훈련을 거쳐 오며 실력을 키운 무장이었다. 결코 크리스틴은 따라잡을 수 없는 경지에 이른 자였다. 게다가 렌베토는 마상이었다. 대등한 실력이라도 말 위에서 공격하는 자가 유리함은 당연했다. 그러니 어떻게 봐도 크리스틴이 이길 수 있는 가능성은 전혀 없었다.

내려찍을 때마다 평소보다 갑절의 무게를 고스란히 버텨내는 크리스틴의 얼굴은 어느새 죽상을 하고 있었다. 검자루와 검끝을 양손으로 붙잡은 채 공격은커녕 방어하기에도 급급할 지경이었다. 게다가 상대는 그 무거운 철검을 사정없이 휘둘러 왔다. 첫 번째 타격이 끝나기 전에 어느새 두 번째 타격이 뒤이어 가해져 왔다. 이대로라면 팔의 힘이 다 빠져 검을 놓칠 것이 자명했고 그 순간 자신의 몸이 두 쪽으로 쪼개질 것이 분명했다. 그리고 그렇게 될 때까지 렌베토는 줄기차게 내려칠 거라는 걸 예상할 수 있었다.

"자, 잠깐만 렌베토 경, 할 말이 있습니다."

가까스로 소리쳤지만 상대는 전혀 대꾸도 없었다. 하지만 확실히 반응은 보이고 있었다. 좀 전보다 더 무겁게 더 빠르게 검이 날아들었으니까.

"할 말이 있어요!"

"멈추십시오, 렌베토 경!"

뒤이어 파머의 고함이 들려왔다.

하지만 분노한 렌베토의 고막에는 전혀 전해지지 않았는지 더욱 세차게 검을 내리꽂을 뿐이었다. 앙다문 입은 한 마디의 외침도 없었지만 눈빛만은 무시무시해서 밑에서 겨우 검을 받쳐 들고 있는 크리스틴만을 쏘아보고 있을 뿐이었다.

가까이 다가온 파머도 그의 행동을 멈추지 못한 채 멈춰서 소리만 지르고 있었다.

그의 검을 멈춘 것은 레온이었다. 어느새 앞으로 달려온 레온은 검을 뽑아 렌베토의 검을 막아냈다. 그리고 발을 들어 크리스틴의 가슴을 내질러 멀찌감치 떨어뜨리며 렌베토의 앞을 막아섰다.

"멈춰요, 렌베토 경! 잠시 저들의 말을 들어보기로 해요."

"좋다!"

렌베토는 묵직한 어조로 말문을 열었다.

"하지만 제대로 된 대답이 아닐 경우엔 절대 용서하지 않겠다."

그는 고삐를 틀어쥔 채 언제라도 달려들겠다는 의사를 확실히 표현했다. 그리고 슬쩍 레온을 쳐다본 후에 다시 무서운 눈초리로 크리스틴을 쏘아봤다.

'마스터라고 해도 마상에서 공격하는 걸 이렇게 쉽게 막아내다니… 정말 굉장한 녀석이군.'

물론 자신이 검을 거둔 것도 한몫 했겠지만 설사 실제의 전투였다고 해도 검을 들어 내려치는 짧은 순간을 레온은 놓치지 않았을 것이라고 짐작했다. 그 증거로 그는 한순간을 이용해 크리스틴을 밀쳐 내고 자신의 검을 막아내지 않았던가. 모르긴 해도 상당한 수련을 쌓았다는 것만은 알 수 있었다.

검을 지팡이 삼아 숨을 몰아쉬며 크리스틴은 겨우 서 있었다. 문득 자신의 갑옷 위에 난 발자국을 살펴본 그녀는 체념한 목소리로 레온에게 입을 열었다.

"살려줘서 고맙네."

"천만에요. 하지만 이제 대답해 주실 수 있겠지요? 우리를 붙잡아두는 이유를 말입니다."

크리스틴은 천천히 숨을 고르며 갑옷을 닦아냈다.

"훈련일 뿐이라고 했잖아."

"정말 죽고 싶은 모양이군!"

렌베토가 박차를 가하려고 하자 그녀는 얼른 손을 들어 제지했다.

"좋아요, 사실대로 말하죠. 누군가 당신들을 보길 원하고 있어요. 그래서 그가 올 때까지 여기에 붙잡아달라고 부탁받았을 뿐입니다."

"그게 누구죠?"

"그건 말해 줄 수 없어."

"맥클리스 경인가?"

"글쎄요?"

크리스틴의 입가에 희미한 미소가 번졌다. 그리고 레온과 렌베토의 뒤를 가리켰다.

"지금 막 도착했군요. 그러니 직접 확인해 보세요."

그녀가 가리킨 방향을 돌아보던 렌베토는 얼굴을 일그러뜨렸다.

"주브노 백작!"

그의 외침과 함께 병사들이 만들어놓은 원 안에 네 사람의 형체가

나타났다. 그들은 마차에서 얼마 떨어지지 않은 곳에 공간 이동으로
모습을 드러냈다.

"레온, 돌아가자!"

렌베토의 외침에 퍼뜩 정신을 차린 레온은 얼른 그를 따라 마차 쪽
으로 달려갔다.

막 모습을 드러낸 주브노는 공간 이동에 의해 약간의 현기 중세를
보이는 말 위에서 늠름하게 서 있었다. 꽤 먼 거리를 이동해 왔음에도
불구하고 거의 지치지 않은 기색으로 마차를 향해, 정확하게는 공녀를
향해 미소를 던져 왔다.

"피곤한 기색을 보이지 않는 것으로 미루어 둘 모두 크루세이더 이
상이겠군."

그들을 지켜보며 렌베토가 낮게 중얼거렸다.

"어째서 둘이죠? 하나는 마법사인 것 같지만……."

"주브노는 마스터야, 레온."

"정말? 콘버드에 마스터가 또 있었단 말이야?"

"아니, 그는 칼버딘 가문이야. 아마 저들은 칼버딘에서 온 사람들일
거야."

"그럼 우리완 별 상관이 없을 것 같은데?"

레온과 수요의 대화를 듣고 있던 렌베토가 헛기침을 하고 끼어들었
다.

"사실은 주브노 백작과 공녀께서……."

"결혼할 상대랍니다."

"헉!"

마리오네의 담담한 말에 모두들 숨을 멈추며 그녀를 쳐다봤다. 오랜

시간 멈추어 있었기에 그녀는 창백함이 많이 사라졌다. 그렇기에 지금의 말은 무미건조한 그녀의 표정과 너무나도 잘 맞아떨어져 흡사 처연하게까지 들렸다.

레온 일행은 주브노와 마리오네를 번갈아 쳐다보며 이 어울리지 않는 커플에 대해 각자의 생각에 잠겼다. 그리고 그 생각을 최초로 발설한 이는 바로 알이었다.

"아무리 좋게 봐줘도 아버지와 딸 같은걸?"

"그렇지요? 내 생각에도 그래요."

그의 말에 공녀의 눈이 동그랗게 변하며 고개를 끄덕였다. 그리고 일시에 모든 사람들이 떠들기 시작했다.

"아잇! 공녀께서도 그렇게 생각하고 있었습니까? 성에서 보는 순간 저도 그렇게 생각하고 있었답니다."

"맞아요. 나도 경의 말에 동감해요."

"나도 큰형과 열 살 이상 차이 나는데… 남매 간에 나이 차가 심하게 나는군요?"

그리고 그들의 말을 전혀 듣지 못한 주브노는 여전히 미소를 띤 채 느긋하게 앞으로 나섰다.

"마리오네 공녀, 이제 돌아갈 시간입니다."

"전 아버지를 뵈러 나온 겁니다. 그러니 돌아가지 않을 겁니다."

"기리안 대공을 뵙고자 하는 것이라면 우선 성으로 돌아가서 정식으로 절차를 밟도록 하십시오. 대공의 영애이신 마리오네께서 겨우 짐마차에 몸을 싣고 여행을 떠나다니, 있을 수 없는 일이지 않습니까?"

"신전에서 5년 간 수행한 몸입니다. 이 정도는 아무것도 아니지요. 게다가 이미 수도에 도착한 마당에 다시 성으로 돌아간다는 것도 우습지 않나요?"

"후후후, 정녕 제 말을 듣지 않으시겠단 뜻입니까?"

"그렇습니다."

단호한 말임에도 주브노는 평상심을 유지하고 있었다. 다만 공녀에게 향한 시선을 거둬 그 옆으로 천천히 옮겨가기 시작했다. 마부석에 앉은 알과 마차 끝에 앉아 활을 쥐고 있는 수요, 다음에 말 위에서 검을 쥐고 있는 렌베토를 훑어본 후에 그의 시선은 레온에게서 멈춰졌다. 그는 흥! 하고 코웃음을 치며 그를 향해 외쳤다.

"아무래도 공녀께서는 네 녀석을 믿고 있는 모양이군! 이거 내 실력을 보이지 않으면 곤란할 것 같은데 어쩌지?"

"주브노 경, 그 말씀은 완력이라도 쓰겠단 뜻입니까?"

대신 대답을 한 이는 렌베토였다. 그의 안색은 크게 당황하여 굳어져 있었다. 아무래도 마스터이자 칼버딘 가문의 후계자인 주브노를 상대하기엔 자신이 역부족이란 것을 깨달았기 때문이었다.

칼버딘 령에서 뛰어난 기사가 배출되어도 중앙으로 진출하지 못하는 것은 국경에 위치해 있다는 특수한 상황 때문이지 결코 실력이 없기 때문은 아니다. 게다가 칼버딘 최고의 기사라고 불려지는 주브노의 실력은 근위 대장인 버나드와 비교해도 손색이 없었다. 실제로 근위대의 버나드, 돌격 기병단의 카슨, 칼버딘의 주브노는 마스터 중에서도 최고의 실력이라고 평가받고 있었다.

그렇기에 렌베토는 굳어질 수밖에 없었다. 같은 마스터인 레온이 있다 해도 페나인 최고의 실력에 준하는 주브노의 상대가 될 수 없다고 생각했기 때문이다. 즉 지금의 국면은 주브노가 원하는 대로 공녀를 뺏길 가능성이 컸다. 게다가 주변은 6돌격 기병단이 둘러싸고 있었고 주브노와 함께 온 두 사람의 기사도 평범한 실력이 아님을 알아볼 수 있었다.

"완력이니 뭐니 이상한 말은 쓰지 맙시다. 난 단지 앞으로 내 부인이 될 사람을 데려가려는 것뿐이니 말입니다."

주브노의 대답에 레온이 앞으로 나섰다.

"약속해 주세요. 제가 이기면 그냥 보내주겠다고 말입니다."

주브노는 냉소를 하며 레온을 노려봤다. '그냥 보내달라' 고 부탁하는 모습이 건방져 보였던 것이다. 감히 자신과 겨루면서 승리를 장담하는 것처럼 느껴졌다.

"말을 타고 와라!"

주브노의 얼굴에서 미소가 사라졌다.

"말은 없어요. 괜찮다면 내려와서 승부하시죠?"

"기사 간의 결투에 말이 없다는 것이 될 말이냐!"

"전 기사가 아니니까요."

쳇 하고 혀를 차며 주브노가 말 위에서 내려섰다. 그가 앞으로 나서자 레온도 그를 상대하기 위해 중앙으로 걸어나갔다. 아직 싸울 준비를 하지 않으며 그는 재차 확인을 했다.

"제가 이기면 우리를 보내줄 겁니까?"

"그럼 내가 이기면 공녀를 넘길 텐가?"

그 말에 레온은 잠시 생각해 봤다. 그리고 고개를 저었다.

"미안하지만 우린 마리오네 공녀를 기리안 대공께 안내해 줘야 할 의무가 있습니다."

"네가 진다면 그건 별로 소용없을 텐데?"

"아니죠. 전 분명 '우리' 라고 했으니까요. 저와 알은 동업자이니까

제가 지더라도 알의 동의가 없다면 공녀를 데려갈 수 없다는 얘기입니다.”

그의 대답을 듣고 있던 알이 흠칫 굳어진 얼굴이 되었다.

“알은 또 누구냐?”

“접니다만…….”

알이 손을 든 후에 레온을 향해 투덜거렸다.

“네가 이길 수 없는 사람을 내가 무슨 수로 이기겠어? 난 너한테 몽땅 걸 테니까 네가 알아서 해.”

“그래, 알았어.”

미소로 화답하며 레온우 다시 정정을 했다.

“제가 지면 공녀를 데려가셔도 좋습니다.”

“대단한 자신감이군.”

주브노는 레온을 쳐다보며 중얼거렸다.

그리고 문득 무술 대회 때 맥클리스와 싸우던 레온의 모습을 상기시켰다. 분명 마스터로서의 맥클리스는 아직 미숙한 단계였다. 그래도 자신이 직접 싸우더라도 그렇게까지 간단하게 이기리란 보장은 없었다. 어쩌면 자신 앞에 있는 소년은 상당한 실력을 갖추고 있는 것이 아닐까 하는 의구심이 들었다. 이렇게 자신있게 나서는 것만 봐도 뭔가 있는 것이 틀림없었다.

그는 별다른 말 없이 검을 뽑았다.

“약속하는 겁니까?”

“무슨 약속이 필요하지? 누구든 이기는 자가 공녀를 데려가는 것은 당연하지 않은가?”

“하지만 이 병사들을 비키게 해야 지나갈 수 있잖아요?”

"6돌격 기병단이 나와 무슨 상관이지?"

차갑게 대꾸한 주브노는 검을 겨누며 외쳤다.

"검을 뽑아라."

"약속하지 않으면 싸우지 않겠습니다."

"그건 네 뜻대로 안 될 거다!"

말과 함께 주브노의 모습이 희미한 잔상만을 남긴 채 사라졌다. 어느새 레온의 눈앞에 모습을 드러낸 주브노는 레온의 목을 향해 검을 휘둘렀다. 그의 검에서 황갈색의 검기가 불꽃처럼 타오르며 검풍을 일으키고 있었다. 미처 준비를 갖추지 못했던 레온의 목이 그의 검에 의해 그대로 잘려졌다.

"아!"

"레온!"

지켜보던 일행이 다급하게 외치는 순간 잘려진 레온의 모습이 빨려 들어가듯 희미하게 뒤로 사라졌다.

"잔상!"

주브노의 목에서 경악한 음성이 흘러나왔다. 대단한 실력일 거라곤 예상했지만 이렇게 아무런 기척도 없이 잔상을 남기며 빠져나갈 정도라곤 생각지도 못했다. 기습하듯 공격한 것이 수포로 돌아갔지만 주브노 역시 마스터로서 경지에 이른 자였다. 재빨리 마나를 검에 주입하며 자신의 검기를 뻗어냈다. 잔상을 남긴 채 뒤로 빠져나갔지만 아직까지는 자신의 간격에서 도망치지 못했다. 그리고 그 순간을 이용해 검기를 창처럼 찔렀다.

미처 예상하지 못한 공격이었지만 뻗어오는 검기는 여전히 레온의 시야를 벗어나지 못했다. 검기가 노리는 부분이 여전히 목 부분인 것을 눈치 챈 레온은 재빨리 몸을 눕혀 뒤로 날았다. 바닥에 눕듯 몸을 길게 뻗은 후 왼쪽 어깨를 축으로 허리 높이 정도에서 몸을 회전했다.

치직!

아슬아슬하게 레온의 몸이 검기를 벗어났다. 뒤로 묶어 늘어뜨린 꽁지머리 끝이 검기에 약간 타긴 했지만 레온은 무사히 몸을 굴려 주브노의 두 번째 공격도 피해냈다. 그리고 왼손을 뻗어 바닥에 댄 후에 다시 반원을 그리며 몸을 회전하자 레온의 몸은 다시 주브노를 정면으로 향하며 땅 위에 착지했다.

금세 사방에서 환호가 솟구쳤다. 주브노의 검기를 볼 수 있는 자는 없었지만 허공 속에서 레온의 머리끝이 타는 모습은 볼 수 있었다. 보이지 않아도 어떤 공격이었는지 예상할 수 있었다. 그리고 그 공격을 날렵한 몸놀림으로 피해낸 레온에게 환호가 쏟아지는 것도 당연했다.

주브노가 냉혹한 시선으로 주변을 둘러보자 환호는 일시에 잦아들었다. 다만 마차 위에서는 여전히 수요가 목소리를 높이며 감탄사를 발하고 있는 중이었다. 주브노는 그것을 무시한 채 똑바로 레온을 쏘아봤다.

"상당한 실력이군."

"주브노 경의 뜻을 확실히 알았어요. 전 원하지 않지만 정 싸움을 거시겠다면 맞서겠습니다."

그 말대로 레온은 언제라도 검을 뽑을 자세를 한 채 주브노를 쏘아보고 있었다.

대회를 통해 레온의 검술을 지켜본 주브노는 이것이 그의 공격 자세임을 금세 알았다. 다만 자신에게도 같은 자세를 유지하는 것에 다소 자존심이 상했다. 아무리 발검술이 뛰어나도 일직선으로 뻗어 있는 검을 집에서 뽑아내는 데는 시간이 걸리게 마련이다. 검날과 검집이 마찰을 일으키기 때문이다. 물론 실력 차가 현격하게 다르다면 크게 문제될 것은 없을 것이다.

'가, 가만 그렇다면 이 녀석이 날 무시하고 있는 건가?'

그 생각이 들자 주브노는 어이가 없어 피식 냉소를 했다. 레온이 어느 정도의 실력인지는 몰라도 분명 자신은 페나인에서도 몇 손가락 안에 드는 공인된 실력자였다. 그런 자신에게 발검술로 상대하려 하다니, 어이가 없다 못해 우스울 정도였다.

'지금의 그 자세, 저승에 가서 후회하게 만들어주지!'

그렇게 생각한 주브노는 미소를 지으며 천천히 레온을 노려봤다.

레온도 나름대로 생각을 궁리하고 있는 중이었다. 단 한 번의 부딪침이었지만 눈앞의 상대가 결코 버나드 형이나 카슨 형에 뒤지지 않음을 눈치 챈 것이다. 일단 뿜어내는 마나의 색이 짙은 황갈색이었다는 점이 달랐다. 게다가 폭발적으로 뿜어지는 것이 마치 검을 중심으로 불꽃에 휩싸인 것 같았다. 자신의 검기, 정확하게는 레스터의 검기와 여러 가지 면에서 다르긴 했지만 파워가 보통이 아님을 짐작할 수 있었다.

하지만 승산은 있었다. 그의 검이 어떤 것인지는 몰라도 최소한 자신은 순도 100%의 미스릴로 만들어진 검이다. 검기도 필요없다. 굳이 주브노의 생명을 노릴 필요도 없다. 목표는 오직 하나, 주브노가 쥐고 있는 검의 허리를 단숨에 베어가는 것이다. 그 한순간이면 충분했다. 주브노도 마스터라면 분명 깨달을 것이다. 자신의 검이 얼마나 무서운 것인지 말이다.

그리고 그 한순간을 노리기 위해 레온도 천천히 거리를 좁혀가기 시작했다. 검기를 방출시키지 않기로 마음먹은 이상, 단순하게 검의 능력만으로 상대의 검을 베기로 결심한 이상 거리를 짧게 잡는 것이 레온에게 유리했기 때문이다. 의외로 주브노는 그가 거리를 좁혀옴에도 불구하고 별로 신경 쓰지 않는 것 같았다. 어쩌면 그의 마스터로서의 능력이 파워에 치중을 하여 간격이 좁기 때문인지도 모르겠지만 어쨌든 레온에게는 유리한 부분이기도 했다.

주브노의 검이 거의 레온의 코끝에 닿을 정도의 거리가 되었다. 아니, 정확하게는 주브노가 검을 뻗는다면 그의 턱밑까지 검이 다다를 정도였다. 이 정도라면 가벼운 점프 한 번으로도 충분하게 상대의 몸을 꿰뚫을 수 있을 정도였다. 아니, 간단히 한 걸음만 나와도 충분한 거리였다. 그리고 그 거리가 될 때까지 인내를 품고 다가선 두 사람의 눈빛은 이제 절정에 다다를 정도로 광기를 뿜어내고 있었다. 그 위압적이며 흉포한 기세에 지켜보던 사람들은 침을 삼키며 눈을 떼지 못했다.

그리고 아무도 눈치 채지 못하는 사이에 주브노의 검이 광채를 발하기 시작했다.

처음부터 마나를 최대치로 넣을 경우 뒤에는 기력이 딸려 공격하지 못하는 사태가 발생하고 만다. 기사의 마나는 기본적으로 수련을 통해 다른 사람들보다 훨씬 더 많이 체내에 가지고 있는 것이기 때문에 마법사처럼 외부에서 마나를 빌려오는 것과는 달리 한정적일 수밖에 없었다. 하지만 적은 마나라도 주입을 시켜놓으면 상대가 아무리 최대치의 마나를 퍼부어도 방어할 수 있다. 그렇기에 대개의 마스터는 처음부터 자신의 최대치를 주입하지는 않는다.

물론 지금까지 주브노의 경우도 이와 다르지 않아 좀 전까지만 해도 그의 검은 황갈색의 작은 불꽃이 검날 위에서 춤추고 있을 뿐이었다.

하지만 일정한 거리에, 아니, 보통 마스터 간의 결투에서도 이렇게까지 가깝게 대치하지 않는다는 것을 감안한다면 비정상적으로 가까운 거리에 다다른 후에 주브노의 검은 폭발하는 형상을 그려냈다.

마치 원래부터 검자루와 화염뿐이었던 것처럼 그의 검은 황갈색 불꽃에 의해 보이지 않을 정도였다. 불행하게도 지금 이 순간 그의 검이 폭발하는 것을 직접 볼 수 있는 사람은 없었지만, 그 뿜어지는 기세에 소름이 돋을 정도로 놀란 이는 몇 명 있었다. 물론 그중엔 렌베토와 크리스틴도 끼어 있었다.

그리고 주브노의 검이 폭발하는 것을 신호로 레온의 검도 검집에서 번개같이 빠져나왔다.

주브노는 검을 머리 위로 솟구쳤다가 그대로 레온의 머리를 향해 일격을 가해왔다. 마나의 소용돌이만으로도 대기가 부르르 떨릴 정도였다. 검이 닿기 전에 검기만으로도 레온의 얼굴이 타버릴 것 같았다.

레온의 검이 바람같이 위로 뻗었다. 세이버의 은빛이 긴 호를 그리며 주브노의 검을 향했다. 마치 한 마리 은빛 뱀이 독수리를 향해 목을 세우고 돌진하는 형상 같았다.

순간 주브노의 심경이 한순간에 복잡하게 변하고 있었다.

첫째 레온의 발검이 그의 예상보다 훨씬 더 빠르다는 점에 놀랐다. 직선형의 검을 생각했는데 뽑혀지는 것을 보니 검날이 곡선을 이루고 있었다. 자루만 보고는 눈치 챌 수 없었지만 분명 세이버와 같다는 생각이 들었다. 그렇다면 검집과의 마찰이 거의 없을 테니 지금처럼 번개같이 뽑는 것도 이해할 수 있었다.

둘째 레온의 검은 은빛을 띠고 있었다. 문제는 그 검날 자체에서 어떠한 위화감도, 이를테면 뿜어지는 마나의 기운이 전혀 없다는 점이었

다. 자신감인지 경험 부족인지 느낄 사이도 없었지만, 확실히 한 가지
는 깨닫고 있었다. 이 승부 한순간에 결판날 것이라는 것을. 그리고 분
명 자신의 승리로 결정날 것이란 것을!

그리고 정말 그의 예상대로 결투는 한순간에 끝나고 말았다.

레온의 검은 훨씬 더 빠른 속도로 주브노의 검을 막았다. 물론 곁에
서 지켜보는 입장에선 막았다고 볼 수 있을 것이다. '서걱' 하는 소리,
전혀 쇳소리도 없이 주브노의 검은 반이 잘려지며 허공으로 날아올랐
고 검끝에 흐르던 마나의 불꽃도 동강난 검과 함께 허공 속으로 산산
이 부서졌다. 그리고 허리 아래까지 잘려진 검은 그대로 레온의 몸을
꿰뚫고 아래로 휘둘러지고 있었다. 분명 동강나지 않았다면 레온의 몸
은 두 쪽으로 갈라졌을 것이 틀림없었다.

"이, 이럴 수가!"

믿어지지 않는다는 듯 잘려진 검의 반쪽을 들고 있는 주브노는 온몸
을 부들부들 떨고 있었다. 그런 그의 앞에서, 물론 전혀 의도하지는 않
았지만 레온은 한껏 멋을 부리며 자신의 검을 꽂아 넣고 있었다. 그리
고 결투 때의 무서울 정도의 고요와 광기에 가까운 눈빛을 거둔 채 예
의 상냥한 미소로 주브노를 바라보고 있었다.

"승부는 끝난 것 같……."

하지만 레온의 말은 끝까지 이어지지 않았다.

주브노는 그의 말을 듣지도 않은 채 빠른 속도로 사라졌다. 갑작스
런 그의 반응에 오히려 놀란 것은 레온이었다. 물론 그는 더 이상 검을
갖고 있지 못했다. 남은 것이라곤 허리에서부터 반이나 잘려진 검 한
자루뿐이었다. 그렇기에 지금처럼 갑자기 잔상을 남기며 어딘가 사라
진 것에 깜짝 놀랄 수밖에 없었다. 더욱이 그는 좌나 우나 정면으로 공

격하기 위한 것이 아니라 쑤욱 하고 뒤로 내빼버린 것이다. 마치 꼬리를 잘라내고 풀숲으로 도망치는 도롱뇽처럼 말이다.

"에……?"

쫓아갈 생각도 못한 채 레온은 버젓이 그를 놓쳐 버리고 말았다. 다만 인상을 구기며 단순하게 검을 바꾸러 간 것이라고 짐작할 뿐이었다. 그리고 레온의 예상대로 검이 바뀌며 다시 도전을 해오고 있었다. 다만 놀라운 것은 검과 함께 사람도 바뀌었다는 것이지만.

　도망쳐 나오듯 돌아온 주브노의 얼굴은 참담한 표정으로 바뀌어 있었다. 그도 그럴 것이 자신의 마나가 담뿍 담겨 있던 검, 그것도 자신이 무척이나 아끼는 사랑스런 애검(愛劍)이 마나조차도 주입하지 않은 단순한 검의 일격에 잘려졌기 때문이었다.

　그는 뒤에서 기다리고 있던 부하에게 손을 내밀었다.

　"검을 다오!"

　부하가 허리에 달려 있는 검을 빼 내밀려 하자 지금껏 침묵을 지키고 있던 곤라크가 붉은 갑옷을 흔들며 말에서 내렸다.

　"경께서 상대할 수 있는 인물이 아닌 것 같습니다."

　"무슨 뜻이지?"

　주브노의 안색이 확 바뀌며 곤라크를 쏘아봤다.

　"내가 저 녀석보다 실력이 못하단 뜻인가?"

"실력 문제가 아닙니다. 하지만 확실하게 한 가지는 차이가 나겠지요."

곤라크는 천천히 앞으로 나서며 레온의 허리를 가리켰다.

"저자가 쥐고 있던 검, 은빛으로 빛났다고 생각합니다만……?"

"그랬었지."

주브노의 대꾸였다.

"역시……."

투구에 가려 표정은 보이지 않았지만 곤라크는 천천히 고개를 끄덕였다.

"저 검은 미스릴로 만든 검입니다."

"나도 알고 있네. 명검으로 불리는 것치고 미스릴이 들어가지 않은 검이 어디 있겠나?"

"아니요."

곤라크는 고개를 돌려 찬찬히 주브노를 쏘아봤다.

"저건 순도 100%에 가까운 미스릴 제입니다."

"……?"

"아마 저 검에 의해 잘려지지 않을 것은 이 세상에 많지 않겠지요."

"그 말은……?"

주브노의 입가에 작은 냉소가 걸렸다.

"실제로 내가 진 것은 저 검을 몰라봤기 때문이란 건가?"

"그렇습니다. 그러니 다른 검을 들고 간다고 해도 결과는 눈에 보듯 뻔할 겁니다."

"제길……!"

주브노의 입에서 욕설이 튀어나왔다. 그의 말대로라면 제아무리 뛰어난 실력이라도 그의 검을 막아내지 못하는 한 패배할 것이 자명하다는 얘기였다.

주브노가 한창 욕을 하며 레온을 노려보고 있을 때 곤라크는 천천히 몸을 움직여 그의 시야를 가렸다. 정확하게는 그를 향해 걸어가고 있는 중이었다.

"어딜 가는 건가?"

의아한 기색으로 주브노가 물었다. 곤라크는 대답 대신 어깨 위에 매달린 견장을 떼었다. 그러자 그 뒤에 펄럭이던 망토가 따라서 벗겨지고 있었다. 그의 행동이 싸움 준비라는 것을 알아챈 주브노가 다소 놀라며 재차 물었다.

"상대할 수 있겠는가?"

"모르겠습니다. 어느 정도의 실력을 갖추고 있는지 전혀 알 수가 없으니까요."

곤라크는 허리에 매달려 있는 검을 툭 하고 쳤다.

"하지만 아무리 저 검이 순 100%에 가까운 미스릴 제라고 해도 이 검을 잘라낼 수는 없을 겁니다."

주브노의 얼굴이 묘하게 일그러졌다.

그의 검에 매달려 있는 검이 어떤 것인지 정체를 알고 있었기 때문이었다. 무기 제조에 있어 미스릴과 함께 양대 산맥을 이루고 있는 또 하나의 궁극의 금속, 드래곤 본이었다.

처음 곤라크가 오게 되었을 때부터 주브노는 이 검을 매우 마음에 들어했다. 어떤 대가라도 비싸게 치를 준비가 되어 있었지만 불행하게도 곤라크는 전혀 그럴 생각이 없었다. 그래서 갖고 싶은 마음은 굴뚝 같았지만 아직까지 주브노의 수중에 들어오진 못한 검이었다.

"그렇군. 그 검이라면……."

주브노의 대답과 함께 곤라크는 가볍게 목례를 취한 후 다시 레온을
향해 걸어나갔다.

검이 잘리자마자 뒤도 안 돌아보고 내빼 버린 주브노에게 황당함을
느끼고 있던 레온은 이번엔 아예 사람이 바뀌어 나오는 것을 보고 언
짢아졌다. 하지만 걸어오는 기사의 풍모에 알게 모르게 위압된다는 느
낌이 들었다. 레온은 생소한 감정에 조금씩 당황했다.

방패를 제외한 완전 중무장의 핏빛 갑옷, 투구 사이에 번뜩이는 눈
빛도 예사롭지 않았다. 게다가 주브노를 대신하여 나올 정도라면 실력
이 더 위일 수도 있다는 얘기였다. 그러나 그런 것을 감안해도 레온의
몸이 이렇게까지 떨릴 이유는 없었다.

단 한 번도 보지 못했던 기사에게 자신의 몸이 떨려오는 것을 느끼
며 레온은 두려움에 빠졌다. 그의 위압적인 면모가 살기라거나 투기
같은 것에서 연유하지 않음은 눈치 챘기 때문이었다. 뭐랄까, 그의 경
험상에서 이런 풍모를 지닌 인물은 오직 한 명이었다.

자신의 큰형 버나드뿐이었다. 후작이라는 직위와 근위 대장으로서
의 품격, 여기에 마스터로서의 자각을 동시에 지니고 있는 버나드 이외
에 단지 모습을 드러내는 것만으로도 이런 고압적인 자세를 유지할 수
있는 인물을 보긴 처음이었다. 그리고 그 한 가지 사실만으로도 앞에
있는 상대의 능력을 가늠할 수 있었다.

'형과 동격이다.'

레온은 침을 꿀꺽 삼켰다.

그리고 천천히 검을 뽑아 비스듬하게 비껴 잡았다. 레스터 성을 떠

난 후 최초로 발검술을 제외한 다른 검법을 구사하는 셈이었다. 그건 본능에 의한 행동이었다. 눈앞의 사내가 버나드와 같은 타입의 사내라면 결코 발검술로는 이길 수 없을 것이라고 본능이 호소하고 있는 것이다. 그리고 레온의 이성은 말없이 본능을 따르고 있었다.

십여 미터에 이르렀을 때 곤라크 역시 검을 뽑아 앞으로 뻗었다.

길이 1미터 50 정도의 대검. 반면에 기이할 정도로 검신은 얇았다. 보통 이런 대검 종류의 공격 방식은 벤다는 것보다 두들긴다고 보는 편이 더 옳았다. 한데 레온의 눈에 비친 적기사의 검은 길이에 비해 터무니없이 얇았다. 아무리 강도가 좋은 검일지라도 저렇게 얇다면 몇 번 때려보지도 않고 부러질 가능성이 더 높았다.

'역시 마스터일까……?'

레온의 머리 속을 스치는 생각이었다.

얇은 검신일지라도 마나가 주입되면 상황이 달라지게 마련, 즉 상대는 저런 얇은 검신이라도 자신있다는 뜻이었다.

왜? 마스터니까.

"내 이름은 곤라크……."

적기사가 먼저 입을 열었다.

"그대의 검, 매우 좋은 것 같군. 순도 100의 미스릴인가?"

"……!"

레온은 상대가 자신의 검을 한눈에 알아볼 정도의 눈썰미를 지녔다는 것에 깜짝 놀랐다. 알아보고도 나섰다는 것은 그걸 견제할 능력이 있다는 뜻, 즉 그의 검도 그만큼의 능력이 있다고 짐작되었다.

그는 가만히 곤라크의 검을 쳐다봤다. 검신이 붉게 물들어 있었지만 그것이 마나에 의한 것이 아님을 한눈에 알아볼 수 있었다. 마치 강철에 붉은 녹이 잔뜩 낀 것 같은 검날이었다. 얇기는 했지만 베어질 것 같지 않은 검, 그것이 곤라크가 들고 있는 검이었다.

"드래곤 본이다."

읊조리듯 대꾸한 말에 일순 레온의 얼굴이 굳어졌다.

"드래곤… 본?"

"그렇다. 전해지는 말로는 레드 드래곤이었다지, 아마?"

드래곤 본이라면 레온도 잘 알고 있는 금속이었다. 아니, 정확하게 말하면 금속이 아니라 드래곤의 뼈를 제련한 것이지만 강도와 무게에 있어서 타의 추종을 불허하기 때문에 금속의 범주에 들어가는 것이다. 미스릴에 대해선 키렌 형에게 들은 게 처음이었지만 어려서부터 옛날 이야기를 좋아했던 레온에게 드래곤도, 드래곤 본도 생소한 이름은 아니었다.

다만 지금 이 순간 이야기에만 있던 드래곤 본이 나타났다는 것에 다소 놀랄 뿐이었다. 비록 적의 검이었지만 그 위용과 효용성을 잘 알고 있는 레온은 깊이 관심을 갖고 살펴보고 있었다.

곤라크는 웃었다. 그의 웃음이 투구를 울리며 나직하게 울렸다.

"이 검에 관심이 있는 것 같군. 어쩌면 드래곤 본으로 만들어진 검을 처음 보는 게 아닐까 싶은데……?"

곤라크는 검을 공중에 대고 몇 번 휘둘렀다. 허공을 가르는 소리가 경쾌하게 들렸다. 그 소리에 귀 기울이며 레온은 오래전 '카논의 세이버'를 처음 쥐었을 때를 떠올렸다. 손끝에서 파공음과 함께 생성되던 검의 잔상을. 드래곤 본으로 만들어졌다는 검은 자신의 검보다 소리는 더 경쾌했지만 검의 잔상은 남지 않았다. 오히려 깨끗할 정도였다. 밝은 대낮임을 감안한다 해도 너무나 깨끗하여 속도를 더해간다면 마치 검날이 보이지 않게 되는 것이 아닐까 생각될 정도였다.

"좋은 검이네요."

레온은 곤라크를 향해 고개를 끄덕였다.

"괜찮다면 검기를 주입하지 않고 맞부딪쳐 보는 게 어떻겠나? 서로의 검을 견줄 수도 있고 말야. 나 역시 순수하게 미스릴로만 만들어진 검은 처음 보는 것이기 때문에 조금 궁금해서 그러네."

"좋습니다."

레온은 쾌히 승낙했다.

"좋다. 먼저 들어가겠다."

대답과 함께 곤라크가 검을 비켜 잡고 달려들었다. 레온도 그와 반대 방향에서 마주 달려가 검을 뻗었다. '창!' 하는 소리와 함께 레온의 검과 곤라크의 검이 중간에서 팽팽히 맞섰다.

이런 경우에 '과연'이라는 말을 해줘야 한다. 과연 드래곤 본은 순도 100% 미스릴의 공격력을 특유의 강도로 방어하고 있었다. 부딪치는 순간 작은 빛이 반짝이긴 했지만 날 끝에 흠집 하나 나지 않았다. 물론 드래곤 본의 예리함도 보통 검보다 뛰어났지만 순도 100%의 미스릴처럼 마나가 주입된 강철을 잘라 버릴 정도는 못된다.

그렇기에 지금 이 순간은 미스릴 특유의 예리함과 드래곤 본 특유의 강도의 대결인 셈이었다. 그리고 그 점에 있어서 역시나 최강의 금속이라 추대될 정도의 두 재질은 거의 비등비등한 힘을 유지하고 있었다.

하지만 검을 겨루고 있는 두 사람은 조금씩 차이가 나고 있었다. 우선 검 길이가 달랐다. 레온의 검은 1미터, 곤라크보다 무려 50이나 더 적었다. 둘 다 가벼운 재질이라고 해도 길이에서의 차이는 컸다. 왜냐하면 검의 길이는 곧 체격의 차이였기 때문이었다.

이렇게 맞붙어 놓고 보니 레온의 몸이 왜소하다는 것이 한눈에 드러날 정도였다. 특히 곤라크는 레온보다 머리 두 개 정도는 더 컸고 체격도 두 배는 더 나갈 듯했다. 그 육중한 무게를 전부 검에 실어 찍어 눌러대니 레온으로선 버거울 수밖에 없었다.

레온이 할 수 있는 최대한의 일은 검의 각도를 조절하여 상대의 힘을 조금이라도 최소화하는 것뿐이었다. 하지만 그렇게 하고서도 곤라크의 무게는 육중하게 짓눌러 왔다.

"크윽!"

레온은 온몸의 마나를 끌어 모았다. 손목에, 팔꿈치에, 어깨에 힘을 쏟아 넣었다. 등 근육이 팽팽하게 곤두서고 있었고 가는 허리를 활시위처럼 당기며 왼 다리를 받침대 삼아 온 힘을 다해 상대를 밀었다. 얼마 되지도 않았는데 손끝에 저릿한 감각만이 남아 있었다.

이런 힘 겨루기는 원래부터 레온의 체격에 맞지 않았다. 하지만 그 역시 버나드와 대련을 거치면서 이와 같은 일을 여러 번 경험한 후였다. 놀랍게도 금세 무너질 것 같던 레온은 조금씩 시간이 지나면서 안정을 되찾아가고 있었다. 그런 그의 변화에 곤라크 역시 민감하게 반응하고 있었다.

"우라차!"

기합과 함께 곤라크는 찍어 누르던 힘을 거두어 잽싸게 그를 밀쳤다. 무게 중심이 흔들리며 생기는 찰나에 공격을 감행하려는 수법이었다.

하지만 레온은 이런 대결을 수도 없이 경험했다. 어렸을 때부터 레스터 기사단의 기병들과 대련을 해온 레온이다. 자신보다 큰 상대, 자신보다 힘센 상대를 상대하는 것에는 이골이 나 있었다. 곤라크가 자신을 밀치는 순간을 기회로 레온은 붕 허공으로 떠올랐다. 곁에서 보기엔 마치 곤라크가 날려 버린 것 같을 정도로 기세 좋게 솟구친 레온은 무려 3~4미터를 날아서 뒤로 착지했다.

한순간의 허점을 보이긴커녕 상대의 힘을 이용해 하늘로 도망쳐 오른 레온에게 곤라크는 감탄하고 있었다. 이미 주브노와의 결투를 지켜보며 그의 몸놀림과 발검술에 대해 놀라긴 했지만 지금의 수법에 비할 바는 아니었다. 그것도 분명 뛰어나긴 했지만 끝없이 노력을 한다면 도달할 수 있는 경지임은 틀림없다. 하지만 지금처럼 상대의 힘을 이용하는 수법은, 그것도 같은 레벨의 상대에게 거는 수법은 한순간의 차이만으로도 충분히 자신의 생명을 잃을 수 있는 것이다.

한데 이 금발의 애송이 같은 얼굴의 레온은 너무나도 정확하게 자신의 힘을 이용했고 완벽할 정도로 빠져나갔다. 공중에서 제비 돌기를 하는 와중에도 눈동자는 자신의 행동을 주시하고 있어 언제라도 다시 검을 뻗어올 태세를 갖추고 있었으며, 체공 시간을 길게 하지 않아 공격 타이밍을 잴 시간을 주지 않으면서 적당한 거리로 벗어남으로 인해 쉽게 검의 간격에서 벗어나 버렸다.

'타고난 검의 천재로군!'

곤라크는 속으로 중얼거렸다.

방금 그 자신이 생각한 것을 이미 레온의 형들이 몇 번씩이고 되뇌었다는 것을 알 수는 없었지만 확실히 그의 생각은 여러 가지로 형들과 일치하고 있었다. 레온의 검으로서의 재능은 타고났다고밖에 표현할 수 없었다. 거의 본능에 가깝게 움직이고 있었다. 그리고 그런 레온의 재능에 대해 질투보다는 두려움을 느낀 곤라크는 검을 움켜잡았다.

앞으로의 일에 레온 같은 자는 방해될 것이 분명했기 때문이다. 자신에게도, 자신의 주군에게도 레온은 걸림돌이 될 것이다. 그리고 그 것을 미연에 방지하기 위해선 지금 이 순간 이 소년을 죽여야 한다고 곤라크는 결심했다.

조금 떨어진 곳에서 우뚝 선 채 곤라크를 주시하던 레온은 다소 이 상함을 느꼈다. 비록 대적하는 사이이긴 했지만 방금 전까지 서로의 검을 비교하자며 우호적인 면을 보이던 곤라크가 크게 변했기 때문이 었다. 온몸 가득 살기를 품은 것이 마치 한 자루의 검과 같은 이미지였 다. 보통의 살기와도 다른, 알 수 없는 집념이 서려 있는 것 같았다.

두 사람은 천천히 서로를 노려봤다.

단 한 번의 힘 겨루기를 펼치는 동안 주변의 사람들은 숨이 멈춘 듯 침묵으로 일관하고 있었다. 그리고 또다시 두 사람의 눈싸움에 짙은 살기를 느낀 주위는 새로운 침묵에 빠져 이 싸움이 어떤 양상을 띠게 될지 지켜보고 있었다.

그때 갑자기 둥글게 포위하고 있던 병사들의 한쪽이 어수선해지며 진형이 순식간에 무너지기 시작했다. 비명과 고함이 들려오는 외중에 병사들이 만들어놓은 사람의 벽을 다섯 명의 기사가 뚫고 들어오는 것 이 보였다. 말이 뚫고 들어오는 것이지 기사들은 검집도 뽑지 않은 채 마구잡이로 병사들을 두들겨 패고 있을 뿐이었다. 그러나 그 한 방 한 방에 무거운 힘이 실려 있는지 한 대 맞은 병사는 저만치 나가떨어졌 다.

비록 돌격 기병단이라고 해도 지금처럼 말이 없는 상태라면 보병보 다도 약한 편이었다. 위세도 말이 있을 때와 없을 때는 큰 차이가 나게 마련인 법이다. 그러니 다섯 명의 말 탄 기사가 갑자기 나타나 위에서 검집 채 휘두르며 두들겨도 기병단은 방어 한번 제대로 못한 채 사방으로 흩어질 뿐이었다.

특히 그 다섯 중에 유달리 특출한 자가 있었는데 그는 말고삐도 잡지 않은 채 양손에 길이와 무게가 전혀 다른 중검과 대검을 쥐고 사방으로 휘두르며 질주하는 모습이 마치 평야를 가르는 것 같았다. 까만 머릿결에 까만 갑옷, 그리고 까만 망토를 펄럭이며 나타난 이는 친위대에서도 '흑기사'로 이름 높은 키렌 레스터였다.

키렌을 선두로 뒤에 있는 청년들도 각자의 길을 뚫으며 몸을 드러냈다. 자신의 부하들이 얼토당토않게 맞아 나가떨어지자 화가 치민 크리스틴이 앞으로 나서며 그들을 막았다. 크리스틴이 막 앞으로 나서서 한 청년에게 검을 찌르자 청년도 얼른 맞받아 막아냈다. 순간 주춤하며 청년이 멈춰 서자 사방에서 병사들이 고함을 치며 달려들었다. 이것을 본 키렌이 곧 말을 돌려 다시 병사들 사이로 뛰어들었다. 아직 뽑지 않은 검으로 크리스틴을 향해 기합과 함께 휘두르자 곧 그녀도 온 힘을 다해 막아냈다. 그 사이에 청년이 빠져나가자 키렌도 얼른 물러섰다.

하지만 분개한 크리스틴이 가만히 있을 리 없었다. 뒤돌아서는 키렌을 향해 다시 검을 찔렀다. 그녀의 공격이 매서운 것을 느낀 키렌이 얼른 중검을 들어 막아냈다. 뒤이어 대검으로 그녀의 옆구리를 강하게 내려쳤다. 미처 방어하지 못한 크리스틴은 비명과 함께 바닥에 굴러 떨어졌다. 비록 검집에 들어 있었다고 해도 그 충격은 견뎌내기 힘들 터였다. 키렌은 곧 그녀를 살피기 위해 말에서 내리려 했다.

그때까지 주변에서 키렌과 크리스틴의 싸움을 지켜보던 모르트와 파머가 기겁을 하며 달려들었다. 그들은 키렌이 크리스틴을 죽이려 하는 줄 착각한 것이다. 얼른 파머가 주문을 외웠고 뒤이어 모르트도 두 손을 모아 주문을 외우기 시작했다.

"대장님, 조심하십시오."

키렌의 주변으로 한 청년이 다가와 검을 휘둘렀다.

키렌은 얼른 고개를 들어 자신을 향해 날아드는 투명한 구체로 시선을 돌렸다. 중검을 들어 그 구체를 으깨 버리는 순간 달려온 청년이 검을 뽑아 불덩어리 하나를 마주 쳐냈다.

"어서 나가자!"

한곳에 너무 오래 머물렀다고 판단한 키렌이 곧 청년과 함께 병사들을 헤치며 공터로 달렸다. 사방에서 비명과 아우성이 즐비하게 터져 올랐다.

이미 그들과 안면이 있는 수요와 알은 크게 환호를 했다. 렌베토 역시 이런 곳에서 친위대의 기사들을 만난 것에 의아하긴 했지만 분명 도와주고 있는 것이 확실한 만큼 그들을 반가운 마음으로 쳐다봤다. 특히 키렌과는 약간의 안면도 있었기에 더욱 반가웠다.

일순간에 장벽을 뚫은 다섯은 쏜살같이 마차를 향해 달려왔다. 맨 앞에서 말을 달리던 키렌은 마차 앞을 횡 하니 돌며 대검을 뻗어 흑마의 고삐를 단숨에 잘라냈다. 다음에 중검으로 말 엉덩이를 툭 치며 외쳤다.

"주인에게로 가라!"

그 소리를 알아들었는지 흑마는 재빨리 마차를 벗어나 레온을 향해 달렸다.

"말을 타거라, 레온!"

달려오는 말의 고삐를 잡아채어 말 등에 올라탄 레온은 서둘러 자리를 벗어나 마차로 돌아왔다. 물론 빈틈이 아주 없었던 것은 아니지만 뜻밖의 기사들이 대거 등장한 바람에 돌격 기병단과 마찬가지로 곤라크 역시 당황한 와중이었다. 그는 멀뚱히 레온이 사라지는 것을 지켜보다가 자신도 재빨리 주브노에게로 돌아갔다.

마차로 돌아온 레온은 반갑게 형을 불렀다.

"형, 여길 어떻게 온 거야?"

"마침 이 근처를 지나던 와중에 북소리가 요란히 들리기에 들려봤다. 한데 넌 여기서 뭘 하고 있는 거지?"

"혀, 형?"

의아한 듯 렌베토가 두 사람을 번갈아 쳐다봤다.

"아, 렌베토 경께서도 여기에 계셨군요? 자세한 사정은 나중에 얘기하기로 하고 우선 이곳을 정리하는 것이 급선무 같습니다."

"자네 말이 옳네."

"한데 왜 돌격 기병단과 전투가 붙었는지 물어도 되겠습니까?"

"우리 역시 사정이 많으니 나중에 얘기하도록 하지."

우선 그렇게 입을 뗀 렌베토는 곧 앞뒤를 가리켰다.

"우리 앞을 막고 있는 자는 6돌격 기병단의 크리스틴이네. 그리고 우리 뒤에 있는 저분은 주브노 칼버딘 백작이지."

"칼버딘? 칼버딘의 기사였습니까?"

키렌은 다소 놀랐는지 다시 뒤를 돌아봤다.

"내가 보기엔 저기 저 적기사도 마스터 같습니다만… 그렇다면 적은 마스터 둘에 크루세이더가 하나인 셈이군요?"

"아닐세. 주브노 백작이 데려온 기사도 크루세이더로 추정되어지는 것 같아. 그러므로 크루세이더는 모두 두 명이지. 이외에 저들에겐 마법사도 있다네."

“으음, 어려운 싸움이군요.”

순식간에 전장을 파악한 키렌은 곧 입을 열었다.

“우리 측은 저와 레온이 마스터입니다. 게다가 렌베토 경과 제가 데려온 기사들 넷 모두 크루세이더. 비록 적의 숫자가 많다 하더라도 결코 질 리는 없을 것입니다.”

키렌은 힐끔 렌베토 옆에 로브를 입고 있는 자를 쳐다봤다.

“게다가 우리에게도 마법사가 있지 않습니까? 이 정도라면 빠져나가는 데 충분할 것 같습니다. 정면 돌파를 하도록 하지요! 선두는 저와 친위대가 맡을 테니 경께서는 기병을 이끌고 마차를 보호해 주십시오.”

“아니 될 말이네!”

렌베토가 다급하게 키렌의 어깨를 잡았다. 무슨 일인가 쳐다보는 그에게 마차를 가리키며 이유를 설명했다.

“이분은 기리안 대공의 영애라네. 무리하게 강행 돌파를 했다가 이분께 상처라도 생긴다면 큰일이니 부디 대화로 해결하도록 하세.”

키렌 역시 마차 위에 무녀가 앉아 있는 것을 도착할 때 벌써 보고 있었다. 하지만 그 무녀가 공녀임을 꿈에도 몰랐던 탓에 강행 돌파를 계획했던 것이다. 그는 렌베토의 의견이 합당하다고 판단했기에 얼른 고개를 끄덕이며 다시 명령을 내리기 시작했다.

“너희들은 동서남북 각 방면을 사수하라. 절대 마차에 병사들이 다가오게 해서는 안 된다.”

“네엡!”

우렁찬 목소리와 함께 친위대의 기사들이 사방으로 흩어져 마차를 엄중히 지켰다. 렌베토 역시 기병들에게 여전히 자리를 지키며 마차를 보호하라고 지시를 내렸다. 두 사람의 의견이 맞아떨어진 탓에 마차 주위로 기사와 기병들이 즐비하게 늘어서 새롭게 진용을 갖추기 시작했다.

"렌베토 경께서는 크리스틴을 제어해 주시기 바랍니다. 레온, 넌 주브노 백작을 지켜보도록 해라."

"알았어, 형!"

레온도 잽싸게 말머리를 돌려 주브노를 지켜보기 시작했다. 그곳에는 마스터가 두 명이나 있었고 그중엔 레온과 실력으로도 검으로도 대등한 자가 있었으니 레온은 긴장을 늦추지 않은 채 그들을 주시했다.

다만 지금까지 짐마차를 끌었던 탓에 레온의 흑마는 안장과 등자를 갖추지 못한 상태였다. 흑마 위에서 비록 위세를 떨치고는 있었지만 막상 전투를 한다면 크게 불리할 것을 레온도 알고 있었다. 그는 발끝을 모아 흑마의 허리를 조여 힘을 주며 전의를 불태우고 있었다.

"친위대와 근위대, 윈저의 기마병이라… 굉장하군!"

마차 위에서 수요가 넉살 좋게 입을 열었다.

"거기에 콘버드의 공녀와 칼버딘의 후계자, 6돌격 기병단까지. 왠지 여기 있다는 것만으로도 굉장한 느낌이야."

지금껏 마차 위에서 조바심을 내던 알도 한마디 끼었다.

지금껏 사태가 어떻게 될지 몰라 겁을 내고 있었지만 키렌의 가세에 크게 안심을 하는 알이었다. 우선 다섯만으로 병사들을 뚫고 들어왔다는 점이 큰 도움이었다. 그 한순간의 돌파로 인해 병사들의 사기는 몰라보게 저하되어 있었고 이들 다섯이 맘만 먹는다면 언제라도 다시 뚫을 수 있을 테니 여차하면 내뺄 방법도 생긴 셈이다.

하지만 정말 안심이 되는 것은 키렌의 명령 한마디에 기사들은 물론,

렌베토와 기병들마저 일사불란한 움직임을 보이며 방어 태세를 갖추기 시작했다는 점이었다. 물론 알은 군대에 대해선 전혀 몰랐지만 분명 키렌이 온 후부터 기병들이 눈에 띄게 안정된 모습을 보이고 있다는 것만은 알 수 있었다.

그 점에 있어선 렌베토 역시 눈치 채고 있었던 점이었다. 그는 힐끔 키렌을 훔쳐보며 고개를 끄덕였다.

'버나드 후작께서 자신과 가장 닮은 동생이라고 하더니 정말 일처리 하나는 깔끔하고 대범한 친구로군.'

그리고 다시 레온을 돌아본 후에 그는 고개를 갸웃거렸다.

'한데 키렌에게 형이라고 부르다니? 두 사람은 친형제일까?'

렌베토가 의문을 가지고 생각하고 있을 무렵, 키렌은 앞으로 나서 쌍검을 들어 맞부딪쳤다.

촤아앙!

경쾌한 파공음이 울리며 숲 주변의 공터에 서 있던 모든 이들의 이목이 집중을 했다. 그런 그들을 내려다보던 키렌은 중검을 들어 크리스틴을 가리켰다.

"크리스틴 경! 어찌하여 6돌격 기병단이 이곳에 있는지 여쭈어도 되겠습니까?"

"……."

크리스틴은 대꾸할 말이 없었다. 원래부터 키렌이 친위대의 기사임을 알았던 탓도 있지만 방금 전의 타격에 전의를 잃은 것이 더욱 큰 이유였다. 사실 이런저런 설명을 한다 해도 과연 키렌이 들어줄지도 의문이었다. 어떻게 봐도 키렌은 '듣겠다' 는 행동이 아니라 '비켜라' 는 행동이었으니까 말이다.

“우린 주브노 백작의 부탁을 들어 길을 막고 있었을 뿐입니다.”

크리스틴의 입에서 나온 말은 이것이 전부였다.

물론 자신들도 일정한 목적이 있었지만 밝힐 수는 없었다. 그리고 사실상 주브노 백작의 부탁이 있었던 것도 맞는 말이기에 우선 이 위급함을 몽땅 그에게 떠넘기기로 했다.

역시 키렌은 크리스틴에게서 눈을 떼고는 주브노를 노려봤다.

“난 공녀를 찾으러 왔을 뿐이다.”

“여기 계신 공녀는 기리안 대공의 따님이십니다. 어찌하여 칼버딘 가문이 이 일에 관여하려는지 물어도 되겠습니까?”

“그녀는 내 부인이 될 것이기 때문이다.”

그 대답에 키렌이 당황하여 마차를 바라봤다.

마리오네는 키렌의 시선을 받고도 전혀 당황하지 않은 채 담담하게 대꾸했다.

“아직 아버님의 허락을 받지 않은 것으로 압니다. 그러니 수도로 들어가는 것을 방해하지 않아 주셨으면 좋겠군요.”

일간의 사정을 이해한 키렌이 고개를 끄덕였다.

“주브노 백작, 지금 공녀께서 말씀하신 것을 이해하고 있겠지요?”

“만약 그러하다 해도 수행원 하나 없이 여행을 한다는 것은 옳지 않다. 그러므로 우선 나와 함께 성으로 돌아가…….”

차아앙!

다시 한 번 검을 맞부딪쳐 주브노의 말문을 막은 키렌은 코웃음을 치며 입을 열었다.

“내가 보기엔 공녀께서는 근위대의 수석 기사 분의 호위를 받으며 가고 있는 것 같습니다만! 또한 그것이 잘못되었다 해도 콘버드 가문의 일을 칼버딘에서 나선다는 것은 틀리지 않습니까?"

"아까도 말했듯……."

차아앙! 차아앙! 차아앙!!

세 번 연달아 검을 맞부딪치자 주브노의 안색이 하얗게 변했다. 이제야 키렌이 자신과 대화하고자 함이 아님을 깨달은 것이었다. 반면에 키렌은 여전히 냉소를 지으며 자신을 노려보고 있었다.

"아직 결혼한 것은 아니지요. 그렇지 않습니까?"

키렌의 차가운 눈빛에 주브노의 안색도 크게 변했다.

"이것은 나와 공녀의 일이다. 네가 나설 일이 아니란 말이다."

"이치에 맞는 것을 따질 뿐입니다."

"물러서지 않으면 내가 상대해 주겠다!"

말을 마친 주브노는 어느새 부하의 검을 뺏어 앞으로 나섰다. 그러나 키렌은 기다렸다는 듯 방패를 높이 쳐들어 가운에 새겨져 있는 문장을 사방에 비추었다.

"내 이름은 키렌 레스터. 친위대의 기사입니다. 친위대에게 검을 들이대는 것을 반란으로 간주해도 되겠습니까?"

순간 주브노의 얼굴은 하얗게 질리다 못해 퍼렇게까지 보였다. 그제야 방금 나타난 기사들이 친위대의 기사임을 눈치 챘던 것이다. 그리고 방금 키렌의 말처럼 친위대를 향해 검을 겨누는 것이 무엇을 의미하는지 잘 알고 있었다.

"키, 키렌 경! 그, 그 무슨 말이오……."

주브노가 더듬으며 입을 열었다.

"조, 좋소. 우린 여기서 물러나겠소."

그는 고개를 돌려 마법사에게 뭔가를 지시했다. 마법사가 주문을 외우는 동안 주브노는 물러서서 잠시 마차 쪽을 물끄러미 쳐다봤다.

"기사 간의 결투에 직위가 무슨 소용이 있습니까? 지금 저들은 포위되어 있으니 힘을 쓸 수 없을 겁니다. 호기이니 이참에 공격을 하도록 하지요."

어느새 곤라크가 다가와 속삭이듯 의견을 말했다.

그러나 주브노는 고개를 저었다. 그리고 광장에 서서 무서운 눈초리로 주변을 훑어보는 키렌을 가리켰다.

"아니오. 그도 마스터요."

"헛! 저, 저자도 말입니까?"

"그렇다. 비록 얼마 되지 않아 직접 싸운다면 내 상대는 아닐지라도 마스터임은 분명한 사실이지."

"그렇다면 걱정스러운 것은 저들 넷이군요. 하긴 척 보기에도 저들은 크루세이더로 추정되니 우리 측이 약간 불리할 수도……."

"아니."

주브노는 그의 말을 끊더니 오만한 목소리로 말했다.

"내가 정말 두려워하는 건 저 녀석의 배경이다. 레스터 가문, 바로 페나인 최고의 검가로 유명한 그 가문을 두려워하는 거지."

"주군, 주문이 완성되었습니다."

마법사의 말을 듣고 주브노는 곧 몸을 돌렸다.

그를 따라 몸을 돌리며 곤라크는 중얼거렸다.

"레스터, 레스터라……."


주브노 일행이 공간 이동을 해서 자리를 떠나자 이제 한시름 덜었다는 표정으로 렌베토는 안도를 했다. 이제 더 이상 돌격 기병단이 자신들을 막을 이유는 없어진 셈이었다. 하지만 렌베토는 서두르지 않고 키렌을 바라봤다. 여기까지 일을 추진한 사람이 키렌이었으니 마지막도 그에게 맡길 생각인 것이다. 그의 짐작대로 키렌은 천천히 말을 몰아 크리스틴 앞으로 다가서고 있었다.

"자, 아직도 마차를 막아야 할 이유가 있습니까?"

"없습니다."

침중한 어조로 크리스틴이 대답했다. 그리고 손을 들어 신호를 하자 곧 북소리가 울리며 병사들이 물러서기 시작했다. 그들이 완전히 숲으로 물러서길 기다린 후에 키렌은 크리스틴을 향해 목례를 취했다.

"다음에 다시 만납시다."

"별로 만나고 싶지 않군요."

톡 쏘듯 대꾸한 크리스틴은 냉큼 말을 집어타고 숲으로 사라졌다.

"대장, 완전히 미움받았군요."

청년 중에 한 명이 싱긋 웃으며 입을 열었다. 키렌은 그냥 씩 웃고는 곧 마차로 다가왔다. 말에서 내린 키렌은 렌베토에게 정중하게 인사를 건넸다.

"미처 인사를 하지 못해……."

"됐네. 위급할 때 도와주어 고맙네."

렌베토가 사양을 하자 키렌도 곧 고개를 끄덕였다. 그리고 슬쩍 주변을 돌아보며 고개를 갸웃했다. 아무리 생각해 봐도 전혀 어울리지 않는 일행으로 보였던 것이다. 중개상과 공녀와 윈저의 기사단과 근위대. 공통점이 전혀 없음에도 희한하게 한 자리에 모여 있다는 점이 특이했다.

키렌은 렌베토를 바라보며 궁금해하던 것을 묻기로 했다.

"공녀를 모셔 가는 중이었던 모양이지요?"

"아니네."

"네?"

"전 여기 있는 상인 분들과 계약을 맺었습니다. 이분들이 절 수도까지 데려다 주실 거예요."

그렇게 대답한 마리오네는 한참을 묵묵히 앉아 있더니 문득 알을 돌아보며 물었다.

"계약이란 말이 맞지요? 개약이었나요?"

"계약이 맞습니다."

"아, 네."

잠시 두 사람을 바라보고 있던 키렌이 반쯤 얼어버린 표정으로 레온의 옆구리를 찌르며 속삭였다.

"뭐, 뭐냐? 저 얼어버릴 것 같은 어색함은?"

"음, 마리오네 공녀는 신전에서 5년을 살았대. 그래서 실생활에 대해서 모르는 점이 많은 것 같아."

"그, 그런 문제가 아니잖아. 저 또래의 여자라면 당연히 '어머, 그러세요?' 라거나 '아잉~ 그럴 수도 있지요' 같은 말투여야 하는 거 아니냔 말야."

"그런 건 몰라. 처음부터 저렇게 무표정한 얼굴로 말했으니까."

"요, 용케 버텨왔구나."

키렌이 감탄의 고갯짓을 하는 동안 레온은 어깨를 으쓱했다.

"뭐 조금 지나니까 익숙해지긴 했는데……."

레온은 알을 가리켰다.

"저 녀석은 처음부터 당연하게 받아들이고 있지만 말야."

"괴, 굉장한 녀석이군……."

키렌과 레온이 대화를 주고받는 동안 '계약'에 대한 설명을 알에게
듣고 있던 마리오네가 천천히 고개를 돌렸다. 그녀의 시선도 천천히
돌아가더니 키렌의 앞에 머물렀다. 흠칫 몸을 떠는 키렌을 향해 마리
오네는 핑크 빛 입술을 살짝 열어 속삭이듯 말했다.

"다 들려요, 키렌 경."


짐을 챙겨 길을 나서게 되었을 때 인원은 원래보다 다섯이 더 늘어
났다. 키렌과 그의 부하 기사들 네 명이 그들이었다. 알고 보니 그들
역시 지금 수도로 돌아가는 중이었다.

중개상인 레온과 알, 수요, 근위대의 렌베토, 윈저 기사단 소속의 마
법사와 기병 아홉 명, 친위대의 키렌과 기사 네 명, 총 열아홉 명의 남
자들의 보호를 받으며 홍일점이자 콘버드의 공녀인 마리오네는 묵묵히
마차 위에 앉아 있었다.

그 뭐든지 얼려 버릴 것 같은 가공할 무표정을 어떻게 해보겠다고
꽤 많은 남자들이 도전했지만 끝내 얼어버린 채 길바닥에 버려졌다는
일화는… 불행히도 없다.

다만 윈저의 기병이든 친위대의 기사이든 모두 혈기 왕성한 젊은이
였던 탓에 마리오네에게 잘 보이려고 애쓰는 모습은 확실했다. 하지만
그런 일행들 틈에서도 심각한 표정을 지으며 말을 달리는 사람들이 있
었다. 그들은 숲에서 있었던 그 전투에 대해 생각하고 있는 중이었다.

'어째서 6돌격 기병단은 주브노의 부탁을 받아 길을 가로막았던 것
일까?'

렌베토는 이 알 수 없는 이유에 대해서 매우 심각했다.

　그도 그럴 것이 돌격 기병단의 편성상 칼버딘은 전혀 상관이 없기 때문이다. 전사들 능력이 가장 뛰어난 레스터 출신들이 1, 2돌격 기병단 소속이었고, 스고우 출신이 3, 4였으며, 영지 내에 사람이 적은 윈저와 리저드가 각각 5, 6돌격 기병단에 소속되어진다. 마지막에 7, 8은 콘버드 출신이었고 9, 10은 위클리프 자체에서 뽑는다. 국경에 접하고 있다는 이유로 칼버딘에서는 돌격 기병단을 뽑지 않는다.

　지휘자들도 그 지역 출신들을 뽑는 것을 당연시하기 때문에 각각의 군단들도 각 영지와 밀접한 관련이 있게 마련이었다. 그런데 왜 6돌격 기병단은 주브노의 명령을 들었던 것일까?

"레온과 전 형제입니다."

뾰족한 화살촉을 떼어내며 입을 연 이는 키렌이었다.

그의 앞에는 화살이 엉겨 붙어 작은 불빛을 이뤄내고 있었다. 평야였기 때문에 땔감이 없었던 일행은 고든 마을에서 제프가 실어준 화살로 장작을 대신하고 있었다. 물론 여름이기에 모닥불은 아주 작았다. 이십여 명이 먹을 스튜 하나를 겨우 끓일 수 있을 정도, 세 개뿐인 천막을 겨우 밝힐 수 있을 정도에 불과했다. 하지만 화살은 벌써 반이나 사라졌고 그만큼 화살촉이 바닥을 뒹굴고 있었다. 그리고 모두들 따로 떼어서 모으는 이유인 즉 철제인 화살촉을 대장간에 가져다가 팔겠다는 집념 어린 알의 발언이 있었기 때문이었다.

"역시 그랬군. 그렇다면 저 나이에 마스터인 것도 당연한 거겠지. 가문이 페나인 제일의 검의 명가라면 말이야. 한데 왜 레온은 장사를……?"

모닥불 반대 편에 앉아 있던 사람은 렌베토였다. 그 역시 화살촉을 떼어내며 '대체 내가 왜 이 짓을' 하고 중얼대긴 했지만 정중한 알의 부탁을 거절하지 못한 채 부지런히 떼어내고 있는 중이었다.

"글쎄요… 레온의 꿈은 중개상이 되는 거라더군요."

키렌은 대답과 함께 슬쩍 천막을 쳐다봤다.

그쪽엔 아무것도 없었다. 천막의 출입구는 반대 편이었고 키렌이 쳐다본 곳은 그저 하나의 천이 처져 있었지만 그 너머에서 들려오는 웃음소리에는 알과 수요, 그리고 레온의 음성이 섞여 있었다. 반대 편 천막에 그들이 있기 때문이었다.

"놀랍군. 귀족의 자제가 중개상이 꿈이라니. 하면 공작 각하께서도 이 일을 알고 계시나?"

"물론 알고 계십니다."

그렇게 대답한 키렌은 목소리를 죽여 조심스럽게 다음 말을 이었다.

"하지만 레온을 만났다는 말은 하지 않는 게 좋을 것 같습니다. 사실은 지금 레온은 가문과 의절 상태라서 말입니다."

"이해하네."

"이해할 수 없을 겁니다. 귀족으로 태어난 녀석이 어째서 장사 따위를……."

자그마한 목소리였지만 키렌은 충분히 울분을 담아 토해내고 있었다. 마치 옆에 천막에 들리지 않게 하려는 배려 같았다. 차라리 들리게 하면 레온이 반성을 하고 원래의 기사 수업을 받지 않을까 생각한 렌베토였지만 이내 고개를 저었다. 그리고 약간 조심스럽게, 그러면서도 믿음과 의심이 뒤섞인 목소리로 천천히 입을 열었다.

"너무 걱정 말게. 앞으로는 장사꾼들의 세상이 올 테니까 말이야."

"…무슨 말씀이십니까?"

"허헛, 험험."

렌베토는 헛기침을 하며 어깨를 으쓱했다.

"사실은 나도 궁금한 말이네. 방금 내가 한 말은 윈저 대공께서 했던 말씀을 그대로 전한 것뿐이니까. 그분께서는 앞으로 장사꾼의 세상이 올 것이라는 알 수 없는 말을 자주 하시거든."

"…그렇습니까? 하지만 대공께서 하신 말씀이라면 뭔가 이유가 있겠지요."

키렌의 말에 렌베토는 대답을 피하며 묵묵히 앉아 있었다. 충성은 충성이고 불만은 불만인 셈이다. 대공의 추천과 대공의 위세를 업어 출세하긴 했지만, 어디까지나 렌베토는 윈저의 사람이었다. 윈저의 사람으로서 대공의 은거 생활에 불만을 품지 않는 사람은 없었다. 그의 침묵은 그런 의미를 담고 있었다.

어색한 분위기를 깨려는 듯 키렌은 화제를 바꿨다.

"소문을 듣자니 콘버드에서 있었던 무술 대회에서 레온이 제법 명성을 날렸던 것 같더군요."

"굉장했지."

그때를 회상하며 렌베토도 고개를 끄덕였다.

"한데 여기까지 소문이 퍼졌나?"

"그럼요. 누가 뭐래도 레온은 십대 마스터 검사니까 말입니다."

"그렇군."

"어땠나요?"

렌베토는 입가에 미소를 지으며 레온의 결투를 하나씩 설명하기 시작했다.

　　"제대로 떼어서 모아. 다 돈이니까……."
　　"이런 거 모은다고 얼마나 되겠어? 하여간 극성이라니깐."
　　모닥불 옆에 둘러앉은 수요는 한참을 투덜대고 있었다.
　　"공녀께선 그냥 앉아 계셔도 돼요."
　　레온이 마리오네의 것을 뺏으려 하자 그녀는 화살을 꼭 움켜잡았다.
　　"저도 할 수 있습니다."
　　"하지만……."
　　"작은 돈이라고 무시해선 안 되는 거야. 레온, 이 정도 일은 괜찮아.
그리고 하고 싶어하시잖아. 내버려 두라구."
　　"그렇지만……."
　　"키렌 경께 형이라고 했던 것 같은데… 그럼 형제인가요?"
　　느닷없는 마리오네의 질문에 모두들 하던 일을 멈추고 그녀를 쳐다
봤다. 레온은 어색한 미소를 지으며 고개를 끄덕였다.
　　"그럼 레스터 가문?"
　　레온은 다시 고개를 끄덕였다.
　　마리오네의 얼굴에 살짝 놀라움의 감정이 스쳐 지나갔다.
　　"놀랍군요."
　　"뭐가 말인가요?"
　　"공작의 자제께서 장사라니……."
　　마리오네는 천천히 수요와 알을 번갈아봤다.
　　"혹시 두 사람도……?"
　　"아니요. 전 평민입니다. 알 베자스, 포란의 대상. 내세울 거 하나

없습니다. 그것뿐이지요."

"그렇군요. 그럼 귀족과 평민이 친구처럼 지내는 거로군요?"

마리오네의 말에 두 사람은 잠시 서로를 쳐다봤다. 얼굴에 표정 하나 없이 말하는지라 도대체 무슨 뜻인지 알 수가 없었던 것이다. 귀족과 평민이 친구 관계인 것을 좋아하는 것인지 싫어하는 것인지 도무지 종잡을 수가 없었다. 하지만 이어진 마리오네의 말에 두 사람은 약간의 당혹과 함께 안도를 할 수 있었다.

"멋져요!"

"……."

"멋지다니요?"

"너랑 나랑 친구인 게 멋지다는 뜻 같아."

알의 대꾸에 이어 마리오네는 잠시 생각을 하더니 굳게 결심한 것 같은 표정으로 입을 열었다.

"괜찮다면……."

물론 그녀의 표정은 언제나처럼 큰 변화는 없었다.

"나도 다같이 친구처럼 지냈으면 하는데 안 될까요?"

"안 돼요."

알이 단호하게 대답했다. 이어 수요도 놀랐는지 막 떼어낸 화살촉을 모닥불에 떨어뜨리며 멍청히 그녀를 바라봤다. 하지만 마리오네는 여전히 담담한 얼굴로 알을 쏘아볼 뿐이었다.

"신분이 다른데 어떻게 친구가 되겠습니까?"

"이런 경우엔……."

마리오네는 침착하게 입을 열었다.

"나이 차가 나서 안 된다고 하셔야 정상입니다. 왜냐하면 이미 오빠는 귀족인 레온 오빠랑 친구 사이가 되어 있으니까요."

"얼렁뚱땅 오빠라고 부르지 마십시오."

"그럼 아저씨라고 불러요?"

"……."

잠시 알과 마리오네는 말을 끊고 눈싸움을 벌였다. 눈에 보이지 않는 길다란 뇌전이 두 사람의 눈에서 뿜어져 나오며 강한 스파크와 방전을 일으키고 있었다. 하지만 그뿐이었다.


저녁 내내 벌어진 설전이 누구의 승리로 돌아갔는지에 대해선 전혀 전해지는 바가 없다. 다만 다음날 아침부터 마차 위에서 나눠진 대화에 의해 승자가 누구인지는 알 수 있었다.

"오빠, 이 화살촉 전부 세어야 하지 않을까? 그래야 계산하기 편할 것 같은데?"

"아니, 그럴 필요는 없어. 어차피 무게로 달 테니까."

"아하, 그렇구나."

마리오네는 가는 팔을 들어 주머니를 들려는 시늉을 했다.

"우와, 이거 꽤 무겁네."

"당연하지. 화살촉이 수백 개는 될 텐데."

알은 그 묵직한 주머니를 마차 한쪽에 잘 보관했다.

"어쩜, 오빠는 힘도 세구나."

"……."

그렇다. 그 전날 알은 마리오네의 고집에 져서 드디어 오빠 동생으로 지내게 되었다. 물론 레온과 수요도 덩달아 오빠가 되었지만 이 두 사람은 마부석에 앉아 철저한 외면으로 마차를 끄는 데만 전념할 뿐이었다. 그리고 마차 뒤의 대화에 대해 철저하게 방관하고 있었다.

"부탁인데, 그렇게 무표정한 얼굴로 감탄사가 섞인 대사를 남발하는 것 좀 자제해 주겠어? 그거 충분히 헷갈린다구."

"하지만 어쩔 수 없어. 늘 이런 얼굴로 살아왔는걸."

"어디에서?"

"신전에서."

"나도 신전에서 살아왔어. 평생을. 하지만 그런 얼굴이 되진 않던데?"

"당연하지. 난 수행을 위해 신전에 있었던 거니까."

처음과 달리 마리오네는 조금씩 말이 많아지고 있었다. 물론 그 대부분의 말이 표정과 맞지 않아 상대하는 사람을 당혹시킨다는 점은 여전했지만. 그런데도 알은 꿋꿋이(?) 그 대화를 지속해 나가는 유일한 존재였다.

알이 마리오네의 전담 요원이 되어 마차 위에서 대화를 하고 있는 동안 앞서 가던 키렌이 천천히 마차 옆으로 붙었다. 정확하게는 레온 옆으로 붙어서 말을 달리기 시작했다.

뭔가 할 말이 있어서라고 판단한 레온은 고삐를 수요에게 넘기며 키렌을 쳐다봤다.

"콘버드에서의 일, 들었는데 말야."

키렌은 조금 걱정스러운 표정으로 그를 바라봤다.

"맥클리스 경을 단숨에 날려 버렸다는 그 공격… 아무리 생각해도 마법인 것 같은데, 무슨 징후 같은 거 없었니?"

"아니, 전혀."

그렇게 대답한 레온은 문득 흙먼지 속에서 누군가와 대화를 나눴다는 것을 떠올렸다. 그 일은 왠지 꺼내선 안 될 것 같았기에 아직까지 알과 수요에게도 말하지 않았다. 하지만 무기 수집가인 키렌이라면 설명해 줄 수 있지 않을까 생각된 레온은 곧 빤히 쳐다보며 목소리를 낮췄다.

"그러고 보니 흙먼지 속에서 눈에 보이지 않는 누군가와 대화를 나눴던 것 같아."

마스터가 아니면 들을 수 없을 정도의, 거의 혼잣말에 가까운 중얼거림이었다. 물론 그 의도를 눈치 챈 키렌도 목소리를 낮춰 질문을 하기 시작했다.

"눈에 보이지 않았다고? 그게 누구지?"

"모르겠어. 하여간 소리는 사방에서 들려왔는데 모습은 보이지 않았어. 아참, 빨간 실이 몇 가닥 보이긴 했는데, 그는 그것이 자신의 머리카락이라고 했었어."

"빨간색 머리카락? 눈에 보이지 않는 존재라……."

키렌의 얼굴이 더욱 어두워졌다. 도무지 알아들을 수 없었던 탓이었다.

"좀 더 자세히 설명해 봐."

"그러니까……."

키렌의 재촉에 레온은 검에서 이상한 기운이 뿜어져 나왔을 때부터 알과 수요가 달려왔을 때까지를 설명했다. 특히 그 붉은 머리카락의 존재와 나누던 대화에 대해서는 토씨 하나 빼지 않고 자세히 말했다.

한참을 듣고 있던 키렌은 더욱 굳어진 얼굴로 중얼거렸다.

"맹약, 맹약이라… 카논의 세이버는 마법검이 아니라 소환검인 것일까?"

"소환검?"

"아니, 아니야."

키렌은 생각을 접으며 정신을 차렸다.

"내 생각엔 그 눈에 보이지 않는 존재는 정령 같아."

"정령?"

"그래. 눈에 보이지 않는 정령이라면 단연코 바람의 정령일 거야. 그리고 경기장을 박살낼 정도의 능력을 지닌 녀석이라면 분명 고급 이상……."

잠시 말을 끊고 키렌은 멍한 표정을 지었다.

바람의 정령에 대해서 설명하던 중 문득 떠오른 생각이 있었다. 어제 6돌격 기병단을 뚫고 지나가면서 있었던 전투, 크리스틴과의 격투 직후에 있었던 일. 눈에 흐릿하게 보였던 구체를 검집으로 으깨어 버리듯 박살냈던 그 한순간이 문득 떠올랐다. 그 직후에 자신을 향해 날아드는 불덩어리를 부하가 달려들어 막아줬던 것도 기억났다.

그때는 빨리 뚫고 지나가야 한다는 생각과 부하를 구해야 한다는 조급함에 미처 생각하지 못했었다.

'크루세이더 급의 검사, 바람의 정령을 구사하는 정령사, 그리고 마법사.'

키렌의 뇌리에 떠오른 세 사람은 얼마 전 레온의 마차를 습격했던 사람들 중에 놓친 자들이었다. 사냐를 보호하며 평야를 가로지르는 레온을 검과 마법, 정령을 구사해 쓰러뜨린 자들.

그리고 묘하게도 어제의 전투에서 6돌격 기병단의 병사 중엔 정령사와 마법사도 있음이 드러났다. 마법사의 수도 한정적이긴 하지만, 정령사의 경우엔 능력을 타고나야 하는 특수한 경우이기 때문에 거의 존재하기 힘들었다.

'우연의 일치일까? 아, 아니야. 그러고 보니 크루세이더 급의 검사 역시 여자였어. 그렇다면?'

키렌은 확신했다.

레온을 습격한 일행이 크리스틴이었다는 것을. 여자 크루세이더에 바람의 정령사, 마법사를 동시에 충족시키는 파티를 찾기는 힘들었다. 그리고 묘하게도 그 셋을 동시에 충족시키는 자들을 그는 어제 마주쳤다.

'하지만 왜?'

습격한 당사자가 크리스틴이라면 결코 엘프 따위를 납치하기 위해서는 아닐 것이다. 그렇다면 크리스틴은 왜 엘프 사냥꾼 행세를 하면서까지 레온 일행을 습격했을까? 또한 이미 레온의 실력에 대해서 알고 있음에도 불구하고 습격해야만 했던 이유는 무엇이었을까?!

알 수 없는 이유에 머리 속만 혼란해진 키렌은 거푸 머리를 흔들었다. 크리스틴에게 직접 묻지 않는 한 이 일은 오리무중일 것이 뻔했다. 하지만 한 가지만은 확실히 알 수 있었다.

키렌은 레온을 향해 고개를 돌렸다.

"레온."

"응? 뭔지 알 것 같아?"

"아니, 검에 대한 건 나도 잘 모르겠어. 어쩌면 그 검의 비밀을 밝히는 것이 네게 남겨진 숙제인지도 모르지. 지금 그것보다 중요한 것은 말야."

"어?"

"6돌격 기병단을 조심해. 크리스틴을 말야. 알겠지?"

"응."

키렌의 충고에 간단하게 대답하는 레온이었다.

그의 표정을 읽고는 '이 녀석 전혀 위화감을 느끼지 못하고 있잖아!' 라고 생각한 키렌은 다시 한 번 무거운 어조로 반복했다.

"크리스틴을 조심해. 알겠어?"

"응……."

다소 이상함을 느꼈는지 레온은 멀뚱히 키렌을 바라봤다.

"왜?"

"위험해. 잘은 모르겠지만 그 여자는 너를 해치려는 것 같아. 그러니까 조심하란 말이야."

"에에? 거, 겨우 말대답 몇 번했다고?"

"그건 모르겠어. 나중에라도 그 이유를 알게 되면 가르쳐 줄게. 하여튼 지금은 크리스틴을 조심하란 말야."

"알겠어. 충고 고마워, 형."

레온은 가볍게 고개를 끄덕이며 활짝 미소를 지었다.


아직 해가 지지 않은 저녁 무렵, 일행은 드디어 페로즈 성에 도착했다. 삼백 년 가까이 되는 별로 유구하지 않은 역사인 데다가 겨우 신생 국가의 티를 벗어낸 페나인 왕국의 수도였다. 역시나 왕국이 세워진 이후에 지어진 것이라 짧은 역사이긴 하지만 수도의 자태는 깔끔하면서 투박한 맛이 가미된 담백한 건축 구조였다. 물론 일행은 아직 성에 들어가지도 못했기에 그저 외관만을 보고 느끼는 것이었지만.

"저희는 여기서 이만 가볼까 합니다."

느닷없이 마법사와 아홉 명의 윈저 기병들이 인사를 건넸다.

“아니, 여기까지 오셨는데 잠깐 들려서 가시지요?”

정중하게 인사를 건넨 이는 키렌이었다.

하지만 그들을 대신해 렌베토가 나섰다.

“이들은 이번 콘버드의 축하 사절이라네. 정확하게는 그 역할을 맡은 날 호위하기 위해 온 것이었지. 오랫동안 자리를 비웠으니 이만 돌아가야지.”

렌베토는 넌지시 봉투 하나를 꺼내 마법사에게 건네었다. 그리고 그를 끌고 멀찍이 떨어져서 무언가를 부탁했다.

“자세한 사항은 이 봉투 안에 모두 적어뒀네. 대공께 직접 전해드리게.”

“걱정 마십시오. 그걸 위해서 제가 온 것이니까요.”

“그럼 믿고 맡기네.”

마법사가 목례를 하는 동안 키렌이 다가가 입을 열었다.

“어젯밤 한숨도 안 주무시고 무언가를 적더니 대공께 전할 편지였군요?”

“헛! 드, 들었나?”

“앗, 들으라고 하신 말씀이 아니었군요!”

키렌은 장난스레 말을 건네고 곧 이어 레온을 가리켰다.

“하지만 그 정도 속삭임은 저뿐만 아니라 레온도 들었을 겁니다.”

“허허, 마스터가 두 사람이나 있다는 것을 깜빡했군.”

렌베토는 별로 개의치 않는지 웃고는 그만뒀다.

이윽고 편지를 챙긴 마법사가 기병들과 함께 떠나자 남은 사람들은 드디어 페로즈 성으로 들어가기 시작했다.

페로즈 성에 들어간 직후에는 키렌과 친위대 기사들이 떠나기 위해 인사를 건넸다. 예상은 하고 있었지만 너무 빨리 떠난다는 생각에 아쉬운 레온이 얼른 입을 열었다.

“벌써 가, 형?”

“응, 일이 급하거든.”

“예……?”

키렌은 목소리를 낮춰, 특히 렌베토의 행동을 눈여겨보며 대답했다.

“전에 말했던 일 말야. 아직 해결되지 않았거든. 이번에 돌아온 것은 마법사를 지원받기 위해서야. 아무래도 기사들만으로는 무리가 가서 말이지.”

“아, 그렇구나. 그럼……?”

“그래, 지금 아버지께 가는 중이야. 널 데려갈 순 없잖아? 이해하지?”

“응…….”

레온이 시무룩하게 대답했다.

키렌은 그의 어깨를 툭툭 쳐주며 격려했다.

“네가 하고 싶어서 시작한 일이잖아? 그렇게 기운 빠지면 어떡해?”

그리고 덧붙이는 것을 잊지 않았다.

“형들에게 주의를 들었겠지만 여기서 얼굴 내밀고 다니지 않는 게 좋을 거야. 최근엔 우리 측 귀족들도 많이 상주하고 있어서 네 얼굴을 아는 사람이 있을 테니까. 알겠지?”

“알았어. 결론은 아버지가 알지 못하게 하란 뜻이지?”

“그래. 알고 있다니 다행이다. 그럼 난 이만 가마.”

키렌은 곧바로 렌베토에게도 인사한 후 대로를 따라 도시 깊숙이 사라졌다.

잠시 그의 뒷모습을 보던 렌베토는 마차를 향해 시선을 돌렸다.

"기리안 대공의 저택은 시 외곽에 지어져 있습니다. 공녀께서도 아시겠지만 조용한 것을 좋아하시는 분이라 그런 것으로 압니다."

마리오네는 대답 대신 짤막하게 고개를 끄덕였다.


"멈춰라! 여기가 어딘 줄 알고 함부로 들어오는 거냐!"

렌베토가 안내한 저택은 높다란 벽부터 섬세한 문양이 빽빽하게 들어찬 화려한 곳이었다. 그리고 그 저택의 정문에 서 있던 문지기 두 사람이 막 레온이 몰고 있던 짐마차를 막아섰다.

"우린 공녀를 모셔왔습니다."

잠시 문지기들은 레온들을 훑어보기 시작했다. 마부석에 앉아 있는 레온과 수요를 본 후에 살짝 고개를 젓고, 마차 옆에 서 있는 기사의 얼굴을 슬쩍 훔쳐본 후에 또 고개를 젓고, 마차 안에 있던 알의 얼굴을 본 후에도 또 고개를 젓던 문지기들은 드디어 마리오네와 눈빛이 마주쳤다. 잠시 마리오네를 응시하던 문지기는 살짝 고개가 옆으로 틀어지더니 이어서 세차게 도리질을 해댔다. 그리고 약간 화난 음성으로 레온을 향했다.

"어디에 공녀가 있다는 거야?"

"여기에 있잖아요?"

레온은 성의껏 다시 마리오네를 가리켰다. 뒤에 있던 알이 알겠다는 듯 입을 열었다.

"아마 머리를 잘라서 알아보지 못하는지도 몰라."

"아니야, 오빠."

마리오네는 당연하다는 말투였다.

"이들은 내가 누군지 몰라. 당연하지 않아? 난 5년 간 신전에 있었으니까. 게다가 이들은 콘버드에는 오지도 않았을 테니까."

"에에……?"

알과 레온이 의아한 목소리를 내는 데 반해 렌베토와 수요는 고개를 끄덕였다. 기리안 대공이라면 왕국에서도 가장 정치적 세력이 큰 재상이었다. 그만큼 따르는 사람도 많을 테니 아랫사람 정도는 현지에서 충분히 조달해서 쓸 것이 분명했다.

그렇다면 공녀를 데려다 놓고 백날 설명해 봐야 얼굴도 모를 문지기들에겐 통하지 않는 일! 그러나 이런 경우에도 충분히 통할 수 있는 인물이 있었다. 바로 렌베토였다.

렌베토는 앞으로 나서 근엄하게 말했다.

"난 근위대의 렌베토이다. 대공 전하를 뵈러 왔으니 속히 안내해 주기 바란다."

"아앗. 네! 몰라 봬서 죄송합니다."

그저 이름을 밝히는 것만으로도 문지기는 놀라 황송해하며 급히 안으로 달려갔다.

렌베토의 이름 덕에 일행은 무사히 저택으로 들어갈 수 있었다. 물론 수도에서 근위대의 명성은 하늘을 찌를 듯했기 때문에, 게다가 근위대에서도 요직을 차지하고 있는 렌베토의 명성도 제법 쟁쟁했기 때문에 일행은 곧바로 응접실로 안내되었으며 잠시 간의 기다림 와중에도 차와 과자, 파이를 얻을 수 있었고 업무를 마치고 집에서 휴식을 취하던 대공을 금세 불러낼 수 있었다.

응접실은 와삭대는 소리로 넘쳐 나고 있었다. 알이 과자를 먹는 소리였으며 그 옆에서 수요가 질세라 씹어대는 중이었다.

물론 알이 이런 먹을 것에 집착하는 성격은 절대 아니다. 하지만 그의 머리 속을 꽉 채우고 있는 것은 '귀족들이 먹는 당분이 잔뜩 담긴 과자를 지금이 아니면 과연 언제'였기 때문에 거의 본능적으로 먹고 있는 중이었다.

"오오, 이거 맛있군."

알의 말이 끝나기 무섭게 수요의 요리 강좌가 시작된다. 한참 동안 그 과자를 만드는 법과 교양있게 먹는 법에 대해 떠들면서, 물론 그 와중에 질세라 자신의 입에 넣는 것을 잊지 않으면서 두 사람은 넓은 응접실에 모여 있는 사람들을 서서히 질리게 만들고 있었다. 그 끝없는 식욕과 끝없는 수다로!

"저어, 정말 기사 분과 일행이십니까?"

집사인 듯한 중년의 사내가 조심스럽게 물어왔다.

렌베토는 어색한 몸짓으로 수긍을 했지만 사실은 매우 쪽팔려서 어딘가 달아나 버리고 싶었다. 그나마 다행인 것은 레온과 마리오네는 가문의 수업을 착실히 받은 탓인지 꽤나 예의를 차리며 앉아 있다는 점이었다. 만약 이들까지 가세하여 게걸스러운 풍모를 자아냈다면 자신은 그야말로 기사의 탈을 쓴 '네 명의 거지 아동을 데리고 들어온 보모'가 아니겠는가!

집사와 하인들의 애정 어린 눈총을 한 몸에 받으며 끝나지 않을 것 같던 쪽팔림은 다행스럽게 기리안 콘버드 대공이 들어섬과 함께 종말을 맞이했다. 휴우, 하고 안도의 한숨을 쉬며 렌베토는 일어나 예를 취했다.

"렌베토 경께서 여긴 어인 일이오?"

반갑게 맞아주는 얼굴이었지만 눈빛은 예사롭지 않았다.

그도 그럴 것이 기리안 대공의 최대 정적은 윌리엄 공작과 윈저 대공이기 때문이었다. 지금 자신을 찾은 렌베토가 누구인가? 윌리엄 공작의 오른팔 격인 장남 버나드가 이끄는 근위대의 중추 중에 한사람이며 윈저 대공의 심복으로 알려진 자였다. 그런 렌베토가 이런 늦은 시간에 갑작스럽게 찾아왔다는 것에 의아하긴 했지만 마냥 반가워할 수만은 없었다.

대공은 통통한 얼굴 가득히 미소를 띠며 찬찬히 렌베토를 살피고 있었다. 마치 흡사 한 마리 승냥이가 먹이를 노리는 것처럼 용건이 무엇인지 가늠하려는 태도였다.

반면에 렌베토는 대답 대신 손을 들어 응접실 테이블에 얌전히 앉아 있는 마리오네를 가리켰다.

그가 가리킨 곳으로 시선을 돌리던 기리안 대공은 살짝 눈살이 찌푸려지긴 했지만 그 정략적으로 갖춰진 얼굴만은 흔들림이 없었다. 자신이 무척이나 아끼던 응접실이 어린 아이들의 과자 부스러기에 의해 범해지고 있는 걸 보는 건 가히 즐거운 일은 아니었다. 하지만 감정이 상했다고 그것을 표현하는 것은 훌륭한 정략가의 자질이 아님을 기리안은 알고 있었다. 게다가 이 아이들은 모두 렌베토가 데려온 자들이었으니 무턱대고 화를 내서 렌베토에게 빈틈을 보일 수는 없었다.

기리안은 어느새 만면에 미소를 머금으며 렌베토를 바라보고 있었다.

"아이들이군요."

"그렇습니다."

대답을 마친 렌베토는 문득 기리안의 대답이 잘못되었다고 느꼈다.

"아, 혹시 못 보신 건 아니겠지요?"

"무엇을 말입니까?"

렌베토의 반응에 의아한 표정을 살짝 지으며 기리안은 다시금 아이들 쪽을 주시했다. 마침 이번엔 때를 같이 하여 한 소녀가 일어나는 것이 보였다. 그 뒤로 말끔한 소년이 뒤이어 일어서고 그 뒤로는 테이블의 만행을 저지르던 두 소년이, 소년으로 보기엔 너무나도 지저분해서 청년쯤으로 치부해 버리고 싶은 녀석들이 몸을 일으키고 있었다. 그들은 차례대로 목례를 하며 정중하게 예의를 차렸지만 기리안의 눈에 찰 만큼 만족스런 인사는 없었다.

왜냐하면 그들은 흔하디흔한 반짝이는 물건—물론 그것이 꼭 보석일 필요는 없지만—조차 꺼내지 않았다. 입고 있는 옷노 긴 여행을 하고 왔는지 색이 바래고 남루했으며, 특히 지저분한 밤색 머리칼의 소년은 정면으로 마주 대하고 싶지 않을 정도의 추한 외모였다. 자신을 향해 씩 미소를 던질 때 보인 툭 튀어나온 치아조차도 누런 황금색으로 빛날 정도였다. 그 옆의 청년은 누런 피부로 척 보기에도 페나인 사람이 아닌 야론인의 태생임을 알 수 있었다. 이목구비가 확연한 것이 추함과는 거리가 멀었지만 외국인이라는 생각 때문에 역시 좋은 인상을 주진 않았다.

반면에 나머지 두 사람, 소년과 소녀는 꽤 깔끔한 외모에 훤한 인상을 주었다. 금발의 소년은 긴 머리를 뒤로 묶은 것이 무척이나 시원해 보였고 잡티 하나 없는 깨끗한 안색이었다. 그 뒤에 서 있는 무녀 역시 갓 소녀 티를 벗었는지 투명할 정도의 하얀 피부에 가는 눈썹, 오뚝한 콧날과 고집스럽게 다물린 입술을 한 귀여운 얼굴을 하고 있었다. 한 가지 흠이라면 귀 위에서 커트 친 까만 머릿결이 창백하게 표정없는 얼굴과 조화를 이루지 못한다는 점이었다.

기리안은 자신이 가지고 있는 미적 감각으로 슬슬 무녀의 얼굴을 조합해 나가기 시작했다. 사람을 얼어붙게 만들 것 같은 냉담한 표정을 조금 미소 짓는 얼굴로 바꾸고 귀 위에 잘려진 머리카락을 어깨 정도 길이로 바꾸었다. 대충 상상해 보면서 기리안은 감탄을 했다. 자신의 미적 상상력과 더불어 그녀의 아름다운 자태에 대해서. 그리고 이왕 길게 늘어뜨리는 것이라면 가슴까지 닿을 정도의 긴 생머리가 더 어울릴 것 같다고 생각했다. 기억 속에 있는 누군가와 비슷한 느낌이 들 정도였다.

그렇게 그녀의 얼굴을 이렇게 저렇게 조합하며 상상의 나래를 활짝 펼치던 도중에 소녀는 천천히 고개를 숙이고 있었다.

'아, 조금 있다가 숙일 것이지, 거의 다 됐는데. 뭐, 인사가 끝나면 그때 또 뜯어고쳐 보지 뭐.'

라고 생각하고 있는데 고개를 든 소녀는 단 한 마디로 기리안의 뒷머리를 강타하는 충격을 안겼다.

"저 왔어요, 아버지."

"……!"

'뭐라고 했지?' 라고 하마터면 입 밖으로 말할 뻔했다. 그리고 그 위험천만한 순간에 기리안은 신의 보살핌으로 겨우 내뱉던 말을 삼킬 수 있었다. 이번엔 좀 더 찬찬히 무녀의 얼굴을 살폈다. 그리고 자신이 그 말을 하지 않기를 정말 잘했다고 안도했다. 놀랍게도 눈앞의 무녀는 정말 자신의 딸이었던 것이다.

오랜만에 보는 데다가 머리를 담뿍 잘라내 볼 살이 창백하게 드러나는 바람에 쉽게 알아볼 수 없었지만 말이다. 물론 미적 상상을 충족시키는 와중에 그녀의 얼굴이 자신의 딸과 닮았다고 어렴풋이 생각했던 것도 한몫 했지만 어쨌든 그는 자신의 딸을 알아보지 못하는 엄청난 일을 저지를 뻔했다.

"마리오네?! 네가 어떻게 여길……?"

기리안의 말 한마디에 응접실에 있던 사람들의 표정이 시시각각 변하기 시작했다.

정치적으로 '철의 가면'이란 별명을 얻을 정도로 표정 하나까지도 세심한 주의를 기울이는 기리안 대공은 이 순간 얼빠진 표정으로 전락하며 마리오네를 주시했다.

그리고 그 순간 이 집의 집사와 하인들은 방금 전까지 머리 속에서 생각하던 것들을 깨끗이 지우기 위해 노력해야만 했다. '근위대의 기사가 데려오지 않았다면 저런 철부지 아이들을 이 응접실에서 내쫓았을 텐데'라는 생각을 당혹과 당황으로 감추며 서 있었다.

반면에 렌베토는 득의의 미소를 짓고 있었다. 이제 그의 목적이 완료 단계에 다다른 것이다. 기리안 대공 몰래 그 장남인 맥클리스에 의해 추진되던 정략결혼이 물 건너 빠이빠이 손을 흔들고 있는 모습이 눈에 선했다.

알의 얼굴도 새삼 환하게 피어 오르고 있었다. 이제 이 살찐 돼지 같은 대공으로부터 어마어마한 돈을 받아 저택을 나서기만 하면 된다. 뭐, 중간에 사정이야 있겠지만 설마 오빠 동생 사이로까지 발전한 마리오네가 이제 와서 안면을 바꾸진 않겠지. 신전에서 5년이나 살았고 이제 겨우 17살의 어린 소녀가 세상을 알면 얼마나 알겠어? 기리안 대공은 만만치 않을 것 같지만 그래도 중간에서 마리오네가 중재해 주면 어떻게든 될 것이라고 굳게 믿고 있었기에 알의 얼굴은 화색이 찬연히 빛나고 있었다.

　실내에서 표정이 바뀌지 않은 사람은 유일하게 레온과 수요뿐이었다. 레온은 아무 생각이 없어서, 수요는 먹던 과자가 아쉬워서 아직 주변을 파악하지 못하고 있을 뿐이었다.

　그러나 다음 순간 모두의 눈이 마리오네를 향해 모여들기 시작했다.

　느!닷!없!이!

　아무런 전조도 없이 마리오네의 왼쪽 눈가에서 한 방울의 눈물이 흘러내리고 있었다.

　“헉! 무, 무슨 일이냐, 마리오네?!”

　“저, 저희는 최선을 다해 손님 접대를 했습니다, 대공 전하!”

　“여러 가지 사정이 있긴 했지만 무사히 모셔 올 수 있었습니다. 근위대의 명예를 걸고 말씀드릴 수 있습니다.”

　“사, 사례금을…….”

　사방에서 당혹스런 목소리로 자신의 죄를 토해내고 있었다. 물론 그 여파에 휘말려 알도 뭐라고 주절대려 했지만 이내 마리오네의 성격을 파악하고 있었기에 얼른 입을 다물었다.

　핏기조차 없는 창백한 뺨에 눈 한 번 깜빡인 정도로 흐르는 눈물 한 방울의 파워는 굉장했다. 눈물을 보인 상대가 대공의 딸이기 때문만은 아니었다. 문제는 그 눈물의 의미가 전혀 파악이 안 된다는 점이었다. ‘꺼이꺼이’도 아니고 ‘어흑어흑’도 아닌, 어깨의 들썩임조차, 흐느낌조차 없어 어찌 보면 무척이나 처연해 보이는 눈물이었다. 그리고 그 한 방울의 눈물이 그녀의 뺨을 타고 흐른 후에 턱밑에서 방울져 떨어질 때 한순간에 모두를 당혹시킨 마리오네는 아무런 감정 없는 목소리로 천천히 입을 열었다.

　“저 미성년자이지요, 아빠?”

"다, 당연하지!"

기리안은 머리 속에서 '미성년자' 와 관련된 여러 가지 상황을 조합해 나가기 시작했다. 그리고 순간적으로 떠오른 생각에 그는 기겁을 한 채 얼굴색이 하얗게 변질되고 있었다.

"서, 설마……!"

"그래요."

"누, 누가 그런 짓을……!"

"맥클리스 오빠가 그랬어요."

기리안의 얼굴은 더욱 하얗게 탈색되었다. 아니, 이번엔 휘청하고 몸이 흔들렸다. 옆에서 하인들이 부축해 겨우 몸을 세운 기리안은 초점없는 눈으로 허공을 응시하고 있었다.

"대대로 신을 섬기는 가문으로 유명한 콘버드에… 이런 패륜아가 생기다니! 어떻게, 어떻게 근……!"

차마 입에 담을 수도 없다고 생각했는지 콘버드는 애써 고개를 가로저었다.

뭔가 일이 잘못되고 있다고 느낀 것은 비단 알뿐이 아니었다. 레온이야 지금 상황을 전혀 눈치 채고 있지 못했지만 수요는 너무 황당해서 입을 쩍 벌리고 있었고, 렌베토도 머쓱한 표정으로 옆에 잘 세워져 있는 촛대를 만지작거리고 있었다.

"저어, 뭔가 오해하신 것 같아 잠시 끼어들겠습니다."

말문을 연 것은 알이었다.

"지금 맥클리스 경은 동생 분을 정략결혼시키려고 합니다. 해서 공녀께서 저희에게 부탁해 콘버드를 탈출할 수 있도록 도와달라고 하셨고 저희는 이에 응해 무사히 이곳까지 모셔 온 것이지요. 이야기의 앞뒤는 사실 이러합니다. 무슨 미성년자 어쩌구 같은 일은 있지도 않았습니다. 특히 ‘근…’ 어쩌구 같은 일은 더 더욱…….”

기리안의 얼굴이 빠르게 회복되기 시작했다.

마치 죽은 시체가 부활하면 이것과 같지 않을까 생각될 정도로 엄청난 회생이었다. 알의 단어 하나하나에 집중하여 귀를 기울이던 기리안은 떨리는 가슴을 부여잡은 채 천천히 안도를 했다. 이어서 렌베토의 설명이 가미되어서야 그는 마리오네의 눈물의 의미를 겨우 알 수 있었다.

그는 나지막하게 중얼거렸다.

“그래… 신전 법문에 확실히 나와 있지. 결혼은 남자는 20세부터 여자는 18세부터라고.”

기리안의 얼굴은 이제 완연한 붉은색을 띠기 시작했다. 번뜩이는 눈빛과 어울린 그 얼굴색은 이제 분노의 감정을 표출하고 있었다.

“맥클리스 이 녀석! 제 동생을 팔아먹을 생각을 하다니! 용서할 수 없군!”

그 격한 분노에 또 뭇 사람들이 움찔움찔 목을 움츠렸다. 하지만 기리안은 얌전히 화만 북돋았을 뿐, 물건을 던진다거나 욕을 하는 어리석은 짓은 결코 하지 않았다. 잠시 분풀이 삼아 목청을 돋구며 얼굴을 붉히던 기리안은 드디어 알과 레온을 돌아봤다.

알은 침을 꿀꺽 삼키며 천천히 앞으로 나섰다. 이제야 때가 된 것이다. 공녀를 데려다 준 사례를 받을 때가…….


“지금 나랑 장난하는 게냐?”

소리를 지르며 화내는 어조도, 약 올리듯 빈정거리는 어조도 아니었다. 그 말은 착잡하게 가라앉은 씁쓸한 어조였다.

"어쩔 수 없었습니다. 기사들만으로 찾는다는 것은 불가능하니까요."

착잡하긴 마찬가지였지만 키렌의 어조에는 고집이 실려 있었다. 그는 흔들림없는 눈빛으로 책상 앞에 앉아 있는 윌리엄 공작, 자신의 아버지를 쏘아보고 있었다.

"그렇다 해도 이제와 마법사를 찾다니, 그럼 네가 한 달 간 한 일은 대체 뭐란 말이냐?"

"마법사가 필요하다는 것을 알아왔습니다."

"…나랑 장난이 하고 싶은 게로구나?"

"농담 아닙니다."

단호한 눈빛에 윌리엄은 자세를 고쳐 잡았다.

"어째서 마법사가 필요한 거냐?"

"제 추측이 빗나간 것 같기 때문입니다."

"…왕자께서 콘버드로 간 것이 아니란 뜻이냐?"

"그런 것 같습니다. 이렇게까지 뒤졌는데 나타나지 않았다는 점에 의아할 정도니까요."

"대체 얼마나 뒤졌는지 들어볼 수 있을까?"

"한 달 동안 위클리프 북부에 안 가본 곳이 없을 정도입니다. 됐습니까?"

키렌은 다소 격앙된 음성으로 씹어뱉듯 말했다.

"좋다. 그만 하지."

윌리엄은 잠시 생각하더니 머리를 긁적이며 되물었다.

"그럼 왕자께서는 어디로 가셨단 말이냐?"

"평소에 관심 갖던 것은 콘버드의 무술 대회만은 아니었습니다."
키렌은 조심스럽게 말하기 시작했다.
"마법사 학회에 대해서도 비상한 관심을 보이곤 했으니까요."
"그렇다는 얘기는……?"
알 것 같다는 표정으로 윌리엄은 고개를 끄덕였다.
"윈저로군."
잠시 두 사람은 말이 없었다. 서로의 추측이 옳다고 여겼기 때문이다. 하지만 윈저로 향했다는 것도 결국 짐작에 불과했다.
"넘었을까?"
"불가능할 것이라 여깁니다."
"그런데 말야. 성을 빠져나가게 도운 이는 마법사임이 확실하다. 그런데 누구인지는 알 수 없어. 이런 상황에서 대체 어느 마법사에게 도움을 요청해야 옳겠냐?"
"……."
"대답 좀 하거라."
"그런 건 생각해 보지 않아서……."
"그럼 대책도 없이 무작정 마법사 달라고 돌아왔단 말이냐?"
"어쨌든 기사들만으로 움직이는 것은 어리석은 행위였으니까요."
키렌은 볼멘소리로 투덜댔다.
"처음에 뭐든지 지원해 줄 테니 조용히 일을 처리하자고 한 것은 아버지였습니다."
"이게 지금 조용히 일을 처리하고 있는 거냐?"
윌리엄의 얼굴도 약간 일그러지고 있었다. 키렌만큼이나 답답하다고 느끼기 때문이었다.

뱀이 허물을 벗듯 가짜 하나 달랑 뇌둔 채 세상 밖으로 나간 왕자를 잡기 위해 골머리를 앓고 있는 윌리엄과 키렌, 부자였다.

렌베토가 근위대로 돌아간 후에도 레온과 알, 수요는 대공의 저택에서 며칠 간 진수성찬을 대접받았다. 물론 그 와중에 알은 수도와 위클리프의 시장 조사를 잊지 않고 처리했다. 게다가 밤새 모아놓은 화살촉을 대장간에 파는 것도 잊지 않았다.

하지만 정작 떠나는 날에 기리안 대공의 배포에 알은 기절할 정도로 놀라고야 말았다. 떠나는 날 그가 건넨 사례금은 일이백 디나르의 수준이 아니었다. 오천 디나르 상당의 금화와 덧붙여 황금, 보석을 덤으로 얹어서 주었기 때문이었다.

기리안이 준 돈은 평범한 마을의 일 년 치 생산 총액에 해당하는 엄청난 금액이었다. 물론 포란의 경우라면 반 년 치보다 조금 적었겠지만 그것만으로도 충분히 입이 찢어질 정도였다.

이렇게 많이 받을 수 없다고 했을 때 기리안 대공은 태연하게 '이 정도로 만족한다니 다행이군. 어쨌든 딸을 데려다 줘서 정말 고맙네' 라고 했다.

이 엄청난 금액을 '이 정도' 라고 표현한 것에 놀란 알은 자신이 귀족의 세계를 잠시 훔쳐본 거라는 걸 깨달았다. 사실 레온도 당연하다는 얼굴로 별 내색 없이 받자고 했을 정도였으니까. 어떻게 보면 가장 사례금을 탐냈던 자신이 가장 불안해한 셈이다.

그리하여 그는 큰맘먹고 그 돈을 가지고 떠나기로 결심했다. 앞으로 이 돈이 어떻게 쓰여질지 지금 당장은 알 수 없었지만, 마음만은 뿌듯한 알이었다. 고삐를 틀어쥐며 알은 큰 소리로 외쳤다.

"자 그럼 마지막 여행지를 향해 출발해 볼까?"
"그래! 이제 윈저만 남았구나!"
그 옆에서 레온도 가슴이 설레는 것을 느꼈다.
바론이 유학을 다녀왔다는 곳, 그리고 페나인에서 상인들이 가장 활발한 영지, 윈저.
이제 그곳을 향해 세 사람은 길을 재촉하기 시작했다.

가슴에 류트를 품고 빛나는 장검을 차고
노래하는 마스터
아름다운 선율만큼이나 차가운 은빛 검기.
노래하고 싶어도 노래할 수 없는 슬픈
노래하는 마스터.

검의 길에 들어서 떠나야만 했던
사라져 간 마스터.
뜨거운 격정만큼이나 다정한 엷은 미소.
머무르고 싶어도 머무를 수 없는 슬픈
사라져 간 마스터.

천한 신분만큼이나 존재해선 안 되었던
숨어 있는 마스터.
숨 쉬는 철검 앞에 침묵하는 그의 맹세.
마스터를 마스터라 할 수 없는 슬픈
숨어 있는 마스터.

원하지 않았던 삶을 살아가야만 했던
세 사람의 마스터.
노래할 수 없는, 기억에서 잊혀진, 존재할 수 없는
그것이 운명이라 거스를 수 없는 슬픈
세 사람의 마스터.


노래를 마치고 류트의 선율이 끝날 때 누군가 들어왔다.
"그 노래는 부르지 말라고 주의를 드렸습니다."
들어선 이가 누구인지 목소리만으로도 알 수 있었다.
파운 허드슨.
나에게 이렇게 깐깐하게 주의를 줄 수 있는 유일한 사람이니까. 그
는 류트를 치우며 퉁명스럽게 대꾸했다.
"이 노래가 어때서?"
"병사들 사기에 영향을 미치기 때문입니다. 몇 번이나 주의드렸잖아
요?"
"이게 무슨 영향을 미친다고 그래?"
"몰라서 묻습니까? 그 노래에 나오는 세 사람의 마스터가 우리 부대
에 있는 사람이란 소문 때문이죠."

파운은 내게 눈을 흘기고 있다. 눈치 채고 있었나?

"헛소리. 이건 그냥 내가 지은 것일 뿐이야."

"글쎄요. 그렇게 말한다면 할 말은 없습니다만……."

"게다가 마스터가 그렇게 쉽게 탄생되는 줄 알아? 대체 그런 소문이 퍼진 이유가 뭐야?"

파운은 잠시 날 물끄러미 쳐다봤다. 그의 날카로운 눈빛에 숨이 멎을 것 같다. 그리고 평소대로 직설적으로 말하기 시작했다.

"노래하는 마스터란 카슨 대장 자신을 말합니다."

"그야 당연하지."

"사라져 간 마스터란 아마 로딘을 말하겠죠."

"뭐?"

물론 그런 대답이 나올 것이라 여기긴 했지만 이건 숨겨야 할 일. 난 깜짝 놀란 표정을 지으며 파운을 바라봤다. 아, 그렇지만 별로 속은 눈치는 아니다.

"아니라고 할 수는 없겠지요. 우리 기병단에서 사라진 녀석은 그놈 뿐이니까."

"하지만 로딘은 마스터가 아니었잖아?"

"4년 전이었나요? 이곳을 떠날 때가……. 그때 이미 크루세이더였으니 지금쯤은 마스터가 되었을지도 모르는 일 아닙니까?"

"억지야. 마스터란 경지가 그렇게 쉽게 올라갈 수 있는지 알아?"

"물론 그렇죠. 하지만 로딘은 검을 배운 지 일 년 만에 나이트 급으로 급 성장했고 삼 년 만에 크루세이더가 된 녀석이었죠. 그 정도 속도라면 지금쯤 마스터가 되었다고 해도 전혀 이상할 게 없겠죠."

마치 눈에 본 것처럼 설명하는 파운의 말에 할 말을 잃었다. 그렇다고 이렇게 침묵을 한다면 마치 수긍하는 것처럼 보일 테지.

"그런 식의 억지가 어디 있어? 그런 소문낼 시간 있으면 검이나 한 번 더 휘두르라고 그래."

"글쎄요."

파운은 흥 하고 코웃음을 친 후 마저 반박하기 시작했다.

"녀석의 재능을 인정했던 사람은 카슨 대장이었던 것으로 알고 있습니다만."

기억력도 좋군. 그런 시시콜콜한 옛날 일까지 기억하다니 말야. 하여간에 고집스런 친구라니까.

"물론 그랬지. 하지만 재능이 있다고 해서 마스터가 되는 건 아니잖아?"

"그렇다고 해두죠."

음, 놀랍게도 파운이 먼저 물러섰다. 이렇게 쉽게 물러서는 게 이상한데?

"하지만 정작 문제는 그 다음부터입니다."

아, 그럼 그렇지. 역시 할 말은 따로 있었던 거로군.

"정작 문제가 뭔데……?"

"숨어 있는 마스터!!"

정말 집요할 정도로 물고 늘어지는군.

"그러니까 이건 그냥 노래일 뿐이라니까."

"하지만 병사들은 그렇게 받아들이지 않는다는 데 문제가 있습니다. 노래하는 마스터가 카슨 대장, 사라져 간 마스터가 로딘으로 추측 중인 만큼 숨어 있는 마스터도 분명 존재한다고 믿으니까요. 그리고 그 숨어 있는 마스터가 과연 누구인지에 대한 궁금증 때문에 꽤나 소란스럽단 말입니다. 이해하시겠습니까?"

이해할 것 같아. 쓸데없는 일에 골머리 앓고 있다는 것을. 그리고 이런 일에 머리를 쓰고 싶지 않다는 것도 덧붙이고 싶어.

"그래, 볼일은?"

미심쩍은 표정이지만 역시나 부관으로서의 직분을 잘 유념하고 있는 파운이다. 잠깐 얼굴을 찡그린 후에 언제나처럼 간깐한 표정으로 돌아가 업무적인 일을 입에 담기 시작했다.

"늘 있는 일입니다. 보고 차원에서죠. 아, 그리고 하이렌 경께서 서신을 보내셨습니다."

"그래? 어디 좀 보자."

파운은 구겨진 편지를 내게 내밀었다. 전서구로 전해진 것일 테니 구겨진 것은 당연한 것이고, 겉봉에 인장이 멀쩡한 것을 보니 중간에 누가 읽지는 않은 것 같다. 하긴 형의 성격에 중대한 일을 이렇게 보내진 않을 테니 누가 본다고 뭔 일이 나겠냐만.

그때 천막이 걷어지며 또 한 사내가 들어섰다. 물론 내가 잘 아는 녀석이다. 나보다 한 살 정도 어린 카이라는 친구로 내 심부름을 하기 위해 천막에서 같이 지내는 녀석이다.

돌격 기병단이란 곳이 군대라는 성격 탓도 있지만 내 부하들은 하나같이 우락부락에 이두 박근 삼두 박근을 달고 다니는 녀석들이라 섬세함과는 거리가 멀다.

그런 면에서 본다면 카이는 참 곱상하게 생긴 편이다. 물론 이 곱상함도 상대적인 비교이기 때문에 결코 예쁘장하다는 뜻은 아니지만. 오히려 짙은 눈썹에 부리부리한 눈동자가 남자답다고 해야 할지도 모른다. 뭐, 그래도 내 부하들 중에는 제일 인상이 좋은 녀석이니까 시종

겸 부려먹는 것도 괜찮다.

"저어… 전 나중에 들어……."

"아냐. 별로 중요한 일은 없으니 들어와."

짜식, 소심하긴. 잠시 머뭇거리며 파운의 눈치를 살피던 카이는 내가 재차 손짓을 하자 안으로 들어섰다. 이런 이게 또 파운의 심기를 어지럽힌 모양이군. 그의 표정이 심상치 않게 변하는 것을 보면 말야. 자자, 이럴 때는 얼른 일 얘기를 하는 게 좋지.

"보고라는 건?"

"똑같은 일이죠."

퉁명스러운 파운의 말.

흠, 똑같은 일이라… 하아, 생각해 보니 정말 지겹군.

이곳, 윈저 성 남부 해안에 군대를 주둔한 지 무려 삼 개월이 지나가고 있다. 모스 섬의 몬스터를 퇴치한다는 명목 하에 돌격 기병단 5만 대군이 출전한 이번 작전은 그 시작부터 문제점을 드러냈다. 우선 리저드 후작이 준비하기로 했던 선박이 미처 마련되지 못했다는 점이었다.

하루에 최소 삼천 명 단위로 병사와 물자를 수송하기로 했던 계획은 완전히 어긋나 지금까지도 제1돌격 기병단의 일부가 남아 있는 것이다. 리저드를 포함해 윈저의 어선을 모두 긁어모아 수송 중이지만 한계를 드러내고 있어 하루에 오백 명을 겨우 옮길 뿐이다. 여기에 물자와 식량을 포함한다면 그 기간은 또 연장되고 만다.

한마디로 길바닥에 시간과 인력을 함부로 낭비하고 있다는 얘기인데 몇 번이나 상부에 요청했음에도 불구하고 아직까지 별다른 소식이 없으니… 하긴, 이제 남은 부대도 나의 1돌격대뿐 더 이상 재고의 여지는 없는 것인지도.

우리 부대가 옮겨지기 시작한 것은 보름 전부터이다. 우선 선발대가 물자를 약간 싣고서 떠났다. 그들이 그쪽 해안 어딘가에 자리를 확보하고 뒤를 이어 후발 부대가 조금씩 옮겨가고 있는 중이다. 다른 부대는 이미 도착이 완료되어 작전을 실행 중인지도 모르지만 어쨌든 우리 부대는 순서가 조금 늦춰진 셈이다.

리저드 후작의 부탁도 있었지만 사실은 내가 그렇게 하길 원했었다. 그리고 그 이유인즉슨 지금 윈저를 향해 달려오는 레온 때문이기도 하다. 처음 이곳에 주둔을 시작하며 갑갑한 마음에 형에게 편지를 보냈었는데 레온이 장사꾼이 되었다고 알려왔다.

뭐랄까, 묘한 기분이었다. 약간의 시기? 질투? 음, 없다면 거짓말이지만 곧 레온을 응원하고 격려하고 싶은 마음이었다. 그래서일까, 전국을 도는 여행을 시작했다는 말에 '그렇다면 윈저에도!' 라고 생각했고 그 뒤로 지금까지도 기다리고 있는 셈이다.

덕분에 지금 내가 하고 있는 일은 매우 단순해졌다. 병사들의 훈련 상태를 체크하거나 어딘가의 구석에서 류트를 들고 노래를 부르는 것과 매일 어디 소속의 병사들이 옮겨갔다는 보고를 받는 정도가 일의 전부였다. 아아, 몸도 마음도 해이해지고 말겠다.

편지를 읽고 있다가 깜짝 놀라고 말았다.

형이 보낸 편지에는 레온의 최근 소식이 적혀 있었다. 콘버드의 축제에서 레온이 무술 대회를 승리로 이끌었다는 얘기였다. 프란츠 경이 직접 가서 관전했다니까 아마 사실이겠지. 그리고 레온은 곧바로 위클리프로 들어가서 윈저로 향할 테니 조금만 참으란 얘기였다. 이거 가슴이 설레는 말인걸!

난 고개를 들어 파운을 쳐다봤다. 으음, 움찔 하는 것을 보니 내 눈빛이 좀 예리하게 빛나긴 했나? 하긴 이렇게 흥분되는 것도 처음인걸.

"콘버드에서 윈저로 오려면 얼마나 걸릴까?"

"네?"

"음, 가장 빠른 기간이 얼마나 될까?"

혼잣말로 계산을 하는데 파운은 알겠다는 듯 고개를 끄덕였다. 하긴 눈치가 빠른 친구니까…….

"동생이 장사를 위해 전국을 돌고 있다고 하셨죠? 콘버드에 있답니까? 지금 윈저로 오고 있는 모양이지요?"

라기보다는 전에 레온에 대해서 얘기했던 적이 있었지.

"그런 셈이지. 얼마나 걸릴까?"

"글쎄요, 가장 빠른 말이라면 보름 안팎이겠지만 짐마차를 끌고 올 테니까 적어도 이십 일은 걸리겠지요. 물론 그것도 지름길을 서둘러 올 경우입니다만."

난 편지에 적혀 있는 날짜를 계산해 봤다. 콘버드의 축제 날짜로부터 계산을 해 보니 보름 정도… 아, 이제 얼마 남지 않았다. 레온을 다시 만나는 것이!

"하지만 대장……."

파운은 조심스럽게 나를 쳐다봤다.

"저희 부대는 이제 얼마 남지 않았습니다."

"무슨… 뜻이지?"

파운은 가볍게 한숨을 쉰 후에 들고 있던 보고서를 펼쳤다.

"그동안 보고서 따위에 전혀 관심이 없었겠지만 이번엔 유념해서 듣는 게 좋을 겁니다. 현재 저희는 14차 수송을 무사히 끝마쳤고 오늘 아침 15차 수송이 시작되었습니다. 대부분의 물자는 전량 수송된 상태이고 식량은 남은 부대가 며칠 먹을 수 있을 정도만 남겼습니다."

파운은 잠시 고개를 들어 날 쳐다봤다.

"즉, 현재 수송할 물자는 거의 없는 셈입니다."

"그런가? 수고했군……."

으음, 뭔가 이건 아니란 생각이 드는데……

"남은 것은 병사들만 이동하면 된다는 것인데……. 현재 6,500명 가까운 병력이 이동을 완료했으며 오늘 아침 500명이 추가되어 내일 아침이면 7,000명의 병사가 모스 섬에 도착하게 됩니다. 이해하시겠습니까?"

다시 고개를 들고 내 눈치를 살피며 파운은 물었다.

"알 것 같아. 남은 병사는 이제 3,000명 정도로군."

"그렇습니다. 이동하는 데 걸리는 날짜는 6일 정도겠지요."

6일이라……! 이럴 수가! 그 엄청난 대군이 이제 3,000명밖에 안 남았단 말인가! 대체 어느 사이에 그 많은 숫자를 이동시킨 거지? 혹시 마법이라도 쓴 거야? 놀라울 정도로군.

"입 좀 다무시지요, 카슨 대장."

이크, 부하 앞에서 이런 경망한 표정을! 으음, 그나저나 큰일이군. 일주일 안에 오지 않는다면 레온을 본다는 건 꿈에서나 가능하단 얘기잖아.

"뭐 좋은 수가 없을까?"

"없습니다."

매정한 녀석! 조금쯤은 머뭇거리며 생각하는 시늉이라도 낼 수 있는 거잖아! 나도 수가 없다는 것 정도는 알고 있단 말야.

"하아~ 그전에 도착하길 바라는 수밖에… 없는 걸까?"

"그런 셈이죠. 아! 그리고 대장?"

파운을 쳐다봤다. 또 무슨 할 말이 있는 걸까?

"릭과 스콧, 슬슬 합류시켜야 하지 않을까요?"

"조금 더 있도록 해. 가능하면 나와 함께 이동하는 것이 좋겠지."

릭과 스콧, 우리 돌격대의 1, 2부대를 지휘하는 대대장이다. 둘 다 레스터 남부의 농가 출신으로 크루세이더 급의 검사로 성장해 이번 출전을 무사히 마치면 작위가 예상되는 자들이다. 물론 이 두 사람 모두 나에게 검을 배웠다. 우리 돌격 기병단이 유명한 이유는 마스터인 내 탓도 있겠지만 크루세이더 급의 검사가 둘이나 포함되어 있기 때문이다.

그리고 이 두 사람에게 레온을 소개시켜 주고 싶어서 지금까지 먼저 이동시키지 않았었다. 그런 이유로 현재 윈저 성 남부에는 내 부하들 중에 중요한 녀석들이 옹기종기 모여 있는 셈이다. 부대도 가장 알짜의 1, 2대대만이 남아 있고 나와 부관, 거기에 릭과 스콧까지. 으휴, 레온, 빨리 좀 오려무나. 널 기다리고 있는 이 형의 애타는 모습이 보이지 않는 거니(으음, 보일 리가 없는 건가……!)?


두 번째로 바다를 보았다.

진한 소금기를 품은 바람이 분다. 햇빛에 반사되어 우유 빛깔 나는 모래사장은 항구 좌우로 퍼져 있고 부두에는 짐을 옮기고 어선을 정비하는 일꾼들의 모습이 보인다. 그 위로 갈매기 몇이 춤을 춘다. 아름다운 곳이다. 오랜만에 보는 바다는 또 한 번 내게 감동을 주고 있다.

"젠장… 오늘이 마지막 날이라지?"

"그렇다더만… 하여간 석 달 동안 고깃배를 빌려가는 바람에 일도 못하고… 젠장 맞을!!"

지나가던 두 어민이 욕을 하고 있다. 생각해 보니 어선으로 군대를 수송하는 동안 그들은 전혀 일을 못했겠구나 싶다. 막 감동받았던 느낌이 조금씩 줄고 미안한 마음이 충만하게 가득 차 오르고 있다.

"이 열로 앞 사람을 따라 천천히 배에 승선한다!"

저만치 릭의 고함이 들려온다.

그 앞으로 징그럽게 사랑스러운 병사들이 하나둘씩 배에 타고 있다.

"인원이 다 차면 다음 배로 이동한다, 실시!"

저쪽에서도 스콧의 지휘 하에 배를 타는 병사들의 모습이 보인다. 물론 징그럽게 사랑스럽다.

"승선하죠?"

어느새 부관, 파운이 뒤로 다가섰다. 징그럽게 징그러운 녀석.

"음, 내일 가면 안 될까?"

"안 됩니다!"

아, 단호한 파운의 말이다. 하긴 미룰 만큼 미뤄왔는데 더 이상 봐줄 수 없는 것이겠지. 그도 그의 임무란 것이 있으니 말이다.

"알았네."

내 대답에 파운의 얼굴 가득 안도의 기색이 스친다.

"그럼 마지막 배에 타겠네."

다시 이지러지는 파운의 얼굴을 모른 척하며 부둣가로 발걸음을 옮겼다. 내 뒤로 카이의 모습이 그림자처럼 따라붙는다.

파도 위로 아슬아슬한 곡예를 하며 날아다니는 갈매기의 숫자를 백 마리 정도까지 세었다. 오후가 훨씬 지났다. 남은 병사는 이제 오십여 명. 릭과 스콧의 지휘 하에 그 병사들마저 작은 어선에 탔다고 한다. 그 소식을 전한 파운의 무시무시한 눈초리에 결국 몸을 일으켰다.

답답함을 무릅쓰고 오래도록 기다렸건만 결국 레온은 오지 않았다. 시간이 맞지 않았던 모양이다. 할 수 없지 하고 중얼거렸다. 이럴 줄 알았다면 박박 우겨서라도 먼저 섬에 갔을 텐데… 몬스터들과 엉겨 붙어서 검을 휘두르는 편이 훨씬 좋았을 텐데 하고 후회해 보지만 이미 지나간 시간들이다. 늦었지만 지금부터라도 즐거운 몬스터 사냥을 꿈 꿔야지.

"별로 우울하지 않은 것 같군요."

뱃머리에서 넘실대는 파도를 바라보던 내게 파운이 다가왔다.

"무슨 소리야?"

"즐거우신 것 같아 그럽니다."

"슬플 것도 없잖아?"

그의 입이 약간 벌어졌다. 뭔가 놀랍다는 뜻 같은데 도무지 종잡을 수가 없다.

"레온 공자를 만나지 못했는데도 말입니까?"

"레온에게도 일정이란 게 있을 테니 어쩔 수 없잖아? 그런 걸로 꿍할 필요야 없지. 그보다 이번 몬스터 사냥에 대해서 어떻게 생각해? 그 생각만으로도 마구 흥분이 되거든."

"…참 포기도 빠른 분이시군요."

파운은 툴툴대며 대꾸했다.

"하하, 그런가?"

그의 말이 무슨 뜻인진 알았다. 그로선 마지막에 마지막까지 남으면서도 끝내 레온을 만나지 못해 내가 풀이 죽은 줄 알았던 모양이다. 한데 지금 뱃머리에 서서 바다를 보며 실실 쪼개고 있는 내 모습에 다소 어안이 벙벙했던 것인지도 모른다. 하지만 섭섭은 섭섭이고 기대는 기대이다.

지금은 바다 건너 몬스터의 낙원, 모스 섬이 기다리고 있다. 몬스터의 낙원을 사람들의 터전으로 바꾸기 위해 우리들이 가고 있지 않은가 말이다. 그 기대만으로 충분히 흥분돼 오고 있다.

"카이."

"네."

"류트."

이런 기분 좋은 때에 노래 한 곡조 뽑아야 하지 않나 싶다. 그리고 언제나처럼 카이에게 류트를 달라고 하는 찰나에 어느새 달라붙었는지 등 뒤에서 헛기침 소리가 들려온다. 아, 이 듬직하며 깐깐한 기운은 징 그럽게 징그러운 부관, 파운이 아니겠는가.

"무슨 할 말이라도……."

"류트를 찾으시는 것 같아서요."

"아니, 그냥 잘 챙겨 왔나 싶어서 물어본 거였어."

"그렇습니까? 난 또 연주하실 생각인가 해서 그랬던 것뿐입니다. 혹시 불쾌했다면 미안합니다."

불쾌하다. 엄청나게. 하지만 어쩌겠는가. 이 몇 달 동안 파운에게 지은 죄가 차고 넘치는 마당에 마냥 그의 말을 무시할 수만은 없는 일이다. 눈치 빠른 카이는 슬쩍 소매로 류트를 닦더니 다시 품속에 챙겨 넣었다.

이 어색한 분위기를 바꿀 좋은 방법이 없을까? 생각해 보면 나와 부관이 사이가 안 좋다고 소문이라도 나면 사기에도 영향이 미칠 테니까 말이다.

"내 평생 바다는 두 번째 보는 거야. 파운 자네는?"

"남부 출신이라고 말씀드렸습니다만."

"아아, 그랬었지. 카이는 어때?"

"저도 남부 출신입니다. 어촌에서 태어났어요."

"그래, 그래. 두 사람 모두 바다는 질리게 보고 살았겠군."

사실은 알고 있었지만 괜히 한번 건넨 말이다. 물론 파운의 표정을 보아하니 별로 호응하는 것 같지는 않지만.

그런데 이렇게 분위기를 띄워 보려고 꺼낸 말에 그만 혼자 감상에 젖어버리고 말았다. 두 번째로 바다를 보는 지금, 갑작스럽게 십 년 전의 첫 번째로 바다를 봤던 때가 떠오르는 것은 왜일까? 그것도 그리 좋은 일 때문도 아니었는데…….

"무작정 성을 도망쳐 나왔을 때 남쪽으로 달려 내려왔지. 원래 돌아다니는 것을 좋아하긴 했지만 그때까지도 포란 이남은 보질 못했거든."

중얼거리듯 그냥 나오는 대로 지껄였다. 도망쳐 나왔다는 말에 내가 몇 살 때 일인지 눈치 챈 것일까? 파운도, 카이도 잠자코 듣고 있었다.

"남쪽 끝까지 추격대가 따라왔을 때야. 어찌어찌해서 겨우 몇 차례에 걸쳐 추격대를 따돌린 후에 어느 절벽 위에 서게 되었어. 밑으로 집 채만한 파도가 절벽을 향해 몸부림치며 고함을 치고 있었고 수평선 너머로 막 해가 떠오르는 순간이었지. 장관이었어."

"표현이 재미있군요. 누가 음유 시인이 아니랄까 봐 그런가요? 몸부림치며 고함을 친다니 정말……."

음, 정말 표현 재밌네.

"하지만 그때 심정은 정말 그랬어. 하얀 포말을 만들며 산산이 깨지는 파도의 모습이 마치 내 자신 같다는 생각을 했거든. 까마득하게 높은 절벽이 암담하게 보일 정도로… 그리고 떠오르는 해를 보며 더 이상 피한다고 결론지어질 상황이 아니란 걸 깨달았지."

문득 뒤를 돌아보니 카이의 표정이 심각하다. 아, 그런 표정 짓지 말라고. 이건 어디까지나 십 년 전의, 아~주 옛날 일이니까. 훌훌 털어버린 지 한참 된 이야기니까 말이다.

"그래서 성으로 돌아갔습니까?"

냉정한 녀석이라고 욕해주고 싶지만 지금은 이렇게 덤덤하게 받아주는 게 오히려 더 편하다. 이런 면에 있어선 확실히 도움되는 친구라니까.

"그래."

"그때 그 일은 아주 유명했죠. 저희 성에서도 지원병을 차출해서 수색에 나섰으니까요."

"……."

"다섯이 다쳐서 돌아왔더군요. 그중에 한 사람은 성에서도 제법 실력있다는 평판을 받았던 기사인데도 말입니다. 그 일로 한동안 성내가 침울한 분위기였답니다. 성년도 지나지 않은 검사에게 된통당하고 돌아왔으니 말입니다. 굉장했지요."

밉다, 미워.

기억하고 싶지 않은 것을 아무렇지 않게 내뱉는—아니, 어쩌면 일부러 들으라고 그런 것인지도 모르지만—그가 정말 징그럽게 미워지려고 한다.

"들어가시죠? 갑판 위에서 밤을 샐 생각이 아니라면……."

"오, 그것도 괜찮은 생각인데?"

나의 대구에 파운의 눈꼬리가 슬쩍 올라갔다.

"험험, 음, 모스 섬에 가면 다시 한 번 해돋이를 봐야겠어. 그때 본 해돋이는 정말 장관이었거든."

"아, 그렇지만 대장님……."

카이가 주저하며 입을 열었다. 뭘까, 통 말이 없는 녀석인데.

"뭐지?"

"모스 섬에서는 해돋이를 보기 힘들 겁니다."

"왜?"

섬에서는 해변이 가까울 텐데 왜 해돋이를 볼 수 없다는 것일까? 난 깜짝 놀라 카이를 쳐다봤다. 그러자 곁에 있던 파운이 설명을 시작했다.

"모스 섬의 항구는 서쪽입니다. 물론 민가도 서쪽을 중심으로 펼쳐져 있죠. 해돋이를 보려면 동쪽으로 가야 하는데 그곳은 몬스터의 숲이 있으니 해돋이를 보기는 쉽지 않겠죠."

"아아, 그런 거로군."

어쩌면 더 잘된 것인지도 모른다는 생각이 들었다.

"그럼 몬스터를 몽땅 쓸어버린 후 느긋하게 해돋이를 감상하면 되겠군. 안 그래, 파운?"

"그것도 괜찮은 생각이군요."

근래 들어 처음으로 파운이 미소를 지었다.


갑판에서 해돋이를 감상할 수 있을 것이란 기대는 잠이 깨면서 확실하게 어긋났다. 눈을 떠서 부랴부랴 밖으로 나갔을 때 보인 것은 모스 섬의 검은 형체였으니까. 윈저의 항구에서 한나절은 걸린다고 하더니

만 의외로 밤새 도착한 모양이다. 그러고 보면 왕복하는 데 하루라고 했으니 지금 시간에 도착해야 정상이겠지.

마지막 배인 탓에 닻을 내리는 데 한참이 걸렸다. 먼저 출발한 배에서 병사들이 내리길 기다린 까닭이다. 그래서 아침이 되어서야 겨우 부두에 발을 디딜 수 있었다. 그때까지 질릴 정도로 모스 섬을 쳐다봐야만 했다.

모스 섬은 섬이기보다는 하나의 커다란 산 같았다. 서쪽 해안을 제외하면 모든 면이 절벽으로 이루어져 있다고 들었는데 척 보기에도 그런 것 같았다. 좌우로 높은 절벽이 어슴푸레 안개 사이로 보였고 항구에서부터 가운데 길을 따라 산 정상까지 마을이 이어진 것 같았다. 물론 산 정상에 리저드 성이 까만 점처럼 보였다.

을씨년스럽다. 황량하다고 할까? 처음 갑판에서 모스 섬을 보던 느낌은 부두에 올라서서도 바뀌지 않았다. 그리고 산 정상인지, 리저드 성의 성탑인지 잘 보이지 않을 만큼 꽤 높은 곳에서 해가 솟았을 때 겨우 항구를 빠져나올 수 있었다.

"병사는 모두 정렬했나?"

"네, 대장!"

오백 명의 병사들이 방진 형태로 사열해 있고 그 앞에 릭과 스콧이 부동 자세로 날 기다리고 있었다. 릭과 스콧. 외견상으로는 '사실 저희는 용병입니다'라고 해도 '아, 그랬군요'라고 수긍할 정도의 남자들. 울퉁불퉁 근육질에 온몸에 온갖 상처를 자랑스럽게 드러내 놓고 그 얼굴만으로 상대를 질식시켜 버릴 그런 사내들이다. 물론 나의 가장 자랑스러운 병사임에는 틀림없지만.

"좋아, 출발하지. 우리 부대는 어디에 주둔하고 있나?"

“모릅니다.”

당연한 질문에 당연한 대답이었다. 어리석은 질문에 어리석은 대답이었을지도. 자신의 부대가 어디에 있는지도 알지 못하는 바보 같은 상관이라니. 에 거기에 바보 같은 부하 두 명 추가.

슬쩍 고개를 돌려 파운을 쳐다봤다. 다른 부대는 몰라도 우리 부대는 부관인 파운의 능력이 절대적이다. 이를테면 막 작전 지역에 도착해 우리 부대가 어디에 있는지 나는 몰라도 부관인 파운은 알 것이라는 절대적인 신뢰를 가진 자. 불행한 점은 나의 무능력에 대해서 부하들도 잘 알고 있다는 것이고 다행인 점은 부관을 신뢰하는 만큼 통솔자인 내게도 절대 충성을 한다는 것이다.

“저도 모릅니다.”

놀랍게도 파운은 어깨를 으쓱하며 고개를 저었다. 나보다도 릭과 스콧이 더 놀란 듯하다. 하지만 이어진 설명에 두 사람은 고개를 끄덕이며 수긍했다.

“이곳은 리저드 후작께서 맡았으니까요. 아마 군단별로 일정 지역을 주둔지로 해준 것으로 아는데 연락책으로 보이는 자가 안 보이는군요. 아직 이른 시간이라 그럴까요?”

이른 시간이라. 하긴, 아직 아침이다. 그러고 보니 배가 좀 고프군. 주둔지가 꽤 먼 곳이라면 여기서 허기를 면하고 가는 건 어떨까 하고 생각했다. 하지만 생각해 보니 우리에겐 식량이나 요리 기구가 전혀 없다. 이미 오래전에 수송을 끝냈고 마지막 남은 것들은 윈저에 그냥 두고 왔으니까. 그래도 이곳은 섬인데 설마 주둔지가 굉장히 멀리는 없을 거야, 라고 혼자 위로해 본다.

“카슨 레스터 자작되십니까?”

‘레스터’라는 성과 ‘자작’이라는 작위는 그다지 맘에 들지 않지만—내 부하들은 그냥 대장이라고만 부른다—일단 누군가 날 찾았다는 데서 안도감이 든다. 그는 분명 안내인이거나 연락을 담당한 자일 테니까.

"내가 카슨입니다."

찾아온 자는 결코 기사로 보이지 않았다. 학자풍으로도 안 보이니 분명 후작부의 집사거나 하인일 테지. 얼굴 가득 예의상 짓는 미소가 어울리는 것으로 봐서 내 짐작이 아마도 맞는 것 같다.

"네, 전 후작 각하의 명령을 받고 카슨 자작님을 모시러 왔습니다."

딩동댕. 정답이다. 그는 성에서 온 것이 아니라 후작의 자택에서 온 자였다. 초청이라, 아침 식사라도 하고 싶다는 뜻일까? 싫다, 싫어. 귀족들의 초대 같은 거 정말 싫어한단 말이다.

"호의는 고맙지만……."

"흠흠."

거절의 뜻을 내비치려는 순간 파운의 헛기침이 내 말문을 막았다. 아, 정말 교묘한 기술이다. 완벽에 가깝게 상관을 조율하는 불세출의 명부관~ 파운 허드슨! 언젠가 기회가 된다면 녀석의 노래를 만들어서 세상에 널리 알려주리라.

슬쩍 그를 쳐다보니 파운은 혼잣말보다 더 작은 소리로 중얼거리고 있다.

"여기는 리저드 령입니다."

내가 마스터라는 것을 너무나도 잘 이용하는 멋진 부관이다. 불행하게도 그는 마스터가 아니니 작게 말한다면 결코 들을 수 없다는, 이를테면 일방적으로 얘기하기만 한다는 점이 안타깝지만. 하지만 방법이야 여러 가지가 있는 법.

슬쩍 그의 목덜미에 손을 두르며 이마를 맞대고 조용히 대답했다.

"난 윈저에 있을 때에도 대공의 초청을 거절한 사람이야. 후작의 초청 정도야 더욱 당연한 것 아니겠어?"

"거절했을 때 제가 뭐라고 토를 달던가요?"

"아니, 달지 않았지."

사실은 아주 능숙한 문장으로, 1군단의 음유 시인으로 통하는 나보다 훨씬 멋진 문장으로 정중하게 거절해 주기까지 했다. 아, 그리고 보니 그때는 별말이 없던 녀석이 왜 갑자기 헛기침을 하고 난리냔 말이다. 상관의 성격이 어떤지 너무나도 잘 아는 녀석이!

"우리가 작전을 수행할 곳은 리저드 령이란 것을 잊지 마십시오. 좋든 싫든 리저드 후작의 지원이 없으면 힘들 거란 얘기입니다."

"그래도 싫은 건 싫은 거야."

"부하들을 생각하십시오."

"……."

예리한 녀석. 내가 부하들을 징그럽게 사랑한다는 것을 이용하다니. 그런 이유로 어쩔 수 없이 후작의 초청에 응할 수밖에 없었다.

"좋습니다. 지금 출발하지요. 한데 내 병사들은 어떻게 합니까? 우린 주둔지가 어딘지 모르고 있는데 말입니다."

"그 점은 염려 마십시오. 안내자가 도착했으니까요."

노년의 사내는 제법 안심이 되는 미소를 지으며 한쪽을 가리켰다. 말을 탄 사내가 깃발을 들고 서 있는 모습이 보였다. 그가 안내자란 얘기겠지.

"초대한 분은 총 네 분이십니다. 카슨 자작님, 파운 남작, 릭과 스콧

검사이십니다."

나 이외에도 셋이나 더? 파운은 부관이면서 유명하지는 않지만 귀족 출신이니 그렇다 쳐도 릭과 스콧까지 말인가?

"릭과 스콧은 작위가 없습니다만?"

"듣기로는 이번 작전이 끝나면 기사 서임을 받는다고 들었습니다."

"물론 그렇지요. 두 사람 모두 크루세이더니까."

나의 자랑스러운 부하들이지. 그리고 내 미소에 감동받았는지 사내는 살짝 고개를 끄덕인 후 말했다.

"아시다시피 리저드 후작께서는 육지를 통 밟지 못하시기 때문에 이 참에 유망한 기사 분들을 직접 만나뵙고 싶어하십니다."

"호오, 그렇군요."

이렇게까지 말한다면 어깨가 절로 으쓱해지게 마련. 게다가 리저드 후작과 단둘이 독대(獨對)하는 것보다 부하들이랑 만나는 편이 더 편하기도 하다.

"릭, 스콧, 성으로 가야겠다. 준비해."

"네!"

즉시 인솔자를 뽑으며 앞으로의 일을 지시한 릭과 스콧이 거구의 몸을 한껏 뽐내며 나를 따르기 시작했다. 평민 출신으로 귀족의, 그것도 페나인의 여섯 대영주이자 다섯 명뿐인 후작의 초청이니 으쓱할 만도 하다. 하긴 앞으로 기사 서임을 받으면 여기저기에 질릴 정도로 불려 나갈 테니 슬슬 준비해 두는 것도 나쁘진 않을 것이다.

아, 이 두 사람 이외에 그림자처럼 날 따라다니며 시중을 드는 카이도 있었다. 물론 사내가 의아해하기는 했지만 내가 '시종' 이라고 하자 곧 수긍을 했는지 별말은 없었다.

이렇게 하여 나와 파운, 릭과 스콧, 그리고 카이는 리저드 성으로 향했다.

황량함. 을씨년스러움. 깊은 어둠. 침잠된 우울함. 무거운 침묵. 숨이 막혀올 듯한 암울함. 모스 섬을 본 후부터 느끼는 감정이었다. 처음 느낌이 전부는 아닐지라도 쉽게 바뀔 것 같지는 않다. 어서 빨리 이곳을 나가고 싶었다. 폐쇄된 공간에 갇혀 있는 것 같은 느낌이랄까. 한마디로 정의하긴 힘들지만 이곳이 무척이나 싫었다. 그리고 그 느낌은 리저드 성을 향해 가는 마차 안에서 더욱 짙어졌으며 도착했을 무렵엔 질식할 정도의 답답함이 내 목을 조르고 있었다.

얼핏 파운의 얼굴을 살펴본 후에야 내가 갖고 있는 느낌이 결코 나 혼자만의 것이 아님을 깨달았다. 파운을 비롯하여 릭과 스콧, 카이까지도 굳어진 표정으로 긴장하고 있음을 느낄 수 있었다. 자아, 이럴 때일수록 대장의 면모를 보여야겠지. 몇 번 심호흡을 하며 긴장을 늦추어 조금은 편한 얼굴로 바꾸었다.

후작 저택 앞에 마차가 멈춰 섰을 때 그 앞에 중년의 신사가 나와서 우리를 반기고 있었다. 잘 차려입은 정장 스타일에 꼼꼼하고 세심하게 수놓아진 레이스는 화려함보다 멋스러움을 풍기고 있다. 외모에서부터 의상에 이르기까지 '난 후작이네' 란 향기를 가득 뿜어내고 있으니 이 사람이 바로 리저드 후작이겠지.

할튼 리저드 후작.

페나인 6대 제후의 마지막 한 사람.

사실 20여 년 전까지만 해도 이 페나인은 다섯 제후밖에 없었다. 원래 페나인 왕국은 여섯 공국이 합쳐져 세워진 나라이다. 여섯 공국 중에 하나인 카프 공작이 왕으로 추대되면서 합쳐졌지만 각각의 공국이 영지가 된 것이기 때문에 실제로 대영주는 다섯 명뿐이었다. 물론 처음부터 자신의 영지를 다스리는 제후, 즉 처음부터 공국이었던 제후는 단 두 명, 윈저 대공과 콘버드 대공뿐이지만 그 외에도 대물림 형식을 빌어 여전히 다섯 영지는 대영주의 지배를 받아왔었다.

그걸 깨뜨린 사람이 바로 이 사나이, 할튼 리저드 후작이다. 그는 원래 위클리프의 작은 소영주에 불과했다. 젊은 혈기였을까? 자신의 부하들과 함께 이 모스 섬으로 들어와 몬스터와 싸우고 산을 개간하여 끝내 자신의 영지를 개척해 낸 것이다. 그리고 그 공로로 그는 후작의 작위와 함께 대영주의 자리에 올라설 수 있었다.

실제로 모스 섬의 면적을 통털어도 대영지의 반도 되지 않겠지만, 게다가 모스 섬의 반은 아직 몬스터로 꽉 차 있어 대영지로 불리기엔 부족함이 있지만 그의 노력과 투지의 결실은 확실히 다른 누구도 넘볼 수 없는 것임은 분명했다. 그는 현대의 영웅이라고 불려도 결코 손색이 없는 자였다.

언젠가 이 사람의 일대기를 노래로 불러보는 것은 어떨까, 생각할 정도로 약간의 호감을 갖고 있는 사람이다. 하지만 그 훌륭함도 세월 앞에서는 색이 바래고 마는 것일까? 막 그와 대면하는 순간 전해 들으며 상상하던 것과는 달리 그는 중키에 깡마른 체격의, 마치 신경질적인 남자 같다는 생각이 들었다.

아, 20년 전에 그 멋진 전설을 남겼던 사내는 대체 어디로 갔단 말인가!

"자네가 카슨 레스터인가?"

"아니요, 그는 제 부관인 파운 허드슨이라고 합니다."

너무하는군. 물론 내 외모가 남보다 못한 건 아니지만 언뜻 보면 빈 티나게 하고 다니긴 한다. 귀족보다는 평민들이랑 자주 어울려서 그런지는 몰라도 여하튼 남들 눈에는 그렇게 비치는 모양이다. 그래도 그렇지, 어떻게 나와 부관을 헷갈릴 수 있담.

그래도 미안한지 머쓱한 웃음을 지으며 그는 악수를 청해왔다.

"이거 몰라 봬서 미안하군. 난 할튼 리저드라고 하네."

"카슨입니다."

정중하게 인사를 했다. 사실 귀족이랑 만나는 것이 싫은 것인지 예의가 없는 건 아니다. 파운의 입가에 알 듯 모를 듯 미소가 번지는 것이 마치 '훌륭합니다' 란 뜻이 가득 실린 것 같았다. 하아, 그래도 내가 상관인데 말이다.

"우선 식사부터 하도록 하지."

듣던 중 반가운 말.

할튼은 앞장서서 걸어가기 시작했다. 굵직굵직한 기둥이 서 있는 홀을 지나 긴 테이블이 놓인 식당 같지 않은 식당으로 말이다.


수십 명은 앉아서 먹을 수 있을 것 같은 테이블에 마주 앉았다. 나야 마스터이니 할튼의 말이 잘 들리겠지만 그는 내가 말하는 것을 알아들을 수 있을까? 이거 어쩔 수 없이 침묵하게 만드는 희한한 식당이로군.

"페로즈는 어떻던가?"

"그냥 그렇습니다."

우웃, 정말 싫은 질문. 분명 귀족들의 동향에 대한 질문일 텐데 그런 거엔 영 젬병이란 말이다. 대충 얼버무릴 수 있으면 좋겠는데… 물론 이런 곳에 처박히듯 있으니 궁금해하는 건 인정하지만 그래도 물어볼 사람에게 물어봐야 하지 않는가 말이다.

"아참 소문에 듣자니 카슨 경은 귀족들과 어울리는 걸 싫어한다고 했던가?"

이런 바다 건너 섬에까지 퍼져 있었단 말인가……!

"그런 편입니다."

"출세욕이 없는 모양이군."

이라고 말하면서 리저드 후작은 입가에 살짝 미소를 지었다. 출세와 명예를 위해 모스 섬에까지 진출한 자신과 비교하는 것은 아닐까 생각된다. 그렇다 해도 별로 달라질 것은 없지만 그래도 비교당하는 것은 기분 나쁘다.

"그래도 일만 명을 지휘하는 기사입니다."

"아, 그렇군. 미안하네."

하지만 별로 미안해하는 표정은 아닌걸.

"나이 마흔에 겨우 마스터가 될 정도로 기사로서의 자질은 좀 떨어지지만"

할튼 후작이 마스터였단 말인가? 처음 듣는 얘기다. 물론 귀족들의 생활에 대해서 관심이 있는 것도 아니지만 검에 관한 것들은 귀 기울이는 편이다. 한데 단 한 번도 할튼 후작이 마스터가 되었다는 소문은 듣지 못했다. 하긴 이런 섬 구석에 있는 귀족들에게 관심 가질 리는 없겠지만 말이다.

혼자 생각에 잠기는 동안에도 할튼 후작의 말은 이어지고 있었다.

"어느 기사 못지 않게 전투를 치러왔다고 자부하네. 스무 살이 갓 넘었을 때 부하들과 함께 이 모스 섬에 들어왔지. 그때부터 지금까지 수많은 몬스터와 싸움을 벌여왔어. 한번은 정찰을 나갔다가 이백 마리가 넘는 오크 소굴에 떨어진 적도 있었거든. 그때는 정말 아찔했지……."

그때를 떠올리는 듯 잠시 몸서리를 치던 할튼은 곧 씁쓸한 표정으로 내게 시선을 던졌다.

"그때는 빨리 전공을 세워서 출세하고 싶었던 것 같아. 하지만 이제 와서 돌이켜 보면 출세는 했지만 귀족 사회에서 떨어져 나온 것은 아닐까 싶은 생각도 든다네."

"그럼 자식에게 영지를 맡기고 페로즈로 가시면 되지 않습니까? 콘버드 대공처럼 말입니다."

"그리고 윌리엄 공작처럼 말이지?"

별로 듣고 싶지 않은 이름인데. 애써 태연하려고 했지만 순간적으로 얼굴 근육이 굳어짐을 느낄 수 있었다. 별로 관심이 없는 것인지 할튼 후작은 무심하게 말을 이었다.

"그러고 싶어도 이곳이 아직 안정되지 못했으니 어쩔 수 없네. 지금도 오크 떼거리가 산을 넘어 민가를 습격하곤 하니까……."

"그래서 저희가 온 거 아니겠습니까? 이번 기회에 몬스터를 몽땅 쓸어버릴 테니까요."

조금 씩씩한 어조로 말했기 때문일까? 후작의 얼굴이 약간 밝아지며 천천히 고개를 끄덕였다.

"물론 믿고 있네. 자네도, 자네의 부하들도."

그의 입가에 새겨진 미소와 눈빛에 묘한 기운이 감돌고 있다고 이상한 느낌이 나를 감쌌다.

쩨 늦은 감이 있지만 아침 식사를 마친 후 카슨은 곧바로 부대에 돌아가려고 했다. 차를 준비하며 담소를 나눌 예정이었던 할튼은 연신 아쉬운 표정을 지었다. 그래도 완강하게 돌아갈 것을 고집하는 카슨인지라 그는 더 만류하지도 못했다. 대신 자신의 마차와 기사 한 명을 딸려 보내며 성의를 다했다.

그가 준비해 준 마차를 본 순간 카슨은 흠칫 몸을 떨었다. 정확하게는 마부와 기사의 모습에 놀란 것이다. 여느 귀족의 마차와는 달리 외장부터 검은색 일색에다가 창문도 고개 하나 겨우 내밀 정도로 작았다. '경치 구경용' 이 아니라 '군대 순시용' 이 아닐까 하고 카슨은 생각했다.

게다가 마부의 얼굴엔 커다란 검흔까지 있어 평범한 마부로는 결코 보이지 않았다. 모르긴 해도 입고 있는 옷 밑으로도 엄청난 상처가 즐비하지 않을까 하고 카슨은 추측했다.

무표정하게 고삐를 쥔 채 앉아 있지만 그 상처 하나에 '용병입니다'
라는 내용이 가득 실려 있어 보는 이로 하여금 공포감에 빠지게 만들
었다.

"제가 부대까지 모시고 가겠습니다."

슥 앞으로 나선 기사 역시 근육질의 사내였다. 소매 밑으로 드러낸
팔뚝은 구릿빛으로 빛나고 있었고 짐승에게 할퀴어진 듯한 상처가 아
물지 못한 채 곳곳에서 붉은 빛깔을 내고 있었다.

역시 몬스터와의 싸움이 많은 곳이기 때문일까, 기사는 물론이거니
와 마부조차도 상처가 즐비할 정도라는 것에 카슨은 조금 놀라고 있었
다.

덮개가 있는 마차 안은 서로 마주 보게 되어 있었다. 외장과는 다르
게 안은 보통의 마차와 비슷한 구조였다. 카슨과 릭, 스콧이 한쪽에 리
저드의 기사와 파운이 맞은편에 앉았고 카이는 마부와 함께 앉았다.
그의 신분이 낮은 탓이었다.

리저드 성이 산 중턱에 세워진 탓에 돌아가는 길은 가파른 내리막이
었다. 말이 끄는 것이 아니라 마차 무게에 저절로 굴러갈 정도였다. 앉
아 있는 의자 밑으로 브레이크가 걸리면서 생기는 진동이 마차 전체에
울렸다.

그 진동이 차츰 잦아든다 싶었을 때 마차가 멈춰 섰다. 카슨은 무슨
일인가 싶어 문에 달린 작은 창으로 고개를 내밀어 바깥을 살폈다. 성
에서 꽤 멀리 나오긴 했지만 아직 가파른 경사 길을 벗어난 것은 아니
었다. 뿐만 아니라 창밖으로 보이는 건 밑동은 굵지만 키는 보통보다
작은—그래도 3~4m는 족히 되어 보이는—나무들과 여기저기에 얽혀 있

는 넝쿨과 잡풀이었다. 아무리 둘러봐도 부대는 고사하고 마을 근처에도 도착하지 못한 것 같았다.

"무슨 일이지?"

막 카슨이 질문하는 순간 리저드의 기사가 이상한 움직임을 보였다. 느닷없이 그는 문짝을 걷어찼다.

와지직!

순식간에 마차 한쪽에 큼지막한 구멍이 뚫렸다.

"엇?"

놀랄 겨를도 없이 기사는 파운의 허리를 낚아채며 공중으로 몸을 솟구쳤다. 그리고 그 순간 이 기사의 실력이 보통이 아님을 모두들 깨달을 수 있었다. 그의 도약은 결코 보통 기사 정도의 수준이 아니었다. 마차 문을 부수고 허공을 향해 도약했을 때 무려 3m를 뛰었던 것이다.

그리고 그 순간 카슨은 뭔가 수상하다는 느낌에 머리를 굴렸다. 잘 가던 마부는 갑작스레 마차를 세우고 잘 있던 기사는 발길질 한 방에 문을 부쉈다. 게다가 갑자기 파운을 낚아채 공중을 날아오른다. 마치 사전에 계획되어 있는 것 같은 움직임.

무슨 일이 터질지는 몰라도 마차 안에 있으면 위험할 것이란 생각이 카슨의 뇌리를 스쳤다. 그렇지 않다면 리저드의 기사가 서둘러 빠져나갈 리는 없을 테니까.

"탈출해라!"

카슨의 말이 끝나기 무섭게 릭과 스콧은 자리에서 벌떡 일어나 바깥을 향해 뛰쳐나갔다. 이미 두 사람도 뭔가 이상한 낌새를 느낀 것이다. 카슨의 명령이 떨어지자마자 두 사람은 재빨리 움직였다.

릭은 기사가 뚫어놓은 문을 향해 몸을 날렸고 스콧은 머리를 팔로 감싸며 천장을 향해 돌진했다. 카슨 역시 반대 편 문을 냅다 걷어찼다.

쾨쾨쾨쾅.

기사의 첫 발길질에 이미 부서지기 시작했지만 카슨과 스콧에 의해 마차는 완전히 걸레가 되었다. 하긴 크루세이더 두 명에 마스터가 가세하여 두들겨 대는 데 버텨낸다면 그 자체가 신기할지도.

양 옆과 천장이 휑하니 뚫린 가운데 카슨은 마차 밖으로 몸을 날렸다. 그리고 막 발끝이 마차 바닥을 벗어나는 순간 어마어마한 폭음과 함께 뜨거운 화염이 마차에서 뻗어 나왔다.

쿠쾨쾨쾌쾨쾌쾌!

"뭐, 뭐지?"

카슨이 막 공중제비를 도는 순간 열풍이 몰아닥쳤다. 뜨거운 공기에 숨이 막히고 정신이 아득해져 옴을 느꼈다. 중심을 잃고 불길에 휘말리며 카슨의 몸은 저 멀리 바닥을 향해 곤두박질쳤다.

"<u>으으으……</u>."

바닥에 내동댕이쳐진 충격은 그리 크지 않았다. 하지만 마차가 갑자기 폭발하며 생긴 충격은 그리 만만한 것이 아니었다. 카슨은 겨우 몸을 일으켜 주변을 살폈다. 각각의 방향으로 탈출한 릭과 스콧이 몸을 일으키는 것이 보였다. 맨 먼저 빠져나간 릭은 성큼 일어났지만 천장을 뚫고 나왔던 스콧은 약간의 화상을 입었는지 고통스러운 표정을 지으며 앉아 있었다.

"마법인가……?"

갑자기 마차에 불길이 솟으며 폭파되었으니 마법이라고 생각하는 건 당연했다. 하지만 뒤이어 들려온 목소리는 이를 부정했다.

"화약입니다, 카슨 경."

"화… 약?"

처음 듣는 말이었다. 말을 꺼낸 사내는 리저드의 기사였다. 그는 어느새 검을 뽑아 파운의 뒤에서 목을 겨누고 있었다.

"야론인들에게서 구했죠. 불을 붙이면 폭발하는 신무기입니다."

"이게 무기란 말인가?"

잘은 모르겠지만 마법과도 같은 파괴력이었다. 이미 마차는 산산이 부서졌고 지금도 고약한 냄새를 풍기며 활활 타오르고 있는 중이었다. 이 냄새는 분명 앞에 매달려 있던 말에서 풍기는 것이라고 짐작했다.

잠시 마차를 응시한 카슨은 천천히 일어서며 기사를 향했다.

"한데 이건 무슨 뜻이지? 왜 우릴 공격하는 거냐?"

"호호호, 주군이 하고자 하는 일에 방해가 되니까."

"방해……? 우린 너희들의 영지에 있는 몬스터를 퇴치하러 온 거야. 뭔가 상대가 잘못된 거 아닌가?"

"잘못되지 않았습니다."

"……?"

카슨은 묵묵히 기사를 쳐다봤다. 그의 말뜻이 무엇인지 알 수 없었던 것이다. 아니, 정확하게는 확실한 정보와 사실을 알아야만 했다. 판단과 행동은 그 후에 해도 괜찮았다. 지금은 눈앞에 있는 기사를 통해 최대한의 정보를 얻어야 했다. 그렇기에 카슨은 얼굴 가득 '난 멍청해. 그러니까 제발 알려줘' 라는 내용을 실어서 말없이 애원하고 있었다.

그리고 그 기사는 카슨의 애원을 모른 척할 만큼 모진 녀석은 못되었다.

"카슨 경과 파운 경을 포함해 제일 가는 맹장들이 사라진다면 제1 돌격대도 별 볼일 없을 테니까요."

"그렇게 된 후에는?"

"그 병사들을 우리가 갖는 겁니다."

"호오, 그러니까 목적은 병사들이었군? 그 병사들은 뭐 하려고 노리는 거지?"

"그건 말해드릴 수 없군요. 아쉽지만."

"그런가? 하지만 대충 알 것 같군."

"눈치 챘어도 소용없습니다."

"어째서?"

"흐흐흐흐……."

기사는 대답 대신 짧게 웃었다. 그리고 턱으로 신호를 보내자 도끼를 든 마부가 척하고 나타났다.

"호오, 크루세이더였나?"

그 폭발을 피해낸 것을 미루어 짐작한 것이다.

"마스터에 크루세이더를 둘이나 상대하는데 이쪽도 그 정도는 준비해야겠죠?"

"게다가 인질까지 잡고 말야."

카슨의 입가에 희미한 미소가 번졌다. 기사와 마부도 카슨을 향해 흐흐 하고 웃었다. 그리고 문득 기분이 상했는지 기사는 미소 띤 얼굴로 소리쳤다.

"웃을 때가 아닐 텐데?"

"왜?"

"우린 인질을 잡고 있습니다. 설마 파운 경을 죽일 생각은 아니겠죠?"

"어차피 파운도 죽일 생각인 것 같은데?"

“우웃…….”

기사는 흠칫 놀라며 주춤 물러섰다. 물론 그의 팔에 목이 잡혀 있던 파운도 엉거주춤 뒤로 딸려갔다.

“서, 설마……!”

“인질을 잡으면 마스터 정도는 해결할 수 있을 거라고 생각했나?”

“하, 하지만 파운 경은 당신에게 매우 소중한 인재라고 알고 있습니다만!!”

“물론 그렇지.”

카슨은 빙그레 웃으며 고개를 끄덕였다.

“하지만 인질을 잘못 잡았다는 것만은 확실히 말해 주겠네.”

“에……?”

“뭐 하는 거야, 파운? 그 정도는 알아서 해결하라고!”

카슨의 단호한 음성과 함께 파운의 이마가 살짝 주름이 잡혔다.

“체! 정말 저에겐 인정머리가 없군요, 대장.”

“에?”

기사의 얼굴에 당황한 기색이 역력했다.

파운은 목을 겨누고 있던 검의 밑 부분을 오른손으로 살짝 잡았다. 기사들의 검은 주로 타격용이기 때문에 예리함은 많이 떨어지는 편이다. 왜소한 체구이지만 파운의 힘도 보통은 넘었기에 이렇게 살짝 잡는 것만으로도 쉽게 목을 그어버릴 순 없었다.

“에?”

그의 반응에 기사는 놀란 것 같았다. 크루세이더인 자신과 힘 겨루기를 하려고 하니 놀랄 수밖에 없는지도.

파운의 왼손이 움츠러들며 팔꿈치가 기사의 명치를 강하게 가격했다. 물론 기사는 경장이긴 해도 어엿한 갑옷을 입고 있었다. 보통 사람이라면 결코 철갑으로 보호되어 있는 배를 가격한다고 해서 충격을 줄 수 없었다. 하지만 파운의 일격에 기사의 얼굴은 서서히 탈색되고 있었다.

"에?"

이번엔 멀찍이 떨어져 있던 마부의 입에서 튀어나왔다. 갑작스런 사태에 놀란 것이다.

어느새 파운은 기사의 검을 뺏은 후였고 기사는 숨을 헐떡이며 몸을 축 늘어뜨리고 있었다. 꽤나 강한 충격이었던 탓이었다.

"이, 이럴 수가! 파, 파운 경도 크루세이더였단 말인가?"

마부의 입에서 경악의 비명이 터져 나왔다.

"그런 셈이지. 내 밑에서 세 번째로 강한 녀석이니까. 말했잖아? 인질을 잘못 잡았다고."

큭큭거리며 카슨은 웃었다.

"하, 하지만 그런 얘기는 전혀 없었는데……."

"당연하지. 난 이미 기사니까. 충분한 작위와 영지가 이미 내 소유로 되어 있는데 굳이 밝힐 필요는 없지 않아?"

파운은 퉁명스럽게 대꾸하며 기사의 목에 검을 겨눴다. 그는 여전히 어렵게 숨을 쉬고 있는 중이었다.

"이, 이럴 수가… 예상 밖의 일이군."

마부는 도끼를 모아 쥐며 주변을 둘러봤다. 그로선 지금 상황이 매우 어렵다는 것을 깨달았다. 아무리 실전 경험이 풍부한 크루세이더일지라도 최강의 마스터에 크루세이더 세 명을 상대할 수는 없었다. 그때 파운이 날카로운 시선을 던지며 퉁명스럽게 물었다.

"한데 왜 제가 세 번째입니까? 릭과 스콧도 저보단 못한 것으로 압
니다."

카슨의 얼굴에 어색한 미소가 감돌았다.

릭과 스콧도 의아한 눈길로 카슨을 바라봤다. 카슨은 어깨를 으쓱하
더니 마부를 향해 엄지와 중지를 모아 딱 소리나게 쳤다.

"이런 거지."

그 순간 마부 위에서 검은 형체가 소리없이 떨어져 내렸다. 검은 형
체는 정확히 마부의 뒤에 스며들듯 낙하했으며 어느새 검을 휘두르고
있었다. 마부는 눈치 채지 못했지만 정면에 서 있던 다른 이들은 그가
누구인지 대번에 알아챘다.

"카이!"

서거거거거걱!

파운과 릭, 그리고 스콧의 입에서 동시에 외침이 떨어졌다. 그리고
그 울림이 채 사라지기도 전에 마부의 목이 바닥을 구르고 있었다. 자
신의 목이 떨어졌다는 것도 느끼지 못했는지 그의 몸은 여전히 대지
위에 굳건히 서 있을 정도였다. 검을 거둔 카이는 서 있는 마부의 몸을
발로 차서 쓰러뜨렸다.

숨을 몰아쉬던 기사의 얼굴이 놀람과 경악으로 일그러졌다.

"대, 대장……!"

"오호, 이 마부가 너의 상관이었던 모양이지?"

카슨은 자신 앞에 굴러온 머리통을 옆으로 차 넣으며 기사를 향해
눈을 돌렸다.

"천한 신분만큼이나 존재해선 안 되었던 숨어 있는 마스터."

파운이 읊조리듯 중얼거렸다.

"그렇군요, 숨어 있는 마스터란 카이를 말한 것이었군요."

"죄송합니다, 부관 나리……."

"아니, 됐어. 자네에게 이런 실력이 있을 거라곤 생각도 못했으니까."

불쾌한 듯 파운은 잠시 카이를 노려봤다.

그의 말대로 카이는 굉장한 실력의 검사였다. 마부로 분장한 적의 대장을 단숨에 벤 것도 대단한 능력이었다. 똑같이 마부석에 앉아 있었는데 폭발과 함께 카이가 나무 위로 숨었다는 것을 상대가 알아채지 못할 정도로 빨랐으며 정확했으니까. 하지만 정작 놀라운 것은 쥐고 있던 도끼마저도 일검에 잘려졌다는 점이었다. 분명 세 사람의 눈에 카이가 휘두른 검은 도끼에 스치지도 않았었다. 검기가 사용되었다는 얘기였다. 검기를 사용하는 검사, 즉 마스터.

그들 눈앞에 나타난 카이는 마스터였다. 카슨의 잔심부름이나 하던 시종의 신분이었던 그가, 어촌에서 태어나 노예의 신분으로 자라난 그가 마스터의 경지에 이른 검사였던 것이다.

"노래가 지어진 것은 올 초였죠. 그렇다는 얘기는……?"

파운은 알겠다는 듯 고개를 끄덕이며 카슨과 카이를 번갈아 쳐다봤다. 카슨은 머리를 긁적이며 대답하기 시작했다.

"맞았어, 파운. 카이는 올 초에 마스터가 되었어. 크루세이더가 된 건 훨씬 더 옛날 일이고."

"어째서 말하지 않았습니까?"

"말하면 뭐가 달라지지? 카이는 노예의 신분이야. 어떤 수를 써도 그걸 벗어날 수는 없지. 설사 마스터가 되었다 해도 말이야. 릭과 스콧과는 전혀 다른 처지라고."

“…그렇다 해도 굉장한 실력이군요.”

카슨은 어깨를 으쓱하며 자랑스럽게 말했다.

“아무래도 나와 붙어 있는 시간이 많았으니까. 게다가 이해력도 빨랐고.”

“다음엔 제가 시중을 들어야겠군요.”

릭은 쾌활하게 웃으며 물끄러미 카슨을 바라봤다.

“됐어. 우락부락한 녀석의 시중 따위 별로 반갑지 않아.”

얼른 릭의 시선을 외면하며 카슨은 파운 앞으로 다가섰다. 그의 곁에 아직도 엎드려서 숨을 몰아쉬고 있는 기사에게 몇 가지 묻고자 했던 것이다.

“이봐.”

기사의 몸이 흠칫 떨리며 고개를 들었다.

“할튼 리저드 후작은 반란을 꿈꾸고 있는 거냐? 응?”

“모, 모른다. 헉헉…….”

“나원… 병사가 필요한 건 그 이유뿐이잖아? 아니면 몬스터 퇴치라도 하겠다는 거냐? 우리를 죽이고? 웃기는 소리로군.”

“…….”

맞는지 틀리는지 기사는 고개를 떨군 채 말이 없었다. 숨 쉬기에도 버거운 모양이었다. 잠시 그를 내려다보던 카슨이 투덜거렸다.

“좀 살살 때리지 그랬어? 애가 말을 못하잖아!”

“대장님도 모가지에 칼이 들어와 있어봐요. 살살 치게 되나.”

“잠시만요, 대장님, 부관님.”

갑자기 카이가 달려들어 기사의 등덜미에 검을 겨눴다.

“이 기사님의 숨소리가 아까부터 차분해진 것 같습니다. 일부러 헐떡이는 것이 아마 기회를 엿보다가 도망칠 생각인 것 같습니다."

"……훌륭하군, 카이."

"응용력이 좀 떨어지는군요."

"상관하지 마. 어차피 기사가 될 녀석도 아닌데 뭘 그래?"

"그렇다 해도 말입니다."

대답과 함께 파운은 쿡쿡 하고 웃었다.

원래 두 사람도 잡혀 있는 기사의 숨결이 점차 안정되고 있다는 것을 눈치 채고 있었다. 일부러 모르는 척하며 딴청을 피운 것은 붙잡고 있어봐야 볼 리가 없다고 판단한 까닭이었다. 놓아주면 할튼 후작에게 달려갈 테니 미행해서 한꺼번에 잡을 생각이었던 것이다.

한데 이를 모르는 카이는 얼른 검을 뽑아 기사를 겨눈 것이다. 그는 두 사람의 대화와 표정을 보고 자신이 실수했다는 것을 알아챘다. 머쓱한 표정을 지으며 물러서는데 카슨은 괜찮다는 미소를 지었다.

"죄송합니다, 대장님. 주제넘게 나서서요."

"아니, 괜찮아. 그보다……."

카슨은 기사에게 눈길을 돌렸다.

"자네 숨소리가 차분하다고 하는군."

카슨의 말투가 냉랭한 탓이었을까, 기사는 흠칫 몸을 떨며 천천히 고개를 들었다.

"들키고 말았군요……."

"나랑 지금 장난하나?"

카슨의 으름장에도 기사는 별로 놀라는 기색이 아니었다. 다만 입을 꾹 다문 채 더 이상 아무 답변도 하지 않겠다는 표정이었다.

"아무 말도 않겠다는 거냐?"

“……..”

“좋아, 하나만 묻지. 날 죽이는 데 이렇게 허술하게 한 이유가 뭐지? 정말 너희 둘이서 인질 하나 잡는다고 날 죽일 수 있을 거라고 여겼던 것은 아니겠지?”

“……..”

기사는 여전히 입을 꾹 다물고 있었다.

“실패했을 경우를 대비해 다른 방도가 있었을 텐데?”

“……..”

잠시 기사를 응시하던 카슨은 더욱 냉랭한 어조로 으르렁거렸다.

“죽고 싶은 거냐?”

“……..”

떨어져서 스콧을 보살피던 릭이 고개를 돌려 이쪽을 향했다. 그리고 기사를 향해 소리쳤다.

“이봐, 살고 싶으면 말해 주는 게 좋을 거야. 우리 대장은 농담 같은 거 안 하니까 말야.”

릭의 충고에도 기사는 여전히 침묵하고 있었다.

“검을 다오, 파운.”

검을 건네받은 카슨은 기사 뒤에서 소리쳤다.

“크루세이더 두 명이면 굉장한 전력이지. 안 그런가? 리저드의 기사들이 아무리 실전에 강하다 해도 전부가 크루세이더일 수는 없는 법. 즉, 그대와 좀 전의 마부 녀석은 리저드 기사단 중에서도 중추일 것이 틀림없다. 그런 두 사람을 잃고 반란을 꿈꿀 수 있을지, 어디 할튼 후작을 지켜보기로 할까?”

기사의 동공이 순간 커졌다. 하지만 카슨은 조금의 망설임도 없이 검을 휘둘러 그의 등줄기를 베었다. 뜨거운 피가 솟구치는 동안 카슨은 뒤로 물러서며 기사의 몸이 무너지는 것을 보고 있었다.

그의 옆으로 파운이 다가섰다.

"이대로 괜찮을까요?"

"뭐가?"

"대장의 짐작과는 달리 반란이 아니라면 어쩔 겁니까?"

"그게 아니라면 이 상황을 어떻게 설명할 건데?"

"오해일 수도 있죠. 어쨌든 지금 이자를 죽임으로 인해서 대화로 해결할 수 있을 것 같지는 않군요."

"어차피 우린 저 마부 녀석을 죽였어. 하나이든 둘이든 이미 벌어진 일이야."

"그래도 대화의 여지는 있었습니다. 오해일 수도 있었으니까요. 저자를 잘 설득해서 중재시킬 수도 있었고 말입니다."

"쓸데없는 생각."

단번에 파운의 말을 일축시킨 카슨은 잠시 리저드 성 쪽을 쳐다봤다.

"난 언제나 감과 느낌으로 살아왔어. 모스 섬에 올 때부터 기분이 안 좋았는데 이제 그 이유를 알 것 같아. 여기 공기는 매우 기분이 나빠."

"기분만으로 일을 처리할 문제는 아닌 것 같은데요."

"이봐, 파운."

카슨은 파운을 흘겨봤다.

"지금 내 머리 속에 꽉 찬 생각이 뭔지 알아? 내 부하들이 어떻게 되었는가 하는 문제야. 너와 나, 그리고 릭과 스콧이 전부 이곳에 있어.

얼마나 큰 문제인지 알겠지?"

"병사 일만의 군단입니다. 우리 말고도 지휘할 녀석은 충분히 있어요. 우리가 돌아갈 때까지 충분히 버틸 수 있을 겁니다."

"물론 그렇지. 그러나 만일의 사태란 것이 있잖아? 그리고 지금 우린 부대가 어디에 주둔하고 있는지조차 모르고 있단 말야. 한시가 급한 때에 이 녀석과 노닥거릴 시간 따윈 없단 말야."

그 말은 확실히 효과가 있었다. 파운을 비롯하여 릭과 스콧, 심지어는 카이까지도 잔뜩 긴장된 표정으로 카슨을 바라봤다. 카슨은 그들의 시선을 모으며 신중하게 말했다.

"파운, 이곳의 지형에 대해선 미리 알아둔 것이 있겠지?"

"물론입니다. 모스 섬은 중앙에 거대한 산을 중심으로 숲을 이루고 있습니다. 동쪽 해안의 항구를 중심으로 모래밭이 있는데 거기서 밭을 일구어 개간하고 있는 실정입니다. 아마도……."

"좋아, 설명은 됐고."

더 설명을 하려는 파운을 제지하며 카슨은 릭과 스콧을 바라봤다.

"파운이 알고 있다는 것은 너희들도 이미 들었다는 얘기겠지?"

"네, 설명은 들었습니다."

두 사람의 대답을 듣고 카슨은 고개를 끄덕였다. 그는 릭과 스콧, 카이를 지목했다.

"너희 세 사람이 한 조를 이룬다. 그리고 나와 파운이 또 다른 조를 이루지."

"두 파트로 나누겠단 뜻인가요?"

"그래. 이렇게 몰려다니면 표적이 되기 쉬울 테니까 나눠지는 게 더 낫지."

카슨은 모두를 둘러보며 자신만만한 표정으로 설명했다.

"게다가 나눠지더라도 쉽게 당할 우리들이 아니잖아? 안 그래?"

"그렇고 말고요!"

릭과 스콧이 얼른 소리쳤다.

"어차피 이곳 지형에 대해선 릭과 스콧도 알고 있으니 걱정없겠지? 게다가 마스터인 카이를 보냈으니 충분할 거야."

카슨은 잠시 턱을 쓰다듬으며 생각에 잠겼다. 그리고 비탈길 아래를 주시했다. 조를 나누어 혼란을 시키기로 한 것은 좋은 생각이었지만 어차피 길은 하나였다. 하나뿐인 길을 어떻게 이용할 것인가, 하는 걸 카슨은 생각하고 있었다.

이윽고 그는 결심을 굳힌 채 모두를 향해 외쳤다.

"릭, 너희는 길을 따라 내려가라. 분명 적들이 매복되어 있을 가능성도 배제할 수 없는 만큼 위험하긴 할 것이다."

카슨은 목소리를 죽여 또 다른 이유를 설명하기 시작했다.

"너희들의 주 목적은 적의 이목을 끄는 것이다. 할 수 있겠지?"

"네, 물론입니다."

"좋아. 나와 파운은 숲으로 들어가겠다."

"그러다 길을 잃으면……?"

파운이 걱정스레 물었지만 카슨은 그의 의견을 깨끗하게 묵살했다.

"자, 어느 쪽에서 먼저 부대에 합류하든 우선적으로 취할 일은 수비 태세를 갖추고 어떤 돌발 상황에도 흔들리지 않도록 하라는 것이다. 다음에 다른 돌격 기병단의 상황을 파악함과 동시에 연락을 취하도록 해라. 분명 우린 적의 근거지에 있는 불안한 상태임은 확실하다. 게다가 도망칠 곳도 없는 섬에 갇힌 것도 틀림없는 사실이다. 하지만 우리 돌격 기병단 5개 사단이 뭉치면 크게 문제될 것은 없다고 본다. 우리의 군사력이 더 위라는 점이다.”

잠시 말을 끊고 카슨은 모두를 둘러봤다.

네 사람은 잔뜩 굳어진 표정으로 그의 말을 경청하고 있었다. 그 표정에는 불안함이나 당황한 기색이 묻어 있지는 않았다. 오히려 자신감에 찬 전사의 강인함이 빛나고 있었다.

그들의 표정을 확인하며 카슨은 손을 뻗어 길을 가리켰다.

“좋다, 가라. 부대에서 만나도록 하자.”

“네!”

릭과 스콧은 뒤이어 길을 따라 내려가기 시작했다. 그들 뒤로 카이가 뒤쫓았다. 그의 어깨를 잡으며 카슨은 그를 북돋웠다. 카이는 슬쩍 카슨과 눈빛을 마주치더니 살짝 고개를 끄덕이며 두 사람을 따라 밑으로 내려가기 시작했다.

그들이 뒷모습을 지켜보던 카슨의 곁에서 파운이 짐짓 입을 열었다.

“뭐라고 했습니까?”

“뭘 말인가?”

“눈빛으로 대화를 하는 것 같았는데 말입니다.”

“별 거 아니었어. 릭과 스콧을 부탁한다고 했을 뿐이야.”

“그 녀석들도 크루세이더에 해당하는 검사입니다. 부탁한다니, 좀 심하군요. 아니면 저 두 사람을 믿지 못한다는 건가요?”

“그런 뜻이 아닌 걸 알잖아? 왜 그런 시비를 거는 거야?”

“시비를 안 걸게 생겼습니까? 시종인줄로만 알았던 녀석이 마스터의 실력을 갖추고 있는데 그럼 ‘오, 정말 굉장하군요’ 라고 반길 줄 알았습니까?”

"이봐, 파운."

카슨은 짓궂은 표정으로 그의 얼굴에 바싹댔다.

"조금 솔직해지지 그래?"

"뭐, 뭐가 말입니까?"

파운은 당황한 듯 얼른 떨어지며 말을 더듬었다.

"사실은 수제자 자리를 뺏긴 것 같아 억울해서 그런 거 아냐?"

그 말에 파운의 얼굴이 벌겋게 변했다. 그는 대답 대신 숲을 향해 돌아섰다.

"우리도 출발하죠."

"에이~ 그런 모양인가 봐?"

"어서 출발하죠!"

"내 수제자 자리가 그렇게 탐이 났던 거야?"

계속된 놀림에 파운은 정색을 하며 돌아섰다.

"네, 그렇다고 해두죠. 귀족인 데다가 기사인 나보다 로딘이나 카이가 더 검을 잘 배웠다는 게 억울하고 화납니다. 됐어요?"

그의 대답에 카슨은 흠칫하며 웃음을 거뒀다.

"자네가 그렇게 생각하는 줄은 몰랐는데……."

"…출발하죠."

파운은 다시 몸을 돌려 숲으로 들어갔다. 어색한 얼굴로 그를 바라보던 카슨도 머리를 긁적이며 뒤이어 숲으로 뛰어들었다.


어두운 방 안, 작은 창조차 없는 방에 불빛이라곤 벽에 걸린 작은 횃불이 전부였다. 그 희미한 불빛에 비추인 중앙에는 두 사람이 앉아 있었다.

불빛을 정면으로 받으며 앉아 있는 사람은 할튼 리저드 후작이었다. 그는 의자 깊숙이 몸을 묻고 손으로 턱을 괸 채 탁자 위에 놓인 커다란 수정구를 바라보고 있는 중이었다. 그 수정구 안에 비춰진 모습은 막 숲으로 들어가는 카슨의 모습이었다.

작고 나지막한 음성으로 할튼은 중얼거렸다.

"오오, 운명의 신이시여. 그대는 저 두 사람을 택한 것입니까?"

그리고 방 안 가득 할튼의 음산한 웃음이 번졌다.

잠자코 그 앞에 앉아 있던 사내가 허리를 숙여 불빛 속으로 들어왔다. 그는 망토와 연결된 두건을 코밑까지 깊숙이 뒤집어쓰고 있었다. 두건 밑으로 보이는 잔주름이 난 턱과 탁자 위에 올려진 메마른 손등으로 미루어 나이가 많은 자임을 알 수 있었다. 게다가 그의 살결은 구릿빛처럼 누런빛이었다. 그 살결은 결코 햇빛에 그을려 생긴 것으로는 보이지 않았다.

그는 음흉한 미소를 지으며 카랑카랑한 목소리로 말하기 시작했다.

"의외의 수확이군요, 전하. 실력있는 검사를 둘씩이나 더 얻다니 말입니다."

"그러게 말야. 역시 운은 내게 있는 것 같군."

"그럼 이쯤해서 저들을 불러오도록 하죠. 어차피 모두 떠난 것 같으니 말입니다."

"그러게, 나지드."

할튼은 매우 흥미로운 표정으로 수정구를 주시했다. 수정구가 비치는 것은 길 위에 널브러져 있는 두 구의 시체였다. 바로 자신이 딸려 보낸 기사와 마부의 모습이었다.

나지드는 손을 들어 수정구 위에 올려놓으며 천천히 주문을 외우기 시작했다. 그의 주문에 따라 카이에 의해 잘려진 마부의 몸이 들썩 움직였다. 그리고 기사의 몸도 천천히 꿈틀대기 시작했다. 수정구에 비친 두 사람의 모습은 작은 꿈틀댐을 넘어 점차 큰 움직임을 보였다. 그것은 결코 죽은 자의 움직임이 아니었다. 만약 기사의 등에 난 커다란 상처와 마부의 목이 잘려지지 않았다면 죽었던 사람이라고 믿기 어려울 정도로 자연스러운 움직임이었다. 천천히 몸을 일으킨 두 사람 중 마부가 자신의 머리를 찾아 목에 댔다.

나지드의 주문이 점차 격렬해지는 동안 머리를 붙잡고 있던 마부의 손이 떨어졌다. 놀랍게도 머리는 목에 딱 붙은 채 떨어지지 않았다. 목 주위에 흐른 핏물이 아니라면 그의 목이 잘려졌다는 것을 의심할 정도였다.

"두 사람은 성으로 부르게."

"알겠습니다, 전하."

나지드는 공손하게 대답한 후 곧 수정구를 응시하며 명령을 내리기 시작했다.

"즉시 성으로 돌아오라."

두 사람은 대답과 함께 재빨리 수정구에서 몸을 감췄다.

그들이 성으로 돌아오는 것을 의심치 않은 두 사람은 이제 수정구에서 눈을 뗀 채 서로를 쳐다봤다.

할튼이 궁금한 듯 물었다.

"저것이 죽음의 기사인가? 내가 보기엔 보통 좀비와 다를 바가 없는 것 같은데?"

"다릅니다. 어느 인간이나 살아 있다면 몸속에 마나라는 것을 가지고 있게 마련입니다. 보통 검사들이 수련을 하는 것은 그 마나의 양을 늘리는 것이지요.”

“그건 알고 있네. 마나를 몸에 축적하면 나이트, 그것을 사용할 수 있으면 크루세이더, 몸속의 마나를 검기로 발현할 수 있으면 마스터라고 하지 않나?”

“전하께서도 기사이시니 더 설명할 필요가 없겠군요. 아시는 바처럼 누구나 몸속에 마나를 가지고 있지만 좀비란 그 마나를 모두 잃는 것을 말합니다. 말 그대로 죽은 자이지요.”

나지드의 설명을 듣고 할튼은 잠시 수정구를 쳐다봤다. 수정구는 여전히 좀 전의 장소를 보여주고 있었다. 그곳엔 이제 아무도 없었다. 카슨 이외의 다섯 사람은 자신들의 군단을 찾아 떠난 후였고 자신의 부하들은 성으로 돌아오는 중이었다. 불타는 마차 한 대와 길바닥에 흩뿌려진 핏물이 전부였다. 그는 다시 나지드를 쳐다보며 고개를 갸웃거렸다.

“그럼 저들은 죽은 자가 아니란 말인가? 저렇게 검에 베이고 목이 잘렸는데도?”

“아닙니다. 주술이 성공했을 때 그들은 이미 죽은 상태였습니다. 모든 상태가 좀비와 같아 보입니다만, 결정적인 차이가 있지요.”

“그게 마나란 건가?”

“그렇습니다.”

나지드의 한쪽 입매가 살짝 말려 올라갔다.

“저들은 생전에 가지고 있던 검술 실력을 고스란히 가지고 있다는 것이 보통 좀비와 다른 점입니다.”

“후후, 그런가? 설명을 들을 때도 많이 의심스러웠는데 지금 그 증거를 보니 확실히 믿어지는군. 저 두 사람이 며칠 전까지 나와 대련을 했으니까 말이야. 분명 크루세이더의 실력을 갖고 있었으니 당신의 말이 틀림없다는 것을 알겠어.”

“죽음의 기사라면 충분히 전하의 뜻을 이루는 데 큰 도움이 될 것입니다.”

“그렇겠지. 죽지 않는 크루세이더라… 이거라면 확실히 전력의 차를 메울 수 있을지도 모르겠어.”

“게다가 이제 두 명의 마스터가 죽음의 기사가 되어 전하의 손에 들어오게 될 테니까요.”

“크크크크크크… 크하하하하하핫!”

나지드의 말에 할튼은 호탕하게 웃었다.

그의 웃음이 음산한 울림과 함께 좁은 방 안을 울렸다. 한참 웃음을 터뜨리던 할튼은 뚝 그치며 나지드를 향해 시선을 던졌다.

“정말 굉장하군, 나지드. 당신의 나라에 이런 마법이 있을 거라곤 기대도 하지 않았는데 말이야. 화약에 이어 그대 같은 뛰어난 마법사를 보내주다니 그대의 주군에게 뭐라고 감사해야 할지 모르겠군.”

“주군께서 바라는 것은 아시지 않습니까?”

“물론이지. 조금만 기다리라고 전하게. 이제 곧 이 작은 섬을 뛰쳐 나갈 때가 올 테니까.”

할튼은 미소를 지으며 자리에서 일어났다. 그의 얼굴이 불빛에서 사라졌다.

“저들을 잡을 준비는 전부 갖춰졌겠지?”

“물론입니다, 전하. 마차 주위로 온갖 함정을 준비해 두었으니까요. 저들은 결코 자신들의 군단으로 돌아갈 수 없을 겁니다.”

두건 밑으로 나지드의 음흉한 미소가 슬쩍 비춰졌다.

"설사 돌아간다고 해도 그들에게 남겨진 것은 패배감과 고통뿐이겠지요."
할튼은 좀 전보다 더 큰 웃음소리를 냈다.
"그렇겠지. 믿고 있던 부하들의 배신이 기다리고 있을 테니까."

보통 나무들보다 작았다. 바닷바람의 영향 때문에 클 수 없었던 것이리라. 하지만 막상 숲에 들어선 두 사람은 그 울창함에 조금 긴장을 했다. 발 디딜 틈도 없이 잡풀과 넝쿨이 우거진 숲이었다. 머리 들어 하늘을 보려 해도 푸른빛은 들어오지 않았다.

레스터 남부 출신인 파운은 그렇다 쳐도 북부의 캐러디안 숲을 헤집고 다녔던 카슨으로서도 보기 힘들 정도의 울창함이었다. 그리고 몇 번이나 넘어질 듯하면서 바삐 파운을 쫓아간 카슨은 겨우 그의 어깨를 잡을 수 있었다.

"어이, 이봐. 왜 그래?"

"별거 아닙니다."

"별거 아닌 게 아닌 것 같으니까 그렇지. 지금 자네 말은 마치 내가 로딘이나 카이에게 검을 더 가르쳤다는 것처럼 들린단 말야."

"아닙니까?"

갑자기 멈춰 서 돌아서는 바람에 카슨은 중심을 잃고 쓰러질 뻔했다. 나뭇등걸 하나를 밟아 중심을 잡으며 카슨은 묵묵히 파운을 쳐다봤다. 그의 눈빛은 숲의 어둠 속에서도 번뜩이고 있었다.

"아니야. 누굴 편애한 적은 없어. 그 두 사람은 분명 재능이 있었고 난 그에 합당하게 가르쳤을 뿐이야. 자네는 날 믿지 못하겠다는 건가?"

"그게 더 열 받는다는 말입니다."

버럭 소리를 지른 파운은 잠시 손으로 얼굴을 훔치며 진정했다. 그의 이해할 수 없는 태도에 카슨은 멍청한 얼굴로 그를 주시할 뿐이었다. 파운은 뭔가 결심을 했는지 굳은 표정으로 입을 열었다.

"유명하진 않지만 저도 귀족입니다. 작지만 영지도 가지고 있습니다. 물려받을 작위도, 영지도 있는 내가 왜 이 보잘 것 없는 돌격 기병단에 있는지 혹시 생각해 본 적은 있습니까?"

"내가 좋아서."

"……."

"아냐?"

"어이가 없군요."

"아니었군. 안타까운걸? 나 혼자 착각하고 있었다니 말야."

"농담하자는 게 아닙니다."

정말로 화났는지 파운은 홱 몸을 돌려서는 성큼성큼 걷기 시작했다. 미안한 표정이 된 카슨은 얼른 그의 뒤를 따랐다. 하지만 그의 등에는 '절대 말 걸지 마시오!' 라는 기운이 마구 뿜어지고 있어 쉽게 말을 걸 수 없었다. 하지만 다행스럽게도 파운이 먼저 말을 꺼내기 시작했다.

"18살 때 일입니다. 대장이 남부 지역을 휩쓸어준 덕분에 난 확실히 깨달았습니다. 내가 가지고 있는 실력을 말입니다. 그때까지만 해도 제법 실력이 있다는 얘기를 들었기에 조금은 자만하고 있었으니까요. 하지만 실제로 대장을 추적했던 기사와 병사들이 무수히 다치고 돌아왔을 때 놀랄 수밖에 없었습니다. 그중엔 저에게 검술을 가르치던 자도 있었으니까요. 실망감, 아니, 의욕 상실이었는지도 모르지요. 같은 나이에 이렇게까지 실력 차가 난다면 정말 기운 빠지니까 말입니다."

"그랬다면 미안하군. 아직까지 그때의 일이 아픔으로 남아 있는 사람이 있을 거라곤 생각하지 못했어."

"아픔이라고 하지 않았습니다. 어떻게 보면 좁은 세상에 갇혀 있다가 깨어난 것인지도 모르지요."

파운은 잠시 말을 끊고 멍하니 옆에 있는 나무를 쳐다봤다.

"한데 정말 궁금한 것이 하나 있습니다. 대체 레스터 가문은 어째서 그렇게 강한 겁니까? 버나드 후작은 물론이고 하이렌 백작, 카슨 대장, 키렌 남작을 포함해 막내인 레온에 이르기까지 모두 마스터라는 경지에 다다를 정도로 강한 이유가 대체 뭡니까?"

"그런 질문을 자주 받기는 하지만… 강한데 특별한 이유가 있을까 하고 생각해."

카슨은 머리를 긁적였다.

"집안 내력이라는 생각은 하지만 꼭 그것만은 아닌 것 같아. 우리 형제가 강한 것에는 그만한 이유가 있으리라고 생각하거든. 이를테면 버나드 형은 누구보다 책임감이 강하지. 그것이 형의 강함과 위엄으로 나타나는 것은 아닐까 생각해. 하이렌 형은 내성적인 사람이지만 지켜야 할 어떤 것들에 대해선 또한 고집있게 대처할 줄도 알아. 키렌은 시기심, 질투 같은 것 때문에 강한 것 같아."

"대장은?"

"나는······."

카슨은 얼버무리듯 말끝을 흐렸다. 그의 기분을 눈치 챘는지 파운은 곧 화제를 바꿨다.

"레온은 어떻습니까? 십대 마스터라는, 레스터 가문에서도 경이적인 강함을 보이고 있는데 그 원인을 뭐라고 생각합니까?"

"그 녀석은······."

카슨은 희미하게 미소를 지었다.

"재능이 남다른 탓도 있지만 그렇게까지 강해질 수 있었던 원인은 전혀 없었어. 아마도… 호기심 탓일 거야."

"호기심?"

뜻밖의 대답에 파운은 놀라 걸음을 멈췄다.

"단지 호기심 때문에 마스터가 될 수 있단 말입니까?"

"그건 모르겠어. 하지만 검술을 가르치는 내내 호기심으로 꽉 찬 녀석이란 생각을 하곤 했어. 그리고 호기심이 충족된 만큼 실력이 향상되곤 했지. 대단한 녀석이야."

"…놀랍군요."

파운은 곧 이해하려고 애쓰며 다시 걸음을 옮겼다.

"성년이 되었을 때 아버지의 권유에도 불구하고 전 수도로 갔습니다. 수도에서 기사 서임식을 치를 생각이었지요. 우습게 들릴지도 모르겠지만 2년이라는 기간 동안 근방에서 가장 검술을 잘한다고 인정받았으니까요. 저도 저 나름대로 열심히 해왔고 상처받은 자부심도 치유되었으니까요. 그래서 좀 더 넓은 세상에서 제 실력을 검증받고 싶었습니다."

카슨은 묵묵히 그의 말을 듣고만 있었다. 처음으로 자신의 얘기를 하고 있는 파운은 약간 비통한 목소리로 말을 잇고 있었다.

"하지만 어리석었죠. 겨우 기사가 될 수는 있었지만 형편없이 약했던 탓에 이 돌격 기병단에 배정받았습니다. 그때 그 기분, 이해할 수 없을 겁니다. 참담했죠. 차라리 레스터 기사단으로 갔다면 제법 실력 있다는 소리를 들었을 텐데, 그리고 중요한 자리를 차지했을지도 모르는데 말입니다. 겨우 돌격 기병단에 들어오기 위해 그 노력을 해왔던 말인가, 하고 생각하면서 자괴감마저 들었습니다. 그때 놀라운 소식이 들렸죠."

"카슨 레스터, 기사 시험에서 수석을 차지한 자가 돌격 기병단에 지원하다. 이걸 말하는 것이겠지?"

"네. 그렇게 해서 대장과 난 같은 군단에 배속받고 8년 간 지긋지긋하게 부딪치게 된 것이지요."

파운이 이야기를 하는 동안 두 사람은 숲 깊은 곳까지 들어갈 수 있었다. 그곳부터는 넝쿨과 잡풀을 제거하지 않으면 앞으로 전진하는 것조차 힘들었다. 앞서 가던 파운은 검을 뽑아 넝쿨을 제거하며 걸었다.

힘차게 휘두르는 그의 검에 맞춰 그는 여전히 말을 하기 시작했다.

"그때 대장은 9대대를 전 10대대를 맡고 있었죠. 기억합니까?"

"물론."

"대장이 돌격 기병단에 왔다는 소식을 접한 후 곧 눈으로 확인할 수 있었습니다. 그 뒤에 나 자신에게 실망했던 것들도 조금은 가라앉았죠. 하지만 그 다음부터 더 큰 문제가 남았습니다. 보통 병사들에 불과할 것이라 생각했던 자들의 실력이 솔직히 나보다 셌으니까요. 내가 대대를 관리할 수 있었던 것은 귀족이었다는 것, 그 하나 뿐이었으니까요. 물론 대장은 대대를 포함해 군단 전체에서도 일류의 검술을 구사했으니 예외였지만 말입니다."

"그런 것으로 고민했을 줄은 몰랐는걸."

"지금이니까 말하는 겁니다. 하여간 그때부터 강해지기 위해서 온갖 노력을 기울였죠. 대장이 직접 검술을 가르쳐 줬을 때에는 정말 광명을 찾는 기분이었습니다. 그 이후에 실력이 부쩍 늘었으니까요. 그때가 아마 군단장이 되어서부터였죠? 날 부관으로 해줘서 고맙다고 생각했습니다."

파운은 잠시 검을 놓고 이마 위에 흐르는 땀을 닦아냈다. 어느새 그의 목과 등 뒤까지 땀이 흐르고 있었다. 그는 크게 숨을 들이켰다가 내쉬며 숨을 골랐다. 그리고 약간 언성을 높이며 카슨을 향해 소리쳤다.

"하지만 전 억울한 겁니다. 물론 귀족이라거나 작위에 의해서 실력이 결정되는 것은 아니라고 생각합니다. 하지만 어째서 로딘이나 카이에 비해서 제 실력이 더 낮은 겁니까? 대체 그 이유가 뭐냔 말입니다! 노력이 적었기 때문입니까? 아니면 절실하지 않았기 때문에? 그것도 아니면 재능이 부족했기 때문입니까? 난 대장이 아니면 결코 이런 경지에 올라설 수도 없는 평범한 재능의 소유자였단 말입니까?"

절규하는 파운의 목소리가 숲을 울렸다. 잠자코 듣고 있던 카슨은 그를 밀쳐 내며 검을 뽑았다. 그를 대신해 넝쿨을 잘라내 길을 만들며 카슨은 앞서 가기 시작했다.

"자네가 돌격 기병단에 남아 있었던 이유는 그거였군. 크루세이더라는 걸 밝히기만 해도 충분히 친위대나 근위대에 배속받을 수 있었을 텐데 계속 내 곁에 있었던 이유 말이야. 자넨 크루세이더가 된 것이 온전히 내 탓이라고 생각하나?"

"부정할 수는 없지요. 대장의 도움이 컸던 것은 사실이니까."

"아니야, 아니야."

카슨은 나지막하게 중얼거렸다. 반면에 그는 큰 동작으로 검을 휘둘러 단번에 덤불을 잘라냈다. 그 너머에 나무 사이로 초지가 펼쳐졌다. 나무 사이로 보이는 배경에 넝쿨이나 작은 초목이 보이지 않는 것이 당분간은 검을 휘두를 필요가 없을 듯 보였다. 두 사람은 가시덤불을 조심스럽게 지나갔다.

"자네를 부관으로 삼은 이유, 생각해 본 적 있나?"

"철저하기 때문이겠죠. 솔직히 군단 운영 면에서 대장은 꽝이니까요."

솔직한 파운의 대답에 카슨은 크게 웃었다. 머리를 들고 배에서부터 울리는 호탕한 웃음으로 큰 동작이 절로 나와 짧은 소매 아래의 팔뚝이 가시에 긁혔다. 그러나 상관하지 않은 채 그는 성큼성큼 걸어나가 가시덤불을 빠져나갔다. 그의 뒤를 따르는 파운은 의아한 표정을 지었다.

"자네는 어차피 크루세이더가 될 수 있었어. 그런 열정을 가지고 있었고 그만큼의 재능이 있었단 말야. 내가 한 일이라곤 먼저 크루세이더가 된 자로서 올바른 길을 지도했던 것 뿐이야. 그걸 내 탓이라고 생각했다니 정말 자신감이 없는 친구로군. 그리고 네가 있었기 때문에 운영 같은 거 생각하지 않았을 뿐이야. 영 꽝이란 말은 좀 너무했는걸."

"…그럼 왜 부관으로 삼았습니까?"

막 덤불을 빠져나온 파운이 카슨 앞에 마주 섰다. 카슨은 팔을 들어 그의 어깨를 툭툭 쳐줬다. 그것은 상관으로서 격려하고자 하는 뜻이 아니었다. 친근함을 담은 토닥임이었다.

"친구가 되고 싶었어."

"······?"

뜻밖의 대답이라고 생각한 파운은 말문이 막힌 듯 침묵을 지키고 있었다. 카슨은 어깨를 으쓱했지만 진지한 표정으로 파운을 향해 미소를 지었다.

"자네의 표정엔 여러 가지 것들이 숨겨져 있었어. 냉랭하게 굳어진 표정 뒤에 슬픔과 비애 같은 것들이 가득 말이야. 난 그것을 볼 수 있었고 그래서 자네와 친구가 되고 싶었지. 자네가 짊어진 슬픔이 무엇인지는 몰라도 쉽게 말할 수 없는 것처럼 나 역시 혼자 짊어진 슬픔이 있었으니까."

"음유 시인에 관한 것 말입니까?"

"그래."

카슨은 빙긋 미소를 지었다.

"자네와 나의 결정적인 차이가 바로 그거야. 자네는 자네의 슬픔을 남에게 얘기하지 않지만 난 누구에게나 가벼운 농담처럼 말하곤 했다는 거야. 그런 점에서 본다면 자네보다는 로딘이 훨씬 쾌활한 녀석인 셈이지."

"그 녀석 얘기는 별로 듣고 싶지 않습니다."

불쾌한 듯 침을 탁 뱉으며 파운은 얼굴을 찡그렸다. 하지만 잠시 후 그는 궁금함을 참지 못하고 머리를 긁적이며 물었다.

"로딘이나 카이가 나보다 강한 이유는 뭡니까?"

"음… 재능이지."

"재능……."

파운의 대답이 공허하게 울렸다. 어렴풋이 짐작하고 있었지만 이렇게 확인 사살을 당하면 기분이 우울해지는 것도 당연한 일이었다.

"녀석은 마스터겠지요?"

"그래. 네 추측대로… 마스터가 되었지. 솔직히 굉장한 녀석이야."

"뭐가 말입니까?"

"재능. 레온도 빠른 편이지만 로딘도 무척 흡수력이 좋아. 솔직히 마스터가 된 사람 중에 로딘보다 빠른 자는 없을 거야. 6년밖에 안 걸렸거든."

"6년……."

신음하듯 파운이 중얼거렸다.

그리고 처음 로딘을 만났을 때를 떠올렸다. 그저 평범한 청년 병사에 불과했다. 경험도 없었고 검술을 배운 자도 아니었으며 힘센 녀석도 아니었다. 하지만 그는 카슨 밑에서 착실히 수련한 끝에 마스터가 되었다. 분명 자신과는 재능 면에서 큰 차이가 있는 자였다.

파운은 한숨을 쉬며 물었다.

"그 녀석은 어떻게 지냅니까? 여전히 농담을 즐기며 살고 있나요?"

"그래. 천성이 어디 가겠나?"

"쳇. 상관을 죽이고 도망친 주제에 잘도 살아가고 있군요. 나 같으면 아무도 없는 곳에 도망가서 숨어 살 텐데 말입니다."

"아니. 어쩌면 자네라면 자살해 버렸을지도 모르지. 자책감에 빠져서 말야."

카슨의 말에 파운은 흠칫 하고 그를 쳐다봤다.

그의 생각에 비춰봐도 로딘과 같은 상황에 처했다면 자살했을지도 몰랐다.

파운은 생각했다.

'어쩌면 대장은 나에 대해 잘 알고 있는 것인지도 몰라…….'

"난 자네와 친구가 되고 싶었어. 같은 귀족이고 기사이지만 서로가 깊은 슬픔을 안고 있다고 생각했으니까. 그래서 자네를 부관으로 삼았던 거야. 그런데 운이 좋게도 자네는 군대 운영에 있어서 자질이 있었지. 그리고 검술에 재능을 보였던 것도 우연에 불과했던 거야. 이해하겠나?"

"…모르겠습니다. 그랬다면 왜 지금까지 그런 얘기를 한 적이 없습니까?"

파운은 카슨의 대답에 놀라기 했지만 담담한 마음도 들었다.

그런 그에게 카슨은 짓궂은 표정을 지으며 키득댔다.

"매일같이 딱딱하게 굳은 얼굴인데 대체 무슨 말을 할 수 있겠어. 안 그래? 그러니 평소에 좀 편한 표정을 지었으면 서로 금세 친해질 수 있었잖아?"

"대장과 부관의 위치라고만 생각했으니까요."

"그래 알아. 그래서 그렇게 딱딱한 말투를 고집하는 거겠지."

카슨의 말에 파운은 놀란 표정을 지었다.

생각해 보면 카슨은 지금까지 자신에게 반말을 해왔었다. 그것이 상관으로서의 말투라고 여겼었다. 물론 다소 친한 사람에게 쓰는 어투로 생각할 수도 있었겠지만 그것을 자신을 신뢰하고 있기 때문이라고, 애써 그 범주를 넘어서 생각해 본 적은 없었다. 그렇기에 자신도 분수에 맞게 언제나 상관에게 대하듯 말해 왔었다. 한데 지금 카슨의 지적을 듣고 나서야 지금까지 그가 자신을 어떻게 대해왔는지 알아챈 것이다.

"저, 저는, 몰랐습니다."

"몰랐겠지. 나도 굳이 설명하려고 하진 않았으니까."

카슨은 손을 뻗었다.

"이제부터라도 어때?"

"좋지요."

파운은 그 손을 잡으며 빙긋 미소를 지었다.

"8년이나 걸렸군. 자네와 친구가 되는 게 말야."

"그런가요?"

두 사람은 손을 맞잡은 채 서로를 향해 환한 미소를 지었다.

그때였다. 숲 저편에서 '쾅' 하는 소리가 은은하게 울려왔다. 대지가 비명을 지르고 있었다. 두 사람이 있는 곳보다 조금 아래쪽에서 울려온 소리였다. 그리고 두 사람은 이 소리가 조금 전에 들은 것과 유사하다는 것을 알아챘다.

"저쪽입니다!"

파운이 방향을 가리켰다. 보이진 않았지만 어두운 숲에 붉은 기운이 뻗치고 있었다. 그것만으로도 불길이 치솟고 있다는 것을 느낄 수 있었다. 그리고 그 불길이 화약이라는 무기에 의해서 생겼다는 것을 짐작할 수 있었다.

"릭과 스콧이 간 방향이군."

어림짐작이었지만 분명 카슨의 말대로 길 쪽이었다. 세 사람이 공격을 받고 있다는 증거였다. 파운은 그쪽으로 서둘러 걸음을 옮겼다. 그런 그를 카슨이 붙잡았다.

"무슨 짓이야?"

"세 사람이 위험합니다. 가서 구해야지요."

"공격을 받을 거란 건 이미 예상했던 일이잖아? 그리고 그들은 충분히 강해."

"하지만 저런 공격일 거라곤 예상하지 못했잖아요? 저건 마법 공격보다 더 방어하기 힘들단 말입니다."

파운이 흥분하여 소리를 질렀다.

그의 말대로 차라리 마법 공격이라면 사전에 주문을 외우는 동작이 있으니 방어하기에 편했다. 하지만 지금처럼 화약에 의한 공격에는 예비 동작이 전혀 없으니 눈치 채지 못하면 당할 수밖에 없었다.

그러나 카슨은 침착하게 고개를 저었다.

"기다려. 그리고 잘 귀 기울여 봐."

그의 침착함에 파운도 다소 진정을 하며 귀를 기울였다. 숲을 뚫고 은은한 폭음이 또 한 차례 들려왔다.

"그들은 안전해. 화약인지 뭔지 모를 공격이지만 세 사람은 능력껏 피하고 있단 말야. 그러니까 계속해서 저 폭음이 울려오는 것 아니겠어?"

"그럴지도 모르겠군요. 미안합니다. 소리만 듣고 당황한 모습을 보여서 말입니다."

"아니, 괜찮아. 근데 화약이란 건 어떤 거지? 어떻게 주문도 외우지 않은 채 저런 불기둥을 만들 수 있는 것일까?"

"저도 자세한 것은 모릅니다만… 야론인들의 무기인 것은 확실합니다. 전에 야론인들이 타고 다니는 상선을 본 적이 있는데 거기에 '대포'라는 것이 있었죠. 화약이란 것에 의해 쇠 구슬을 날린다고 들었습니다."

"쇠 구슬을?"

"네. 거의 사람 머리만한 크기였습니다. 그걸 백여 미터를 날린다고 하더군요. 그 파괴력은 웬만한 성벽에 구멍을 뚫을 수 있다고 들었습니다. 하지만 화약만으로도 불기둥을 일으킬 수 있으리라고는 생각지도 못했군요."

"아무래도……."

카슨은 걱정스레 턱을 쓰다듬었다.

"할튼 후작은 준비를 많이 한 모양이군."

"걱정됩니까?"

"아니."

자신만만한 표정이었다.

"이런 반란 정도는 돌격 기병단 5개 사단이면 충분히 진압할 수 있어. 우선은 군단에 복귀하는 게 중요해."

"이상하지 않습니까?"

파운의 표정은 어둡게 변하고 있었다. 조금 전에 폭발음이 들린 후부터 그의 표정은 좀체 밝아지지 않았다.

"분명 그 사실을 후작도 알고 있을 텐데 말입니다. 그는 어째서 돌격단을 불러들인 것일까요?"

파운의 말에 카슨은 크게 놀라지도 당황하지도 않았다. 다만 애써 웃음을 지으며 쾌활하게 대답하려 했다.

"후작의 실수란 거지."

"불안합니다. 뭔가 있는 것 같아요."

파운의 말끝이 흔들리고 있었다. 카슨은 그를 잠시 쳐다본 후에 심각하게 대꾸했다.

"내 생각엔 각개 격파가 아닐까 해."

"각개 격파?"

"페나인의 전력은 근위대와 돌격 기병단의 이십만이 전부야. 근위대는 수도 근방에 주둔하고 있는 데다가 국가 안위에 크게 문제될 것이 없는 한은 움직이지 않지. 이 병력은 근위대장조차 쉽게 움직일 수 없기 때문에 모스 섬에 끌어들인다는 것은 불가능해. 하지만 돌격 기병단은 다르지. 몬스터를 퇴치한다는 핑계와 함께 국경을 방위하는 4개 사단을 제외하고 전부를 끌어들일 수 있잖아? 아마 후작은 섬으로 끌어들인 5개 사단을 먼저 제거할 생각이었던 것이 분명해. 반란을 일으켰을 때 15만의 정예와 붙는 것보다는 십만으로 줄인 후에 붙는 것은 크게 차이가 나니까."

"그 5개 사단 역시 500명씩 소규모로 이 섬에 들어왔습니다. 그렇다는 얘기는……?"

채 말을 잇지도 못하고 파운의 얼굴은 하얗게 질려 버렸다. 이미 예상하고 있었는지 카슨은 크게 놀란 표정은 아니었지만 약간 굳어진 채 파운을 쳐다보고 있었다.

"그래, 네 생각이 맞을지도 몰라. 하지만 아무리 철의 병사들이라고 해도 석 달에 걸쳐 500명의 병사와 매일같이 싸울 수는 없을 거야. 내 추측이 맞는다면 이 섬 어딘가에 살아남은 병사들이 아직 싸우고 있을 거라고 믿어."

"대장이 찾고 있는 것은……."

"그래. 그들이야. 우리들의 부하일 수도 있고 다른 군단일 수도 있지만 어쨌든 지금 당장은 그들을 찾아서 합류해야만 해. 우리에게 남은 승산은 그것뿐일 거야."

정확한 근거가 있는 것은 아니었지만 확실히 카슨의 말은 신빙성이 있었다. 파운은 그렇게 믿었고 또한 믿을 수밖에 없는 상황이었다.

카슨은 그의 어깨를 치며 다소 활기 찬 억양으로 말했다.

"그래서 말인데……."

그는 손가락을 들어 초지를 따라 내려가는 경사를 가리켰다.

"조금 뛰어야 하지 않겠어? 릭과 스콧도 꽤나 애쓰고 있으니 말야."

그때까지도 폭발음은 은은하게 울려오고 있었다. 물론 소리가 들려오는 곳에서는 여전히 붉은빛이 감돌고 있었다. 파운은 고개를 끄덕였다.

"좋은 생각이군요."

카슨의 신호에 따라 두 사람은 숲을 가로지르며 뛰기 시작했다. 이미 보통 사람의 경지를 넘어선지라 막상 뛰기 시작하자 거칠 것이 없었다. 두 사람은 땅이든 바위든 나무든 사정없이 밟으며 몸을 날렸다.

어느새 어두운 숲을 가로지르는 것은 사람의 모습이 아니었다. 두 줄기 섬광이 스쳐 지나가듯 두 사람은 산 아래를 향해 숨 가쁘게 달려 내려갔다.

두 사람이 걸음을 멈춘 것은 어느 정도 뛰어내려간 후였다. 숲을 벗어날 때가 되었는지 갑자기 눈앞에 넝쿨과 잡목이 우거진, 흡사 정글과 같은 풍경이 펼쳐진 탓이었다. 두 사람은 발을 멈추고 잠시 숨을 골랐다.

그리고 그 짧은 순간에 카슨은 무언가가 주변을 에워싸고 있다는 것을 느낄 수 있었다. 그는 천천히 몸을 일으켜 주변을 살피며 검을 뽑아 들었다. 그의 태도가 이상한 것을 보고 파운도 긴장을 하며 검을 뽑았다.

"무슨 일입니까?"

"뭔가 있는 것 같아."

그의 대답에 파운도 주변을 살피며 귀를 기울였다. 나무 줄기에서부터 늘어진 넝쿨이 많아 숲은 어두웠고 두 사람이 서 있는 좁은 공간 이외엔 보이지도 않았다. 하지만 파운 역시 수련을 통해 보통 사람보다 예민한 청각을 지닌 자였다. 곧 그의 귓가에 서걱거리는 소리가 주위를 둘러싸며 들려오고 있다는 것을 알았다.

"열다섯 이상은 될 것 같군요."

"이게 발자국 소리라면 족히 스물은 될 거야."

"적지는 않지만, 많지도 않은 숫자로군요."

"그렇지. 숫자로만 따진다면 우리 두 사람을 막기엔 역부족인 숫자야. 하지만 조심하는 게 좋을 거야."

카슨의 말에 파운은 곧 자만심을 거두며 카슨과 등을 맞대고 숲을 향해 날카로운 눈빛을 한 채 노려보기 시작했다.

카슨은 마스터였다. 파운보다 훨씬 예민한 감각을 지니고 있었다. 하지만 그 정도는 보통 사람 중에도 신경이나 감각이 남다른 사람이 있는 것처럼 크루세이더 중에도 그런 자가 있을 수 있다. 그것만으로는 마스터와 크루세이더의 차이를 나눌 수 없다. 그러나 마스터의 감각이 뛰어날 수밖에 없는 것은 숙련된 경지에 이르면 마스터는 상대의 마나를 느낄 수 있다는 것이었다. 상대의 마나의 양을 정확하게 측정할 수 있는 것은 아니지만 그 마나의 성질에 따라서 상대가 어떤 종족인지, 또 어떤 타입의 클래스인지 알 수 있었다.

그렇기에 파운은 지금 카슨의 경고에 긴장을 하지 않을 수 없었다. 적어도 자신과 카슨을 둘러싼 자들은 카슨이 신경을 곤두세우며 경고를 할 정도의 상대임이 분명했으니까.

"마스터가 있습니까? 아니면 전원 크루세이더?"

애써 침착한 목소리였지만 파운은 떨려오는 것을 멈출 수 없었다. 크루세이더임은 분명했지만 그는 지금껏 같은 실력을 지닌 자와 대련을 해본 적이 없었다. 그런 경험이 없다는 것이 지금처럼 불안함을 지니게 하였다.

"아니, 모르겠어."

"네?"

대답을 하는 카슨의 말도 조금씩 떨려오고 있었다.

그럴 수밖에 없었다. 카슨으로서도 처음으로 희귀한 상대와 맞닥뜨린 것이다. 거친 숨소리, 나뭇잎을 밟으며 나는 발자국 소리, 옷깃이 스치는 소리까지 상대의 기척은 완연하게 느낄 수 있었다. 물론 그것은 크루세이더인 파운 역시 마찬가지이리라. 하지만 들려오는 스무 명 남짓의 기척엔 결정적인 것이 빠져 있었다. 그리고 그것이 카슨을 두려움에 빠지게 만들고 있었다.

상대에게선 마나의 느낌이 전혀 느껴지지 않았다. 마치 생명이 없는 것처럼…….

'생명이 없는 것처럼……?'

카슨은 불현듯 몇 년 전의 경험이 기억났다.

그것은 원저의 마법 학회의 초청으로 '골렘'을 실험하기 위해서 불려갔을 때였다. 뻣뻣한 움직임이었지만 분명 생물이 움직이는 것처럼 동작하는 골렘을 상대했을 때 지금과 같은 느낌을 받았었다. 그 골렘에게선 아무런 마나의 감지가 없었다. 마치 지금 숲 어딘가에 숨어서 자신들을 노리는 상대처럼 말이다.

'골렘일까?'

그렇다면 스무 명 정도라고 해도 대단한 전력이었다. 골렘은 웬만한 검술은 씨도 먹히지 않는다. 바위보다도 단단한 데다가 비용이 비싸긴 해도 철골렘이라면 크루세이더도 상대하는 데 애먹기 때문이다. 마스터인 자신이라 해도 검기를 주입하지 않는다면 이길 수 있다고 장담할 수 없을 정도이다. 왜냐하면 자신의 검은 가문의 검법에 맞춰 베기에 알맞게 검신이 얇고 가늘었다. 그런 검으로 골렘의 몸을 두드리다간 부러지기 십상이었다.

만약 골렘이라면 검기를 주입하여 허리 부분을 단번에 동강 내는 것이 가장 좋았다. 서투르게 머리나 팔 한쪽을 잘라내는 건 어리석은 방법이다. 생명이 없기 때문에 고통을 느끼지 못할 뿐더러 그 정도 파괴로는 골렘을 만든 자의 의지를 막을 수 없어 계속 공격을 해오기 때문이었다. 또한 체력적 소모가 심한 완전 파괴보다 허리 부분을 동강 내어 하반신과 상반신을 분리시키는 것이 보다 효율적이다. 물론 이 방법은 원저에서 익힌 것이다.

"파운, 신호하면 엎드려."

"네?"

상대가 골렘이라고 판단한 카슨은 만반의 준비를 갖췄다.

후작은 카슨을 죽이기 위해서 골렘까지 동원했지만 한 가지 염두에 두지 않은 것이 있었다. 그것은 카슨의 검기가 페나인 제일의 길이를 자랑한다는 것이다.

카슨의 별명은 '속공의 마스터'였다. 그에게 간격으로 승부한다는 것은 불가능했다. 상대가 어느 정도 떨어져 있든지 그는 검기를 순식간에 창처럼 만들어 멀리 있는 자를 단번에 꿰뚫을 수 있기 때문이었다. 물론 창처럼 만들었다고 해서 꿰뚫는 것만 할 수 있는 것은 아니다. 검기의 특성상 휘둘러 베는 것도 충분히 가능했다.

그리고 지금 카슨은 골렘이 다가오기 전에 검기를 길게 뽑아 베어버리기로 결심했다.

검을 쥔 오른손에 불끈 힘을 주며 카슨은 서서히 마나를 끌어 모으기 시작했다. 심장의 고동 소리가 귓가에 잡힐 듯 들렸다. 쥐고 있는 검자루엔 어느새 투명한 은빛이 은은하게 감돌았다. 검신을 중심으로 얇은 막이 생겨난 듯 대기를 떨리게 하고 있었다. 카슨의 검기는 투명함을 넘어서 보이지 않게 될 정도였다.

바지직!

드디어 보통 사람에게 들릴 정도로 상대는 가까워졌다. 두 사람이 긴장하며 나무 사이를 쏘아보는 동안 드디어 첫 번째 녀석이 모습을 드러냈다. 그리고 그 상대의 정체에 카슨은 놀라 숨을 멈췄다.

집돼지처럼 둥글넓적한 얼굴에 툭 튀어나온 코는 영락없는 돼지의 그것이었다. 거기에 입 사이에 뾰족이 튀어나온 송곳니는 멧돼지를 연상시켰다. 2m 남짓의 큰 키에도 불구하고 짜리몽땅한 느낌을 주는 것은 분명 돼지와 너무 흡사했기 때문이었다. 그것, 그리고 뒤이어 나타난 그것들은 바로 오크였다.

“어째서 오크가……?”

카슨이 놀라서 비명을 질렀다.

“모스 섬은 원래 몬스터, 그중에서도 오크가 많은 곳입니다. 우린 저걸 퇴치하러 온 것이니까 이런 곳에서 마주친다고 해도 놀랄 것 없죠.”

상대를 알게 된 후 오히려 파운은 침착하게 대응하고 있었다.

하지만 그는 몰랐다. 카슨의 비명이 결코 오크에게 놀라서 지른 것이 아님을. 그가 지른 비명을 해석하면 ‘어째서 오크가 마나를 지운 채 접근할 수 있는 거지?’ 란 뜻이 내포되어 있었던 것이다.

그리고 처음의 느낌처럼 다가오는 오크에게선 일체의 마나도 감지되지 않았다. 카슨은 그 기묘한 부조화에 불안함을 느끼며 계획대로 단번에 쓸어버리는 것이 좋겠다고 생각했다.

그리고 오크들이 모두 나타나 두 사람을 에워쌌을 때 카슨은 파운에게 가라앉은 목소리로 명령했다.

"엎드려."

이미 얘기했던 것이 있는지라 파운은 곧 쓰러지듯 바닥에 엎드렸다.

그리고 그 순간 카슨의 검기가 굉장한 기세로 솟구쳐 맨 앞에 있던 녀석을 꿰뚫었다. 카슨은 그 기세 그대로 둥글게 회전하듯 검을 휘둘렀다. 사방에 거센 폭풍이 휘몰아쳤다. 그 폭풍에 휘말린 것들은 오크든 나무든 상관없이 전부 잘려지고 베어졌다. 사전 동작도 없을 만큼 재빠른 공격에 오크들은 소리조차 지르지 못했다.

순식간이었다.

엎드려 있다가 고개를 든 파운은 주변의 풍경에 다소 어이가 없었다. 한차례 폭풍이 휘몰아친 듯한, 아니, 정말 폭풍이 휩쓸고 간 그곳은 썰렁함과 황량함이 감돌고 있었다. 정확하게 허리가 잘린 오크들이 움찔거리며 널브러져 있었고 밑동이 잘린 나무들이 아직도 기괴한 소리를 내며 쓰러지고 있었다. 그리고 그 폭풍의 중심에 카슨이 숨을 몰아쉬며 서 있었다.

"가자!"

파운이 일어나는 것을 기다리던 카슨은 대뜸 앞서 나갔다.

"무슨 일입니까?"

뭔가 이상한 낌새를 느낀 파운이 질문했다. 그러나 카슨은 대답은 하지 않고 앞으로 걸어갈 뿐이었다. 낙천적인 성격에 언제나 미소를 달고 다니던 카슨이 잔뜩 굳어진 얼굴로 걸어가고 있으니 파운으로선 답답하면서도 의아할 따름이었다.

카슨이 서둘러 그를 따라 나서자 카슨은 천천히 입을 열었다.

"이곳을… 빨리 벗어나고 싶어."

"왜요?"

"이상한 것들을 마주한 기분이거든."

말과 함께 카슨은 다시 덤불을 향해 몸을 던졌다.

의외로 덤불은 길었다. 넝쿨과 작은 잡목은 끝없이 이어져 마치 깊은 골짜기나 정글에 들어와 헤매고 있는 듯한 착각을 일으키게 했다. 확실히 산 쪽보다 더 울창했고 더 어두웠으며 더 답답했다.

그러나 속도를 올린 두 사람에겐 그저 지나가는 풍경에 그칠 뿐이었다. 덤불은 가벼운 장애물이었고 나무는 디딤돌이었으며 넝쿨은 줄타기의 대용물일 뿐이었다.

두 사람이 다시 멈춰 섰을 때에는 오크를 물리친 곳으로부터 상당히 떨어진 후였다. 숨을 헐떡이며 파운은 카슨을 쳐다봤다. 그는 약간 얼굴이 상기된 채 굳어져 있었지만 지친 것 같지는 않았다.

"왜 그러는 거죠?"

"아까 그 오크 녀석들… 마나를 느낄 수 없었어."

"무슨 뜻입니까?"

카슨의 말이 얼른 이해되지 않는 파운이었다. 그 역시 생명이 깃든 것에는 마나가 존재하고 있다는 것을 알고 있기 때문이었다. 하지만 그의 궁금증에 대해 카슨은 속시원하게 대답해 주지는 않았다.

사실은 카슨 자신도 이해할 수 없었던 탓이었다.

"놀랍군요. 순식간에 네다섯 개의 포위를 뚫다니요."

수정구를 보던 나지드가 놀란 얼굴로 고개를 들었다. 그러나 반대편에 앉아 있는 할튼은 당연하다는 듯 입가에 희미한 미소를 짓고 있었다.

"그렇게 산을 달려 내려갔으니 당연한 결과지. 아마 녀석은 그렇게 많은 포위망을 뚫었다는 것도 눈치 채지 못했을걸?"

"그렇겠지요. 전하의 말씀대로라면 마스터란 마나를 느낌으로써 상대를 파악할 수 있는 것일 테니까요. 하지만 확실히 마스터란 굉장한 능력이군요. 경이적인 속도예요."

"말했지 않은가. 그런 허술한 포위망은 쉽게 뚫을 거라고."

"마스터의 검기란 것 또한 경이적이군요. 우리에겐 없는 수법입니다. 이것은 마법과는 다른 것이겠지요?"

"다르지."

"굉장하군요."

나지드는 연신 감탄사를 발하고 있었다.

"내가 이 나라를 제압하면 그대의 주군을 위해 바로 저 힘을 빌려줄 생각이지."

"그렇고 말고요."

나지드의 음흉한 눈빛이 두건 사이에서 빛나고 있었다.

"길 쪽은 어떻지?"

"아직까지는 잘 버티고 있는 모양입니다만……."

나지드는 손을 들어 애완 동물을 쓰다듬듯 수정구를 쓸었다. 그러자 수정구에는 붉은 화염이 휩싸인 길바닥이 나타났다. 그 위에 세 사람이 토끼처럼 깡충거리며 뛰고 있는 모습이 보였다.

불꽃에 데었는지 세 사람의 모습은 검게 그슬려 있었다. 하지만 아직 부상당하거나 화상을 입지는 않았다. 오히려 길 여기저기에서 터지는 화약을 날렵한 동작으로 피하고 있었다.

"이제 곧 지치겠지요. 그리고 그 순간이 끝일 테고 말입니다."

"그대는 페나인의 기사들을 너무 과소평가하고 있는 것 같군."

할튼은 수정구를 바라보며 비웃었다. 그러나 나지드는 그저 슬쩍 미소를 비칠 뿐 불쾌한 기색은 비치지 않았다.

할튼은 그의 무식함을 비웃긴 했지만 친절히 가르쳐 주기로 마음먹었다.

"그대의 나라에서 검사들이 어떤 비중을 차지하고 있는지 모르겠지만 적어도 페나인에선 대우에 걸맞은 엄청난 능력을 소유한 자들이야. 저 정도의 폭발은 견뎌낼 수 있을뿐더러 앞으로 두세 시간 정도는 버텨낼 체력을 소유하고 있지. 아마 그전에 길을 빠져나가겠지만."

"물론 전하의 말씀도 일리는 있습니다. 그래서 이중 삼중으로 함정을 파놓지 않았습니까? 그리고 그 정도의 능력이 있는 자들이기에 저의 주군께서는 전하를 돕고자 하시는 것이지요. 결코 과소평가하고 있는 것은 아니니 오해하지 말아주십시오."

아부에 익숙한 어조로 나지드가 속삭였다. 결코 할튼의 심기를 어지럽히지 않으면서 목적을 관철하려는 모습이었다.

그러나 할튼은 '흥!' 하고 콧방귀를 뀌고는 곧 말을 이었다.

"약속은 지킨다. 그대들이 돕는 만큼 반드시 나도 도움을 줄 것이다."

"물론이지요. 몇 번이나 확인을 한 것이니 결코 변심은 없겠지요. 저의 주군도 저도 전하를 신뢰하고 있으니까요."

나지드는 다시 한 번 음흉한 눈빛을 번득이며 미소를 지었다.

세 번째 오크들과 마주친 후 세 번째 오크를 동강 내고 세 번째 자리를 서둘러 이탈한 카슨과 파운이었다. 그리고 얼마 가지 않아 두 사람은 네 번째 오크들과 마주쳤다. 스무 마리 정도의 결코 많지 않은 숫자였지만 이제 카슨은 두려운 생각에 겹쳐 이상함을 느끼고 있었다.

마치 물결이 일렁이는 것처럼 한 겹의 동심원이 부딪친 후에 뒤이어 또 다른 동심원이 다가오는 형국이었다. '오크의 섬'이라는 또 다른 이름이 붙여질 정도의 모스 섬이라지만 이렇게까지 자주, 그리고 마치 기다렸다는 듯, 거기에다가 일체의 마나가 느껴지지 않는 오크를 계속해서 마주친다면 누구라도 의아함을 넘어 흉계가 있다는 것을 쉽게 짐작할 수 있을 것이다.

그리고 네 번째 만남에서 카슨은 이것이 불길함을 담고 있다는 것을 깨달았다. 이들 오크는 진로를 방해하고 있다. 우리들을 지치게 하고 있다. 그럼으로 인해 이득을 볼 사람은 바로 할튼 리저드 후작!

우연인지 필연인지는 모르지만 오크들은 할튼을 돕고 있었다. 마치 할튼에게 길들여진 애완견처럼…….

카슨은 등골이 오싹한 느낌에 검기를 뽑지 않은 채 파운에게 질문을 했다.

"모스 섬에 오크가 몇 마리나 있을까?"

"글쎄요. 인구 조사 같은 걸 할 수 있는 녀석들이 아니니 정확하게 알 수는 없겠지만 추정하고 있는 건 약 삼사만 마리 정도 됩니다."

"오크 한 마리와 싸우려면 나이트 급의 기사가 몇 명 정도 필요할까?"

"나이트라면… 삼사 명이면 되겠죠. 소드맨이라면 십여 명은 필요
할 겁니다."

뜬금 없이 뭔 질문이 이럴까, 하면서도 파운은 성실하게 대답했다.

"그럼 만약에, 만약이라는 전제 하에서 말이야. 이 오크들을, 모스
섬의 오크들을 누군가 제어할 수 있다면 어느 정도의 병력이라고 추산
할 수 있을까?"

그 질문에 파운은 곧 상황을 깨달았다.

지금껏 카슨이 전담하듯 전투를―사실 말이 전투지 학살에 가까웠지
만―해왔기에 파운은 이 가운데에 있는 기묘한 우연을 눈치 채지 못했
었다. 하지만 카슨의 질문을 듣고 보니 오크를 만나는 시간이 일정하
다는 것과 숫자가 일정하다는 공통점이 있었다. 마치 누군가 병사들을
숲에 풀어놓은 것과 같았다.

그리고 그것을 깨닫는 순간 파운에게도 엄청난 공포가 짓누르듯 다
가왔다. 그는 떨리는 음성으로 더듬거리며 대답했다.

"삼사만의… 오크를 전부… 제어할 수 있다면 아마… 이십만의 병
력은 충분히… 상대할 수 있을 겁니다……."

"이십만에 해당하는 병력이란 말인가……?"

"그렇죠. 하지만 군대라는 건 결코 숫자가 전부는 아니니까 어쩌면
정말 싸우게 된다면 십만 정도의 위력 밖에는 안 될 겁니다."

"그건 또 왜 그렇지?"

다가오는 오크를 위에서 아래로 죽 긁어내리며 카슨이 물었다.

"군대라는 것은 개인의 싸움이 아니라 집단의 싸움이기 때문입니
다."

대답을 하며 파운도 검을 휘둘러 오크의 뇌수와 내장에 대한 확인

작업에 들어갔다.

"그렇군."

"아무래도 화살을 쏘거나 돌을 날리는 인간이 몽둥이 하나로 무장한 오크보다는 유리하지 않을까요?"

"그 얘기는 접근전은 오크가 압도적으로 강하겠지만 마법과 무기를 사용하는 인간이 장거리에서 우위라는 얘기인가?"

"그렇습니다. 아마 직접적으로 붙을 즈음이면 상당수의 병력을 잃은 후일 테니까요."

"그나마 위안이 되는 말이군."

두 사람은 오크를 베고 두들기며 과감하게 학살하고 있었다. 사방에서 '끽', '꺽' 하는 오크의 비명이 울렸고 눅진눅진한 초록 피와 허연 뇌수, 그리고 징그러운 내장이 흩뿌려지고 있었다. 그 가운데 검을 휘두르는 두 사람은 편안하게 담소를 나누듯 대화하고 있었다.

"하지만 정말 대장의 생각이 맞는 거라면 그다지 위안으로 삼을 순 없을 것 같은데요. 안됐지만 우리 두 사람은 개인이니까요."

"그래서 유리한 것도 있잖아?"

"대체 뭐가 유리하단 말입니까?"

"몇백 몇천 마리가 몰려오든 접근전밖에 못하는 녀석들이니 상대하는 건 고작 몇십 마리가 전부잖아!"

"그렇더라도 그 정도의 숫자라면 다 죽이는 데 몇 시간은 걸릴 겁니다."

"…힘들겠지?"

"당연하죠!"

마지막 말에 힘을 주며 파운은 크게 검을 휘둘렀다. 마지막 남은 오크가 '께룩' 이란 말을 끝으로 짓뭉개지며 세상과 이별했다.

카슨 혼자 검기로 쓸어 넘긴 것보다 시간이 오래 걸리긴 했지만 두 사람은 손쉽게 오크를 정리했다. 두 사람 모두 숨결 하나 흐트러짐이 없었다.

검을 거두며 카슨은 고개를 갸웃했다.

"그나저나 할튼 녀석은 정말로 오크를 길들인 것일까?"

"그건 알 수 없죠. 하지만 네 번씩이나 같은 우연이 반복된다는 것도 우습지 않나요?"

"그건 그래. 아마 다섯 번째도 있겠지?"

"그럴 겁니다. 우리가 가는 길을 귀신같이 알아낼 리도 없을 테니 이 숲 전체에 오크를 깔아놨다고 봐야겠죠. 그것만으로도 대단한 숫자로군요. 대장의 짐작대로 정말 모스 섬의 오크를 몽땅 거느리고 있을지도 모르겠군요."

잠시 눈빛을 교환한 두 사람은 동시에 깊은 한숨을 쉬었다.

사태는 점점 걷잡을 수 없을 정도로 커지고 있었고 이미 두 사람이 감당하기엔 벅찰 지경이었다. 이제 병사들이 남아 있을 거란 생각조차 들지 않았다.

역겨운 피 냄새를 피해 한쪽으로 물러선 두 사람은 앞으로의 진로에 대해 심각하게 고민하기 시작했다.

숫자의 차이가 다소 있더라도 같은 인간이라면 상대에게 타격을 가할 수 있다. 뿐만 아니라 매일같이 오백 명씩 들어오는 상황이라면 그 중 얼마는 살아남은 채 어디선가 전투를 벌이고 있을 가능성이 컸다. 이것이 카슨의 추측이었고 타당하다고 파운도 생각했다. 하지만 오크라는 녀석이 관여하고 있다면 상황은 완전히 달라진다.

이 시점에서 두 사람은 오만의 병사 중에 단 몇 명조차 살아남지 못했을 거라고 추측했다. 물론 오늘 아침에 그들과 함께 도착한 오백 명의—그것도 1군단의 정예인—병사가 있었지만 그들이 어디에 있는지 짐작조차 못하고 있는 상황이니 제때에 도착할 수 있을지도 의심스러웠다.

"이렇게 되면……."

"릭과 합류하는 것이 급선무로군요."

두 사람의 생각이 일치했다. 그리고 어느새 시선은 산을 향했다. 두 사람은 산을 거침없이 내려왔으니 분명 세 사람은 아직 위쪽에 있을 것이 틀림없었다. 나무에 가려 보이진 않았지만 정상 부분을 바라보며 두 사람은 또다시 한숨을 길게 내쉬었다.

"그래도 그 세 사람이라면 아직까지 버티고 있을 테니 안도가 되는 군요."

"네 녀석도 꽤나 냉정한 녀석이군. 오만의 대군 중엔 우리 부하도 만 명이나 포함되어 있어."

"그럼 지금이라도 절규하며 몸부림칠까요?"

"…아니, 지금도 충분히 주저앉고 싶은 심정이야."

"저 역시 마찬가지입니다. 하지만 이 위급한 상황을 타개하는 데 필요하지 않으니까 애써 참고 있을 뿐입니다. 대장도 그렇겠지만."

"서로 잘 알고 있는 듯하군. 그럼 다시 위로……."

끝말을 잇지 못한 채 카슨은 잠시 자신의 눈을 의심했다. 얼른 눈을 비비며 재차 확인했지만 착각을 한 것이 아니란 것만 깨달을 뿐이었다.

"어……?"

파운은 카슨이 자신의 등 뒤로 시선을 돌린 채 말을 잇지 못하자 의아해하며 뒤로 돌아섰다. 그리고 그 즉시 카슨이 했던 것과 똑같은 행, 동을 한 후에 입을 쩍 벌리고 자신이 발견한 자연의 신비, 아니, 몬스터의 신비에 대해 경악하기 시작했다.

방금 전까지 베고 때리고 두들겨서 '모스 섬이여 안녕' 하며 저 세상으로 보낸 녀석들이 꿈틀대며 움직이고 있었던 것이다. 잘려진 머리와 목이, 두 쪽 난 몸통이, 흩뿌려진 뇌수와 내장이, 마치 자석이 서로를 끌어당기는 것처럼 척척 붙어서 이어졌고 뒤이어 뻣뻣한 움직임으로 몸을 일으켰다.

검에 베이거나 뭉개진 살들이 완벽하게 붙는 것은 아니었다. 깨끗하게 잘려졌던 것들은 길게 검흔이 나는 정도였지만 뭉개졌다가 다시 붙은 부분은 살점이 달랑거리기 일쑤였고 얼굴 같은 경우는 형체를 알아볼 수 없을 정도로 일그러지기도 했다.

그러나 무엇보다 카슨과 파운을 놀라게 한 것은 그들, 분명 죽었던 것이 확실한 오크들이 벌떡벌떡 몸을 일으키고 있다는 점이었다. 하나 정도라면 '그래 아까 제대로 베지 못했던 게지' 하고 넘어가련만 베어 넘겼던 녀석들 전원이 일어서고 있으니 그저 멍하니 놀라고만 있을 뿐이었다.

일어선 오크들은 자신들이 세상과 하직하는 순간 떨궜던 몽둥이를 주워 들었다. 그리고 '내가 언제 죽었어?'라는 외침이 가득 실린 눈빛으로 주위를 살폈다. 드디어 한쪽에서 입을 쩍 벌리고 오크들을 살피는 카슨과 파운을 찾아냈다.

죽었다가 다시 일어선 것만으로도 충분히 공포감을 조성하고 있는 오크들은 거기에 고함을 지르며 광포하게 울부짖었다.

"이… 이게 어떻게 된 거야?"

“나, 난들 압니까?”

두 사람은 믿어지지 않는 지금의 사태에서 서서히 정신을 차리기 시작했다. 비록 오크들이 대견하게 되살아나긴 했지만 ‘그래 이번엔 우리들이 죽어줄게’ 하고 몽둥이 세례를 맞아줄 수는 없었다. 얼른 검을 모아 쥔 두 사람은 다시 한 번 흥겨운 칼춤을 추기 시작했다. 그리고 좀 전처럼 담소를 나누기 시작했다.

“이건 책에서 읽은 것입니다만……”

“이 현실에 대해 아는 게 있어?”

“흑마법이 아닌가 합니다.”

“흑마법? 그거 어떤 거지?”

“죽은 자를 되살리는 마법이 바다 건너 야론인 사이에 있다고 전해집니다. 자세한 사항은 없었지만 그들은 이것들을 ‘좀비(Zombie)’라고 부릅니다. 무슨 주문인지 어떻게 퇴치하는지에 대해선 알려진 바가 없습니다.”

“젠장! 또 야론인인가!”

깨끗하게 목이 잘려졌던 오크를 이번엔 세로로 절단하며 카슨은 분개했다.

“퇴치 방법이 없다는 얘기는 이 녀석들은 잠시 후면 또 벌떡벌떡 몸을 일으키게 된다는 뜻이겠지?”

“아마도 그렇겠죠.”

“후우—!”

한차례 심호흡을 한 카슨은 곧 비명을 지르듯 소리쳤다.

“그럼 뭐 하는 거야! 어서 이곳을 뜨자고!”

“좋은 생각입니다. 방금 전에 저도 그 생각을 했어요.”

두 사람은 황급히 그곳을 벗어나 위쪽으로 달려가기 시작했다. 릭 일행과 다시 합류하기 위해서였다.

잠깐 사이에 카슨과 파운은 혼란에 빠지고 말았다.

위로 방향을 튼 후에 오크들은 사방에서 쏟아져 나왔다. 잠깐이라도 발을 멈추면 기다렸다는 듯 숲 여기저기에서 튀어나와 몽둥이를 휘둘렀다. 네 번을 피해서 달아났고 두 번은 나무에 시야가 가려 퇴로를 놓친 탓에 어쩔 수 없이 응전을 해야 했다. 그중 한 번은 허리가 다시 붙어 있는 형상의 오크들이었다. 분명 내려오는 길에 어디선간 부딪쳤던 놈들이 틀림없었다. 게다가 위로 갈수록 오크의 밀도는 점점 짙어져 나중엔 한 걸음 옮길 때마다 한 다스의 오크와 얼굴을 맞대야 했다.

결국 두 사람은 다시 아래를 향해 몸을 돌렸지만 그쪽도 상황은 별반 다를 것이 없었다. 어느새 나무보다 오크의 숫자가 더 많아 숲이라고 부르기보다 오크의 소굴이 더 어울릴 정도였다. 갈팡질팡하는 사이에 오크는 두 사람을 중심으로 커다란 원을 그리며 포위를 한 것 같았다.

멈춰 서 맞설 수도 없었고 움직이려 해도 오크의 숲에 갇힌 형국이었다. 게다가 서서히 파운은 지친 표정으로 바뀌기 시작했다. 아직까지는 카슨의 검기가 압도적으로 강해 한 번 휘두를 때마다 수십 마리가 바닥을 뒹굴며 길을 틀 수 있었지만 그것도 언제까지 될지 장담할 수 없었다. 두 사람이 오크를 학살하고 있는 것이 아니라 오크에 의해 두 사람의 힘이 소모되고 있는 상태였다. 그리고 이 사실을 두 사람은 절실히 깨닫고 있었다.

"살아남고 말 테닷!!"

카슨은 절규와 함께 최대 파워로 마나를 집중했다. 짙은 은빛이 검에서 뿜어져 나오며 전방 수십 미터에 오밀조밀 몰려 있던 오크들이 몽둥이에 얻어맞은 개구리처럼 널브러졌다. 그리고 그 위로 카슨이 몸을 날렸다.

"달려!"

신호에 따라 파운도 죽어 자빠진 오크를 사정없이 밟으며 카슨의 뒤를 따랐다.

폭풍! 폭풍! 폭풍!

마치 하늘을 날아오를 듯 카슨의 몸은 허공을 갈랐다. 활시위를 떠난 활처럼 일직선으로 바닥을 밟았고 그때마다 짙푸른 은빛이 허공을 갈랐다. 그리고 수십 마리의 오크들이 땅에 엎드려 카슨과 파운의 길을 열어주었다.

마차에서부터 시작해 두 시간 남짓의 시간이 흐르고 있었다. 처음엔 그저 달려가는 정도였으니 마나와 체력 소모가 적었지만 오크에게 쫓기기 시작할 때부터 한시간 가량 마나를 퍼붓고 있는 카슨이었다. 보통의 마스터였다면 벌써 마나가 고갈되고도 남을 시간이었다.

마스터라고 해도 각자의 능력에 차이가 나게 마련이다. 그러나 평균적으로 검에 마나를 주입한 상태로 두 시간 남짓 버틸 수 있으며 최대 파워로 십여 분 정도 유지할 수 있다. 검기의 길이는 3~4미터 정도에 이르는 것을 평균으로 볼 수 있는데 현재 카슨은 그 정도를 훨씬 상회할 정도로 마나를 퍼붓고 있었다.

무려 한 시간 가까이 최대 파워로 검을 휘두르고 있었고 길이 역시 평균 십 미터에 가깝게 뿜어내고 있었다. 보통 마스터였다면 벌써 탈

진해서 신관의 구호를 기다려야 할 정도였다. 아직까지 버텨낼 수 있는 것은 그의 능력이 이미 마스터의 극한까지 가까운 경지에 이르렀다는 것과 오기와 집념으로 뭉친 정신력이 뒷받침하고 있기 때문이었다.

그러나 그 역시 인간임은 부정할 수 없었다. 엄청난 마나를 쏟아 부은 탓에 그의 한계도 서서히 드러나고 있었다. 이미 오래전부터 그의 검기는 투명함이 사라져 짙은 은색이 검신을 가릴 정도였으며 얇고 가벼운 그의 장검을 두 손으로 움켜쥐고 정신없이 휘두르는 중이었다. 그리고 언젠가부터 그의 입에선 쉴 새 없이 기합과 절규가 뒤섞여 흘러나오고 있었다.

"나는 노래를 부를 거야아아아아아아아아!"

"너희들 따위에게 죽지 않을 거야아아!!"

"살아남아서 노래를 부를 거야아아아!! 누구의 눈치도 보지 않고 끝없이 방랑하고 원없이 노래할 테닷!!"

분명 실소가 나올 정도로 우스운 발언이었지만 뒤따르는 파운은 웃을 수 없었다. 그 외침 하나하나가 생명의 마나를 폭발시키며 쏟아내는 절규였으며 자신을 향한 다짐임을 눈치 챌 수 있었기 때문이었다. 지금 카슨의 모습은 광포함과 집념으로 똘똘 뭉친 미친 사람과 흡사했다.

그래도 파운은 카슨을 제지할 수 없었다. 그의 등에서 신비스러울 정도의 정열이 발산되고 있었기 때문이었다. 그것은 마스터의 오기였다.

슬슬 전투의 양상은 대규모 소모전으로 접어들고 있었다. 카슨의 마나와 오크의 포위망 중 어느 것이 먼저 끝나는가 하는 승부였다. 오크의 숫자가 제아무리 많아도 카슨의 질풍 같은 속공 앞에는 속수무책이었다. 물론 쓰러진 녀석들은 다시 일어설 수 있겠지만 그때는 이미 카슨이 뚫고 지나간 후였다.

그리고 그 대규모 소모전도 슬슬 끝을 보이기 시작했다.

"……."

"……."

방 안은 깊은 침묵에 휩싸여 있었다. 할튼과 나지드, 단 두 사람뿐이었지만 그 침묵은 심연처럼 깊고 안개처럼 짙었다. 그것은 결코 고요와는 다른 분위기였다.

수정구를 바라보며 즐거운 오후를 기대했던 할튼의 계획은 시간이 흐를수록 처참하게 짓뭉개져 쓰레기통에 버려졌다. 그리고 할튼이 느끼고 있는 기분을 나지드 역시 똑같이 실감하고 있었다.

'오! 제법인데?' 부터 시작된 느긋한 감상은 '굉장한걸?' 하며 감탄으로 이어졌고 '저런 재주가?' 하며 경이로움을 자아내게 하더니 '이런 세상에!' 하고 놀라움으로 변했다. 뒤이어 당황에서 황당으로, 황당에서 당혹으로 시시각각 변한 후 이제 두 사람은 엄청난 충격에 사로

잡혀 침통의 늪에서 허우적대고 있는 중이었다.

"저 포위망을 구축하는 데 얼마의 오크가 들어간 거지?"

겨우 입을 뗀 할튼의 목소리는 말하는 것조차 힘겨워 보였다.

"약 칠천 마리 정도가 들어갔습니다, 전하."

"칠천 마리… 후훗, 정말 엄청난 녀석이군. 엽기적이야."

"저걸 뚫다니… 저 역시 놀랄 지경입니다. 대체 저자의 능력이 어느 정도란 말입니까?"

"페나인 제일의 검사를 다툰다는 소문이더니 듣던 것보다 더 굉장하군."

침울한 목소리의 할튼이었다.

눈앞에서 이렇게 굉장한 것을 봐버리면 의욕 상실에 빠지는 건 당연한 결과였다. 같은 마스터의 경지라고 해도 자신과 카슨의 차이가 명백하게 드러난 믿을 수 없는 전투였다. 어쩌면 그 어떤 마스터라고 해도 저런 포위망을 뚫을 수는 없으리라.

문득 할튼은 또 한 명의 이름이 떠올랐다.

'저 정도의 사내가 제일이란 칭호를 받지 못했다? 그렇다면 버나드는 대체 어느 정도의 남자란 말인가?'

씁쓸함과 착잡함이 동시에 밀려왔다. 자신은 죽어도 올라갈 수 없는 경지에 이른 자들. 마스터의 극한에 다다른 자, 그들이 바로 버나드와 카슨이었다.

그러나 할튼은 지금의 전투를 지켜보며 최소한 자신의 방법이 옳았다는 것만은 확신할 수 있었다. 본토를 침공하기 전에 제거해야 할 대상으로 카슨과 버나드를 꼽았던 것이 결코 틀리지 않다는 것을.

카슨은 섬으로 불러들여 덫에 걸린 상태였고 버나드 역시 제거하기 위해 자신의 심복들이 수도에서 숨 가쁘게 움직이고 있는 중이었다. 그것은 이 두 사람이 소속된 또 하나의 구성원, 바로 레스터 가문의 몰락을 획책하는 것이었다.

"위험해… 위험해, 정말 위험한 녀석들이야."

읊조리듯 할튼은 중얼거렸다.

그리고 슬쩍 고개를 들어 나지드를 쳐다봤다. 다음 준비가 갖춰져 있는지 묻는 눈초리였다.

바다 건너에서 온 야론인, 나지드는 지금껏 그의 주군을 실망시키지 않았던 것처럼 할튼의 기대를 저버리지 않았다. '이 포위망을 감히 어떻게!' 하고 자신만만한 모습을 보였지만 만에 하나를 대비하는 것을 게을리 하지 않았다. 그는 침중한 얼굴로 천천히 고개를 끄덕였다.

"산 중턱에 죽음의 기사 십여 명을 심어뒀습니다. 그걸 뚫은 후에는……."

이제 그는 '감히' 나 '설마' 와 같은 단어는 언급하지 않았다. 죽음의 기사의 재생력과 전투력과 십여 명의 숫자라면 마스터 하나 정도는 너끈히 잡을 수 있다고 큰소리쳤었다. 하지만 이미 충분히 기적에 가까운 솜씨를 보인 카슨에게 기가 질린 탓에 순순히 자신이 대비한 방법을 설명했다.

"평탄한 곳 전체에 미로의 마법을 걸었지요. 아마 한참을 헤매야 할 겁니다. 그렇게 해서 그들이 빠져나올 곳은 섬의 북쪽 절벽일 것입니다. 도저히 이 섬을 빠져나갈 순 없을 겁니다."

대답을 마친 후 잠시 생각에 잠기던 나지드는 헛기침을 하며 할튼의 눈치를 살폈다. 자신이 생각해도 그 정도로 이 경이적인 기사를 상대할 수 있을 것 같지는 않았다.

"아마 그전에 해가 지고 어두워지겠죠. 그럼 우리에게 숨겨진 또 하나의 카드를 쓸 수 있을 겁니다."

"오호, 그걸 쓸 생각인가?"

"써야 할 상대라면……."

조심스러운 대답이었다.

그러나 할튼은 부정하지 않았다. 그 역시 나지드의 의견이 옳다고 여겼다.

적어도 저 카슨을 상대하는 데 부족함은 없었다. 길 쪽으로 갔던 세 사람은 벌써 망자의 세계로 들어가 성내로 들어왔다. 융통성없게 끝까지 길을 고집했던 탓도 있겠지만 땅속에 묻어둔 폭탄을 예측하지 못한 것이 가장 큰 이유였다. 물론 그 세 사람을 잡기 위해 대량의 화약을 소비해야 했던 안타까움이 있었지만 말이다.


오크의 무리, 아니, 군단을 뚫고 나온 후에도 두 사람은 줄기차게 달렸다. 밟고 있는 것이 오크의 몸뚱이에서 대지와 나무 그루터기로 바뀌었을 뿐 두 사람의 속력은 전혀 줄지 않았다. 정확하게는 카슨의 달음박질이 지속적으로 유지되고 있었고 파운은 그 뒤를 쫓아가는 중이었다. 파운은 숨이 턱까지 차 올라 카슨을 부르기는커녕 따라가기에도 벅찼다.

도저히 조금 전까지 어마어마한 마나를 퍼부으며 전투를 벌였던 사람으로는 믿어지지 않는 속도였다.

'하지만 지금 대장은 무진장 지쳐 있을 텐데…….'

힘겹게 따라붙으면서도 그 생각만은 쉽게 떨칠 수 없었다. 두 시간 가까이 뛰고 달리고 싸우고 베었다. 뒤에서 보조하며 따라가는 정도였

던 자신도 이렇게 지쳤다. 앞장서서 달렸던 카슨이 정상일 리는 없었
다.

급기야 파운의 머리 속이 하얗게 타오르고 카슨의 등만을 쫓는 지경
에 이르렀을 때에서야 카슨은 멈췄다. 그리고 숨을 헐떡이며 엎어지듯
근처의 나무에 주저앉았다. 그 옆에 파운도 쓰러지듯 누웠다.

한참 동안 숨을 몰아쉰 두 사람은 나무 위에 나란히 앉아 앞으로의
계획에 대해 생각할 시간을 가졌다.

"괜찮습니까, 대장?"

"괜찮을 리가 없잖아……."

힘겹게 대답하며 카슨은 진절머리 난 듯 머리를 휘저었다.

다시 한 번 그런 전투를 치르라고 하면 자살하고 싶어질 것이라고
카슨은 생각했다. 물론 정말 그런 때가 온다 해도 온 힘을 다하겠지만
지금은 그런 생각밖에 들지 않았다. 그리고 정말 불안한 것은 이 모스
섬은 어차피 오크의 서식처란 점이었다. 지금 이 순간은 안전할지 몰
라도 언제 다시 그런 엄청난 포위망에 갇힐지 장담할 수 없었다. 한시
라도 바삐 이곳을, 이 섬을 빠져나가야 했다.

그리고 이번에야말로 확실하게 결판내고 싶었다. 오랫동안 가져왔
던 미련과 앙금을 떨쳐 내고 싶었다.

"이번에 돌아가면 정말 음유 시인이 될 거야."

"충분히 음유 시인처럼 굴고 있었잖아요?"

"농담이 아냐."

"…농담이 아닌 줄 압니다."

파운은 담담하게 대꾸하며 정면을 주시하고 있었다.

"공작 전하께서 반대하시겠지요?"

"반대하겠지. 그래도 상관없어. 아버지의 고집도 굉장한 것이지만 오크 녀석들보다야 훨씬 낫지."

"어떤 노래를 부를 생각입니까, 음유 시인이 된다면……?"

"우선은……."

카슨은 멍하니 허공을 주시하며 씁쓸하게 대답했다.

"이곳의 이야기를 노래할 거야. 헛된 야망에 의해 희생된 동료들과 부하들의 이야기를."

"반드시 살아야겠군요."

"그래야지."

"출발할까요?"

파운은 몸을 일으켰다. 카슨도 따라 일어서다가 기우뚱하며 흔들리더니 바닥에 쓰러졌다. 다행히 손으로 지탱해 추한 모습을 보이진 않았지만 그것만으로도 충분했다, 그의 상태가 굉장히 위험하다는 것을 알리기엔

"괜찮습니까?"

놀랐는지 파운이 그를 부축했다.

"괜찮을 리가 없다고… 아까 말했잖아."

몸을 일으킨 카슨은 투덜거리듯 대답했다.

심각한 말투가 아니었기에 파운은 몰랐지만 부축하며 가까이서 본 카슨의 얼굴은 말이 아니었다. 바짝 마른 입술과 퀭한 눈빛은 평소의 그것과 너무나도 달랐다. 단 몇 시간 만에 그의 붉디붉은 혈색조차도 검은빛을 띠고 있었다.

"대, 대장……."

"걱정하지 마. 말했잖아. 살아남을 거라고. 반드시 살아남아야만 해."

카슨은 파운의 팔을 뿌리치곤 흐느적거리며 앞을 향해 걸었다.

"영문도 모른 채 죽어야만 했던 부하들과 동료들을 위해서라도 우린 살아남아야 해. 그리고 할튼의 야망을 알려야 해. 더 큰 불행을 막기 위해서라도……."

조금 움직인 것에도 카슨은 숨을 헐떡이기 시작했다. 하지만 그의 의지는 더욱 단단하고 견고해졌다.

"그리고 노래를 부를 거야."

숙연한 마음으로 파운은 그의 뒷모습을 바라봤다.

문득 마나를 모두 소비한 후의 상태에 대해 읽었던 책의 한 구절이 떠올랐다. 몇 개월 가까이 안정을 취해야 했고 심한 경우엔 재기 불능, 또는 생명을 잃는 심각한 중병이라고 전해졌다. 물론 이 병은 마나를 검기로 발현하는 마스터에게나 해당하는 것이다. 자신을 포함해 보통 사람들은 알지도, 알 필요도 없는 병. 카슨의 상태가 그 병과 무관하지 않을 것이라고 파운은 짐작했다.

갑자기 카슨이 멈춰 섰다. 그리고 고개를 들어 날카로운 시선을 숲에 던졌다. 지팡이로 삼던 검을 모아 쥔 채 보이지 않는 누군가를 향해 겨누고 있었다. 그런 상태에서도 그는 또 누군가를 향해 전의를 불태우고 있었다.

파운은 그의 앞을 막아서며 비장하게 말했다.

"대장, 여긴 저에게 맡겨주십시오."

"그만둬. 이번 상대는 아까보다 더 골치 아픈 녀석들이야."

"무슨 뜻입니까?"

"크루세이더 같아. 마나가 느껴져. 초보 수준은 아닐 거야. 숫자는 두 명. 아니, 세 명… 아니, 네 명… 젠장 자꾸 늘어나고 있다. 대체 몇 명이나 보유하고 있는 거지?"

"비겁한 녀석들. 꽤나 오래전부터 준비해 오고 있었던 것이 틀림없군요. 그 정도의 실력자를 잘도 숨겨왔군요."

그의 말을 흘리며 카슨은 사방으로 감각을 집중하고 있었다. 자신이 감지할 수 있는 영역 내로 속속 새로운 마나가 뛰어들고 있었다. 그리고 그들은 전속력으로 두 사람을 향해 달려왔다. 마치 자신들이 있는 곳을 정확하게 알고 있다는 듯. 덕분에 그들의 마나를 정확하게 느낄 수 있어 능력이 어느 정도인지 알아챌 수 있었다. 하지만 지금의 카슨은 이들과 상대할 수 있을지 어떨지 장담할 수 없었다.

"감시당하고 있규."

"굉장히 정확하게 우리 위치를 잡았군요."

어느새 파운도 몇 사람을 포착했다. 근처까지 다가와 숲 어디에 잠복하고 있는 것을 느낄 수 있었다. 나무의 흔들림과 돌멩이 소리가 몇 사람이 근처에 다가왔다는 것을 말해 주고 있었다. 이렇게까지 정확하게 자신들의 위치가 발각되면 정말 할 말이 없어진다.

"마법사겠지?"

"좀비를 만든 녀석이겠죠. 굉장한 실력이군요. 상당한 클래스가 분명합니다."

"최악이야. 벌써 열 명째야."

"어떻게 하지요?"

파운은 신중하게 카슨을 돌아봤다. 겁먹은 것은 아니었다. 하지만 지금 카슨은 쉬어야 할 때였다. 그렇지 않으면 정말로 재기 불능에 빠지는 심각한 상황이 닥칠지도 몰랐다. 그렇게 되지 않으려면 자신이 혼자 이 인원을 감당해야 한다는 얘기인데 한두 명이라면 어떻게 해보겠지만 열 명은 확실히 무리였다.

그리고 그 사실을 카슨도 알고 있었다. 잠시 생각한 카슨은 파운의 어깨를 잡고 심각하게 말했다.

"우선 녀석들이 모두 모일 때까지 기다리자. 아마 그들은 모두 모인 후에 전투를 감행할 생각인 것 같으니까 말야."

카슨의 손에 힘이 들어갔다.

"그리고 그때가 우리에겐 절호의 기회야."

파운은 침을 꿀꺽 삼키며 그를 바라봤다. 그의 입에서 나올 다음 말이 두려웠다. 카슨의 얼굴 표정은 심각하게 변해 있어 죽음을 결의하고 있는 듯 보였다.

"도망가자!"

"…에?"

너무나도 뜻밖의 대답이라 파운은 순식간에 멍한 표정으로 바뀌었다. 그리고 곧 정신을 차려 반박했다.

"저들도 포위망을 완벽하게 구축하고자 기다리고 있는 것일 텐데 어떻게 도망간단 말입니까?"

대답 대신 카슨은 손을 들어 나무를 가리켰다. 정확하게는 좌우로 펼쳐진 나뭇가지를 가리켰다.

"…나무를 타고…… 과연!"

카슨의 생각을 알았다는 듯 파운은 고개를 끄덕였다. 상대가 주위를 포위하며 달려들 때 잽싸게 나뭇가지를 타고 빠져나가자는 계획이었다. 물론 상대의 숫자가 많다면 이 계획은 분명 쓸 수 없는 것이었다. 하지만 아무리 크루세이더를 숨겨왔어도 열 명 이상일 리는 없을 테니 사방을 둘러싸기에도 부족할 것이 틀림없었다. 즉, 공중은 무방비 상태일 것이라고 카슨은 생각하고 있는 것이 분명했다.

문득 카슨의 손아귀에 다시 힘이 들어가는 것 같아 파운은 그를 쳐다봤다. 카슨은 더욱 심각한 얼굴로 파운의 어깨를 움켜잡고 있었다.

"날 업고 가야 해. 난 나뭇가지를 뛰어넘을 정도의 기력이 남아 있지 않아."

"…대장……."

물론 카슨이 그런 지경에 처한 이상 당연히 그렇게 해야 한다고 파운은 생각했다. 하지만 마치 '구걸하듯이' 데려가라는 카슨의 모습에 기가 막혔다.

"대개 이런 경우엔 '난 이미 틀린 것 같아. 자네 혼자만이라도 빠져나가게' 같은 대사를 해야 되는 것 아닌가요?"

"데려가! 명령이야!"

"물론 그럴 생각입니다! 그런 당연한 걸 명령하지 말아요!"

불쾌한 표정을 짓는 파운을 카슨은 얼른 돌려세웠다.

"좋아, 그럼 됐어."

그리고 얼른 그의 등에 업히며 카슨은 신호했다.

"지금이야. 뛰어!"

상당량의 마나를 퍼부었다고 해도 역시 마스터는 마스터였다. 상대의 움직임을 감지하고 있다가 정확한 타이밍에 신호를 했다. 그리고 카슨의 의도대로 파운은 나무를 차고 날아오르듯 뛰어올라 나뭇가지 위로 올라섰다. 그 밑으로 열 명 남짓의 기사들이 검을 뽑아 든 채 달려들었고 그들을 무시한 채 파운은 북쪽을 향해 내달렸다.

닭 쫓던 개 지붕만 쳐다보는 꼴로 멍하니 서로를 쳐다보던 기사들도 곧 나무 위로 땅으로 파운을 쫓아가기 시작했다.

상대의 의표를 찔러 간단하게 포위망을 빠져나오긴 했지만 추격전이 시작되자 곧바로 덜미가 잡힐 것 같았다. 원래 이곳은 그들의 근거지나 다름없었고 모두 보통의 실력을 능가하고 있었다. 게다가 파운은 카슨을 업고 있으니 잡히는 것은 시간문제였다.

나무 위로 뛰어올라 포위망을 뚫은 후 파운은 얼마 달리지 않아 다시 땅으로 내려왔다. 바닷바람 때문에 보통 나무보다 높이가 다른 모스 섬의 숲이었다. 가지와 가지가 촘촘해서 사람을 업고 그 위를 뛰어다니기엔 상당히 불편했다. 게다가 싸움이라도 시작되면 밑에서 옆에서 들어오는 공격을 감당할 자신이 없었다. 밑에서부터 들어오는 공격은 가장 막기 힘들다고 정평이 나 있지 않은가.

땅으로 내려와 달리자 확실히 보다 빠른 속력을 낼 수 있었다. 그래도 붙잡히는 것은 시간문제였다. 그리고 붙잡히지 않기 위해서 파운은 죽을힘을 다해 달렸다. 다행히 뒤에 업혀 있는 카슨이 틈틈이 상대의 위치를 알려줬기 때문에 그는 뒤쪽은 전혀 신경 쓰지 않은 채 달리는 데만 주력할 수 있었다.

아마 그 때문이었을 것이다. 순식간에 잡힐 것 같았던 파운이 술래잡기하듯 삼십여 분이나 기사들의 추격을 따돌릴 수 있었던 것은.

드디어 좌우로 두 사람의 기사가 모습을 드러내며 검을 겨눴다. 절체절명의 순간, 파운은 쉽사리 결정을 내리지 못한 채 망설였다.

이대로 계속 달려나가야 할지 이쯤에서 상대를 맞아 싸워야 할지 망설였지만 그는 이내 결심한 듯 더욱 큰 걸음으로 성큼성큼 달렸다. 한동안 달린 탓에 상대도 지쳤겠지만 자신은 그보다 배는 더 지쳤을 거라고 판단했다. 또한 추격을 해오며 상대가 흩어졌을 거란 생각도 들지 않았다. 그들 모두 크루세이더에 비슷한 수준이었다. 한두 사람 정도 늦어졌을지 몰라도 자신이 멈추자마자 한순간에 쫓아와 공격에 가담할 것이다.

그럴 바에야 아까 그 자리에서 맞아 싸운 것이 훨씬 나았다. 그런 판단을 한 파운은 발에 더욱 힘을 주었다. 그리고 그의 판단이 옳았던 것인지 상대의 추격을 쉽게 따돌릴 수 있었다.

순식간에 좌에도 우에도, 위쪽에도 추격해 오는 기사의 모습이 보이지 않았다. 물론 그렇다 해도 파운은 속도를 늦추지는 않았다. 아마 카슨이 그에게 신호를 하지 않았다면 계속해서 달렸을지도 모를 정도였다.

땀을 비 오듯 쏟아내며 파운은 카슨을 내려놓았다.

"놈들이… 왜……?"

"모르겠군. 갑자기 추격을 중단했어."

침착한 말투였지만 그의 혈색은 여전히 어두웠다. 하지만 어느 정도 기력을 회복했는지 카슨은 천천히 자리에서 일어섰다.

"하지만 조금 여유가 생긴 건 사실이지. 언제 놈들이 추격해 올지 모르니까 우선 조금이라도 걷도록 하자."

"헉헉헉… 대, 대장… 심하잖아요… 헉헉, 대장을 업고 뛰어온 나에게… 헉헉, 쉬란 말은 못하고……."

"나도 너만큼 지쳤어."

침착하고 담담한 말이었지만 이 순간 파운은 그의 말이 냉정하다고 느꼈다. 하지만 카슨의 말을 부정할 수는 없었다. 확실히 자신보다는 카슨이 더 지쳤을 테니까. 자신은 체력의 소모만 있었지만 카슨은 마나의 소모가 클 것이기 때문이다. 그는 잠시 투덜거리긴 했지만 곧바로 카슨을 따라 걷기 시작했다.

밤이 찾아왔다.

오후부터 지금까지 두 사람은 끝없이 걸었다. 저녁이 되어도 근처에 있는 칡 뿌리와 과일을 따서 허기를 달래며 걸었다. 불을 피우면 적들이 알아챌 것이 분명했기에 두 사람은 사냥도 단념했다. 어디서 어떤 녀석들이 덮쳐 올지 몰랐기 때문에 쉽게 잠자리를 마련할 수도 없었다. 그저 한없이 걷기만 했다. 그리고 뭔가 이상하다는 것을 파운은 깨달았다.

"대장, 뭔가 이상합니다."

"뭐가 말인가……?"

밤이 되면서 조금 기력을 회복한 카슨은 슬쩍 파운을 돌아보며 물었다.

"모스 섬이 크다고는 하지만 이렇게 반나절 이상을 걷는데 해안선이 보이지 않을 수는 없습니다."

그 말에 카슨도 의심이 들었다. 한순간에 너무 많은 마나를 쏟아 붓는 바람에 그는 지금 만신창이에 가까웠다. 마나의 소모와 체력의 소모는 곧바로 기력을 잃게 만들었고 긴장의 완화와 더불어 사고의 마비를 일으켰다. 즉 그는 지금 무턱대고 걷고 있는 중이었고 전혀 이상하다는 것을 느끼지 못했었다.

물론 모스 섬에 대해 사전 지식이 전혀 없다는 것도 한몫했지만.

"지금 우리가 길을 잃었다는 뜻인가?"

"그런 것 같습니다."

"하지만 우린 지금까지 똑바로 걸어왔잖아?"

"물론 그렇죠. 하지만 아닐 수도 있습니다."

"…무슨 뜻이지?"

카슨의 눈에 서서히 긴장이 스며들며 날카롭게 변하고 있었다.

"인위적으로 헤매게 만들고 있다는 뜻?"

"그런 것 같습니다."

"그렇다면……?"

"역시 마법이겠죠."

파운은 단정하듯 말했다.

물론 카슨은 그의 생각을 부정할 생각이 없었다. 하지만 어떻게 이 곳을 빠져나갈지 막막해졌다. 문득 오후에 기사들의 추격이 중단된 이유를 어렴풋이 알 것 같았다.

"거기가 경계선이었던 모양이군."

카슨의 투덜거리는 말에 파운도 이해하며 고개를 끄덕였다.

"화약에, 오크에, 기사에, 마법까지… 정말 다양하게 준비했군요."

"그렇군. 그러고 보니 나도 굉장히 인정받는 거잖아? 나 하나를 죽이는 데 이렇게까지 철저하게 준비를 해주니 말야."

한동안 적을 만나지 않았기에 기운을 차린 카슨은 특유의 유머를 발휘했다.

"너무 과분한 접대라 몸둘 바를 모르겠군요."

"…네가 농담을 할거라곤 생각도 못했어."

"가끔은 저도 합니다."

"처음이야."

"노래나 부르시죠."

"노래가 듣고 싶었던 거야?"

"정말 노래 듣고 싶어서 이런다고 생각하는 건 아니겠죠? 우린 죽을 겁니다. 농담이나 하고 있을 때가 아니에요!"

발끈하며 파운이 소리쳤다. 그리고 자리에 털퍽 앉으며 머리를 감싸 쥐었다. 카슨의 유머를 맞춰주지 못한 것은 전적으로 자신의 잘못이었다. 물론 그 정도는 알고 있다. 그가 왜 그런 농담을 하고 있는지. 기분 전환을 통해 서로를 북돋고자 하는 것임은 알고 있다. 그렇지만 불안함에 파운은 오히려 짜증만 생길 뿐이었다.

쉬쉬쉭.

파드득.

어둠을 뚫고 어디선가 날짐승의 날개 치는 소리가 들렸다. 낮에도 어두웠던 숲은 밤이라고 해서 달라지지 않았다. 별조차 보이지 않는 어둠 속에서 새의 날갯짓은 반가움보다 섬뜩함이 일었다. 보통 경우라면 밤에 새가 날지는 않는다. 그러므로 카슨과 파운이 깜짝 놀라 소리가 들린 곳을 쳐다본 것은 당연했다.

두 사람 모두 보통 사람보다 시야가 좋았다. 곧바로 소리를 낸 녀석의 정체를 파악했다. 한 마리의 박쥐가 숲을 가로지르며 날아서 나뭇가지 위에 앉는 모습이 보였다. 정확하게는 나뭇가지 밑으로 늘어지며 퀭한 눈으로 사방을 둘러봤다. 그리고 귀를 쫑긋 세운 채 좌우로 돌리더니 가끔 입을 벌린 채 귀에 들리지 않는 소리를 내곤 했다.

어느 숲에서나 있는 짐승이기에 파운은 안도를 하며 말했다.

"박쥐로군요."

"그렇다는 얘기는 근처에 동굴이 있다는 거겠지?"

"숲 전체가 낮에도 어둠으로 쌓여 있는데 굳이 동굴로 들어갈 필요가 있을까요?"

그렇게 대답한 파운은 문득 카슨을 돌아봤다.

"동굴에서 밤을 지낼 생각입니까?"

"미쳤어? 우리의 일거수일투족을 전부 쳐다보는 녀석들인데 동굴이라도 들어가 봐. 입구를 막고 공격해 오면 꼼짝없이 당할 것 아냐?"

"미처 생각하지 못했습니다."

"한데……."

카슨은 물끄러미 박쥐를 쳐다봤다.

"기분 나쁜 녀석이군. 마치 우리를 지켜보고 있는 것 같은 느낌이야."

카슨의 말대로 박쥐의 귀는 두 사람을 향해 있었다. 작은 움직임이라도 있으면 얼른 귀를 바르르 떨며 상태를 확인하려는 움직임을 보였다.

파운이 그 박쥐의 모습을 지켜보면서도 별다른 생각을 하지 않는 동안 카슨은 한쪽 방향을 물끄러미 쳐다봤다.

"이봐, 이게 무슨 소리지?"

"뭐가… 어엇?"

뒤이어 파운도 놀라 벌떡 일어섰다.

숲 전체에 날개 치는 소리와 끽끽대는 소리가 음산하게 울려왔다. 뒤이어 숲을 뚫고 회색 구름이 몰려오고 있었다.

"박쥐야……."

경악한 카슨이 얼른 몸을 돌려 달아나기 시작했다.

"박쥐의 공격이야. 달려, 파운!"

박쥐들의 이상한 움직임에 놀란 표정을 짓고 있던 파운도 얼른 그를 따라 달리기 시작했다. 그의 뒤로 박쥐들이 추격을 해오기 시작했다.

"대체 왜 박쥐가……."

"보통 박쥐가 아닐 거야!"

"그럼……?"

"독을 품고 있겠지. 살상 능력이 없는 녀석을 전투에 활용할 수는 없을 테니까."

"그렇군요. 별 희한한 것들을 다 동원했군요, 할튼은!"

숲이 좁은 것도 이럴 땐 도움이 되었다. 박쥐 떼가 많기는 했어도 아무런 방해도 받지 않고 날아오려면 나무 기둥 사이로 저공 비행을 하는 것뿐이었다. 그렇기에 박쥐들은 에워싸듯 날지 못하고 일렬로 늘어서서 쫓아오고 있었다.

그것을 눈치 챈 카슨은 검을 뽑아 파운의 뒤로 물러섰다. 파운에게 퇴로 확보를 맡기고 자신은 추격대라기보다는 추격 박쥐를 물리칠 생각이었다.

드디어 첫 번째 박쥐가 등 뒤로 바짝 붙어 날카로운 입을 벌리며 공격하려고 했다. 하지만 카슨의 검이 훨씬 더 빨랐다. 허공을 가르는 파공음이 울리며 박쥐의 몸통을 정확하게 갈랐다.

그리고 그 순간 카슨은 뭔가 크게 잘못됐다는 것을 깨달았다. 돌아보지 않았다고 해도 자신의 검이 빗나갈 리는 없었다. 귀를 울리는 날개 소리, 등줄기에 느껴지는 존재감, 머리끝을 타고 살기가 감지됐고, 일정한 속도와 높이를 유지하며 달라붙는 마나의 느낌을 확실히 파악하고 있었다. 한데 뒤로 휘두른 검에 박쥐가 베어진 감각이 없었다. 손끝에서 짜르르 하며 울려오는 진동이 전혀 없었다.

카슨은 달리는 와중에 얼른 뒤를 돌아봤다. 방금 전의 박쥐가 어느 녀석인지, 왜 베지 못했는지 확인을 하려는 것이었다. 그리고 자신의 눈을 의심했다. 자신이 벤 박쥐는 아무 느낌이 없었음에도 불구하고 분명 형체가 일그러져 있었다. 문제는 그것이 잘린 것이 아니라 검은 안개처럼 뿌옇게 흩어졌다가 다시 박쥐의 형상으로 바뀌고 있다는 점이었다.

하루 종일 놀라운 일만 거듭되는 중이었지만 지금처럼 그를 당혹시킨 적은 평생 처음이었다. 등 뒤로 돌아본 곳에는 놀라운 광경이 연출되고 있었다. 다시 제 모습을 찾아가는 박쥐의 뒤로 낮은 저공 비행을 하는 박쥐들이 하나둘씩 모습이 바뀌고 있었기 때문이었다. 박쥐의 두 다리가 길쭉하게 솟아나고 날개는 앞다리로 변했으며 머리도 몇 배로 커지고 입이 삐죽 나오며 사나운 송곳니가 번득거렸다. 그리고 퀭한 눈동자는 시퍼런 안광을 발하며 카슨의 등을 노려보고 있었다. 놀랍게도 그것은 늑대였다. 박쥐들은 하나둘씩 계속 늑대로 변하고 있었고 변신을 마친 녀석들을 재빨리 숲을 가로지르며 쫓아오고 있었다.

"마, 맙소사!!"

카슨은 다리에 힘을 주며 재빨리 파운을 따라잡았다. 그는 달리는 데 집중하고 있었을 테니 조금 전의 광경을 전혀 모를 것이다. 달리는 외중에 카슨은 망설이듯 입을 열었다.

"놀라지 마, 파운."

"뭘 말입니까?"

'박쥐가 늑대로 변해서 쫓아오고 있어. 지금 우리 뒤로 수백 마리의 늑대가 있을 거야' 라는 말을 카슨은 쉽게 꺼낼 수가 없었다. 이 괴상망측한 일을 어떻게 태연하게 말할 수 있단 말인가! 그 사실 하나만으로도 충분히 괴이한데 그 박쥐들은 안개처럼 흩어지기도 했다. 그리고 지금은 숲에서 기동력과 공격력이 탁월한 늑대로 변했다. 그 위험스런 상황을 도저히 파운에게 설명할 자신이 없었다.

문득 파운은 뒤에서 들려오는 소리가 사뭇 달라졌다는 것을 깨달았다. 박쥐의 날개 치는 소리가 아니라 커다란 개가 헐떡이는 듯한 소리로 바뀌었다. 그것이 이상해서 슬쩍 돌아본 후에 파운은 더욱 다리에 힘을 줬다.

"대, 대체 뭡니까? 저 늑대들은? 박쥐는 어디로 갔죠?"

"그러니까 놀라지 말라고 했잖아."

"놀라지 않을 상황이 아니잖아요!"

"그렇게 됐어."

"뭐가 어떻게 되었다는 거죠?"

"그러니까… 박쥐가 늑대로 변신했어…….'

"맙소사……!!"

무슨 말을 하는지 이해할 수 없다는 얼굴이나 믿을 수 없다는 것과는 전혀 다른 표정과 말투였다. 오히려 그것이 무엇인지 알고 있다는 듯 파운은 더욱 세차게 달리기 시작했다.

"저것들이 뭔지 아는 거야?"

"헉헉, 물론입니다, 대장. 헉, 아마 뱀파이어일 겁니다."

"뱀파이어?"

문득 들었던 적이 있다는 것을 카슨도 기억했다.

뱀파이어. 사람의 피를 빨아먹고 사는 흡혈귀. 상대가 죽을 때까지 피를 빨아 그 생명과 젊음을 앗아가는 몬스터. 그 몸에는 검이나 창 같은 무기는 씨도 먹히지 않을 정도로 강했고 하늘을 날아다닐 수 있다고 전해져 왔다. 그러나 페나인 왕국에서는 오래전에 사라진 몬스터였기에 그 실체에 대해선 전설처럼 전해질 뿐이었다.

"맙소사! 그럼 저것들이 흡혈귀란 말인가?"

"그렇습니다, 헉헉헉… 대장."

"하늘을 난다더니 박쥐로 변신한다는 뜻이었군."

"그래요. 저도 오래된 고서에서 읽었는데, 헉헉헉……."

"상대하려면 어떤 방법을 써야 하지?"

"빛… 해가 뜨면 그들은 자취를 감춥니다."

"젠장! 이곳은 햇볕도 들어오지 않는 기이한 숲이잖아? 그럼 이대로 죽을 때까지 쫓겨야 한단 얘기인가?"

"그렇진 않아요. 헉헉, 이런 숲이라도 일단 해가 뜨면 그들은 은신처로 몸을 숨길 겁니다, 허억. 이유는 모르겠지만 해가 비치지 않는 땅속 깊이 숨어야만 한다고 전해집니다."

"그럼 밤새 달려야 한단 말인가? 저것들과? 미치겠군. 다른 방법은 없나?"

"하나 있습니다만……."

숨을 몰아쉬며 파운은 말끝을 흐렸다.

방법이 있다는 말에 카슨은 귀를 쫑긋 세우며 그를 다그쳤다.

"뭐지 그건?"

"말할 수 없습니다."

"이대로 죽고 싶다는 뜻인가?"

"……."

여전히 파운은 잠자코 달렸다.

"어서 말해!"

카슨의 고함에 파운은 찔끔하며 체념한 듯 입을 열었다.

"고서에 의하면 마스터의 검기에 뱀파이어의 몸이 타 들어간다고 쓰여져 있었습니다."

"검기인가!"

말을 마친 카슨은 검을 쥔 손에 마나를 모아 움켜쥐었다. 쥐어짜내는 듯한 검기에 검은 금세 짙은 은빛을 띠며 빛나기 시작했다.

"하지만, 대장!"

"시끄러워! 이대로 죽을 수는 없잖아!"

기합과 함께 카슨의 손이 다시 한 번 뒤를 갈랐다. 확실히 이번엔 손끝에 무언가가 베어지는 감각이 있었다. 귓가에 섬뜩한 비명이 울려왔고 작은 마나 덩어리가 폭발하듯 사라지는 느낌이 카슨의 등줄기를 스쳤다.

파운의 말대로 뱀파이어는 마스터의 검기에 너무나 허약한 모습을 보이고 있었다. 하지만 파운의 염려대로 이 엄청난 숫자의 뱀파이어를 상대한다는 것은 불가능에 가까웠다. 평소의 카슨이라도 어려운 것을, 또한 쉬었다고 해도 상당량의 마나를 소비한 상태에서 대적한다는 것은 바위로 계란을 치는 것과 같았다.

그렇기에 카슨은 숨 가쁘게 도망치며 등 뒤로 바짝 추격해 오는 녀석들만 공격했다. 그것이 박쥐이든, 안개이든, 늑대이든 상관하지 않고 마구 베었다. 그들은 해가 뜨는 아침이면 모두 돌아갈 것이다. 빛을 피해 어둠 속으로 몸을 숨길 것이다. 밤새 숲을 뛰어다니는 한이 있어도 멈춰서 상대할 수는 없었다.

그리고 그 긴 시간의 추격전은 새벽이 오며 겨우 멈췄다.


저녁 무렵에 잠을 설치긴 했지만 할튼은 평소처럼 깊은 잠에 들었다. 그리고 아침이 되었을 때 개운하게 일어나 몸단장과 식사를 마쳤다.

그가 저녁에 잠을 설쳤던 것은 당연했다. 수정구를 통해서라고 해도 엄청난 것을 봐버린 충격은 쉽게 가시지 않았다. 자신과 같은 클래스의 마스터가 칠천 마리의 오크에 둘러싸이고도 엄청난 위력을 발했다. 그 뒤로도 죽음의 기사가 두 사람을 놓치는 장면들을 지켜보며 애를 태우고 신경을 곤두세우느라 꽤나 지쳤었다. 다음에 숲을 헤매는 모습에 다소 안도를 했고 해가 지며 찾아온 어둠을 타고 성 한쪽에서 날아오른 박쥐 떼에 미리 승리를 점쳤었다.

아침에 일어났을 때 너무나 뻔한 결과에 대한 보고보다 식사와 옷을 차려입은 것은 귀족의 품위를 지키는 할튼의 당연한 행동이었다. 그리고 그 모든 것을 마쳤을 때 할튼은 기품을 지키며 자신의 자택을 나섰고 얼마 안 되는 북쪽 탑까지 가뿐히 마차로 이동한 후에 가장 위층의 나지드의 마법실로 들어갔다. 거기에서 그의 눈에 들어온 것은 퀭하니 지친 눈동자의 나지드였다. 그리고 그의 앞에 놓여져 있는 수정구에 눈이 가는 순간 할튼은 기절할 정도로 놀라고 말았다.

그 작은 수정구 안에는 두 사람의 낯익은 모습이 보였다. 바로 카슨과 파운이 나무 기둥에 기대어 잠들어 있었다.

"이, 이게… 대체……."

말문이 막힌 듯 할튼은 더듬거렸다.

"오셨습니까, 전하."

"서, 설마 뱀파이어가 전멸당했다는 건가?"

"그렇지는 않습니다, 전하. 열두 마리가 완전히 소멸했고 서른 세 마리가 타격을 받았지만 며칠 내로 복구될 것입니다. 그 이외엔 새벽이 되어 불러들였을 뿐입니다."

밤새 얼마나 경악을 질렀을지 목소리를 듣는 것만으로도 충분히 알

것 같았다. 담담하게 대답하는 나지드의 표정은 지친 기색이 역력했
다.

"설마 저 두 사람이 밤새 뱀파이어와 혈전을 벌여 살아남았다고 말
하려는 건 아니겠지?"

"맞서 싸운 것이 아니라 숲을 가로지르듯 도망 다니긴 했지만 분명
살아남은 것은 틀림없습니다."

여전히 나지드는 차분한 음성이었다.

그가 밤새 겪었을 충격을 단숨에 들이키며 할튼은 멍하니 수정구를
쳐다보고 있었다. 망치로 뒤통수를 얻어맞은 느낌이었다. 분명 지친
것이 분명한 몸으로—그렇지 않고서야 파운에게 업혀 도망칠 리는 없으니
까—밤새 도망쳐 다녔다는 것이 믿어지지 않았다. 믿을 수가 없었다.

게다가 뱀파이어를 죽이기까지 했다.

"녀, 녀석이 검기를 발했단 말인가?"

"…그렇더군요, 전하."

대답을 듣고 난 후 할튼의 입술이 가볍게 떨렸다. 그리고 두려움에
찬 시선으로 수정구를 쳐다봤다. 분명 새벽이 되어서야 잠들었을 카슨
의 모습을 뚫어져라 쳐다보며 그는 떨리는 목소리로 물었다.

"다음 대책은 무엇이지?"

"대책이 세워져 있었어야 한다고 생각하시는 겁니까?"

나지드의 말은 결코 변명이 아니었다.

그 누구라도 단 두 사람을—물론 마스터와 크루세이더이지만—잡는 데
이렇게까지 준비를 하지는 않는다. 그런 면에서 본다면 오히려 나지드
는 칭찬받아 마땅했다. 하지만 뜻밖에도 두 사람은 아직도 멀쩡하게
잘 살아 숨쉬고 있었고 나지드가 준비했던 것은 전혀 효과를 보지 못

했다.

이런 경우엔 실패에 대해 추궁하기보단 상대의 역량에 대해서 감탄하는 것이 당연했다. 그리고 할튼은 이미 충분히 감탄을 해주고 있었다. 굳어진 얼굴과 실룩이는 입술, 그리고 질투에 가까운 시선을 던지며 말이다.

"그렇다고 놓아줄 생각은 아니겠지?"

"물론입니다, 전하."

무겁게 고개를 끄덕인 나지드는 천천히 손가락을 쫙 펴서 내밀었다. 그리고 덧붙여 설명하기 시작했다.

"미로의 숲을 헤지히는 것은 근본적으로 위험합니다. 단숨에 섬을 가로질러 배를 빼앗을 가능성이 크기 때문입니다. 이 점에 있어서 부정하진 않으시겠지요?"

"물론."

"반면에 저들이 저 숲에 있는 한 이쪽에서 공격할 수 있는 방법은 뱀파이어뿐입니다. 설사 미로에 갇힌다 해도 밤하늘로 날아오르면 그만이기 때문입니다. 물론 숲을 자유롭게 다니며 공격할 수 있는 늑대로 변할 수 있다는 이점도 있습니다. 그러나 낮에는 공격할 방도가 전혀 없다는 아이러니에 빠지게 되지요."

할튼은 잠자코 듣기만 했다.

"그래서 생각해 낸 방법이 이것입니다."

나지드는 다시 손으로 다섯을 나타냈다.

잠시 그 의미를 생각해 보던 할튼은 곧 깨닫고 고개를 끄덕였다.

"오크를 몰아넣겠다는 거로군?"

"그렇지요. 물론 오크들도 길을 잃고 헤매겠지만 많은 숫자를 집어

넣으면 숲 전체가 오크로 쌓여 충분히 저들을 괴롭힐 수 있을 것입니다."

"한데 얼마나 넣을 생각이지? 오백?"

"적어도 오천은 필요합니다. 스무 마리 정도 단위로 길목마다 깔아 놓으면 충분하지 않을까요?"

"그 정도 포위망으론 잡을 수 없을 것 같은데?"

"잡고자 하는 것이 아니라 낮 시간 동안 쉬지 못하게 하는 것이지요."

나지드의 설명을 듣고 할튼은 잠자코 고개를 끄덕였다. 그로서도 더 이상 좋은 방법은 생각나지 않았다. 그리고 처음으로 후회하는 말을 꺼냈다.

"이럴 줄 알았으면 처음부터 마차와 함께 날려 버리는 거였는데… 숲으로 유인한 책략이 잘못되었던 거야. 좀비의 성능을 확인하려던 생각이 틀렸는지도 모르겠군."

"아닙니다, 전하. 전하의 생각이 틀리진 않았을 겁니다. 상대가 너무 강해서 미처 예상하지 못했을 뿐입니다. 모두 저의 불찰입니다."

나지드의 변명 아닌 변명을 들으며 할튼은 고개를 갸웃거렸다.

"그럼 뱀파이어로 승부를 볼 생각인가?"

"그렇습니다, 전하. 오크가 길목을 막고 있는 상황에서 뱀파이어의 이빨을 피할 수는 없겠지요. 오늘 밤이면 충분히 잡을 수 있을 겁니다."

"며칠이 걸리든 상관없어. 어서 저 녀석을 잡아와. 이대로 저 녀석이 도망칠까 두려울 정도니까."

"걱정 마십시오. 저들이 숲을 빠져나간다는 것은 불가능에 가까우니까요."

피로한 얼굴 위로 살짝 미소가 감돌았다. 적어도 자신의 마법에 대해선 누구보다 자신하는 나지드였다. 제아무리 카슨일지라도 그 숲을 빠져나갈 수 없을 것이라고 장담하고 있었다.

해가 네 번을 떴다. 해가 다섯 번을 졌다.

그리고 밤의 공포와 함께 뱀파이어는 또다시 그들을 덮쳐 오고 있었다. 가도가도 끝없이 펼쳐지는 숲의 전경과 군데군데 튀어나오는 오크들, 밤이면 어김없이 찾아오는 뱀파이어의 날카로운 이빨. 그 모든 것들보다 더 견디기 힘든 허기와 수면 부족에 두 사람은 지칠 대로 지쳐 있었다.

두 번째 밤은 무척이나 위험했다. 뱀파이어에 쫓겨 숲을 달리는 와중에 막아선 몇 마리의 오크는 산보다 더 육중했다. 잠깐의 멈춤에 뱀파이어의 이빨은 여지없이 팔과 다리를 물었다.

정신이 혼미해지는 느낌, 그것을 떨쳐 내듯 뱀파이어를 뿌리쳤다. 그리고 오크를 제치고 다시 숲을 내달렸다. 그 밤 두 사람은 각자 네다섯 번이나 물렸다. 상처난 곳에서 흐르는 피보다 더 많은 양이 짧은 사이에 빠져나갔다. 피로함에 눈이 감겼다. 그리고 모든 것을 포기한 채 안식으로 들어가고 싶었다. 그러나 서로를 격려하며 그 밤을 견뎌냈다. 그리고 또 이틀의 시간이 흘렀다.

오늘도 어김없이 뱀파이어는 찾아오고 있었다. 숲 전체에 음산한 기운을 뿌려대며 그들을 향해 쫓아왔다. 벌써 그 소리를 피해 두 사람은 사정없이 달리기 시작했다.

그리고 보았다.

수면 위에 맑게 떠오른 보름달을!

며칠 만에 보는 빛이던가. 하지만 그 기쁨은 그리 오래가지 않았다. 그들 발 밑으로 깎아지른 절벽이 드러났고 그 밑에서 성난 파도의 고함이 울려오고 있었기 때문이다. 알아챘을 때는 이미 늦었는지도 모른다. 두 사람은 서쪽 해안과는 정반대의 곳으로 나왔다. 이곳에서 탈출한다는 것은 불가능에 가까웠다. 절벽도 그렇지만 그 밑의 바다를 헤엄쳐 대륙으로 돌아간다는 것은 목숨을 거는 것만큼이나 위험했다.

숲에서 들려오는 기괴한 소리, 박쥐의 날갯짓하는 소리와 늑대의 헐떡이는 소리, 그리고 포효하며 울어대는 소리와 오크의 고함 소리는 점점 더 가까워지고 있었다.

"하지만 우리에겐 선택의 여지가 없어."

읊조리듯 카슨은 중얼거렸다.

파운도 옆에 서서 망연자실한 채 멍하니 바다를 바라보고 있었다. 카슨이 뭐라고 중얼거렸는지 그의 귓가에는 들리지 않았다. 뒤에서 들리는 소리에도 귀 기울이지 않았다. 다만 이 처절하리만치 아름다운 바다의 자태에 살고자 하는 바램마저도 녹아들고 있었다. 누구보다 강해지고 싶었던 그의 욕망도 사라졌다.

아마 카슨이 그의 몸을 번쩍 쳐들지 않았다면 그는 이대로 목숨을 잃어도 후회하지 않았을 것이다. 달빛에 취한 채 박쥐든 늑대든, 오크의 몽둥이든 상관하지 않고 웃으며 죽었을 것이다. 하지만 갑자기 세상이 흔들리듯 자신의 몸이 허공으로 번쩍 떠올랐고 그 순간 정신을 차렸다.

"뭐, 뭐 하는 겁니까, 대장?"

"바다에 던질 거야. 이대로 녀석들에게 죽임을 당하느니 바다를 건

너는 모험이 훨씬 낫겠지."

"말도 안 돼요, 대장!!"

"명령이야! 최후의 명령이다. 살아남아라, 파운! 이대로 군단 전체가 전멸당할 수는 없어. 너만이라도 살아남아. 그리고 전해줘. 우리가 얼마나 더러운 야망에 희생되었는지. 그것이 너의 최후의 임무다."

"내려줘요, 대장. 그 일은 대장의 몫이 아니었던가요? 노래를 부르겠다고 다짐했던 것은 대장이 아니냔 말입니다."

파운의 절규하는 목소리가 절벽에 메아리쳤다. 그 소리를 카슨이 들었는지에 대해 파운은 알 수 없었다. 그가 외치고 있었을 때 이미 그는 자신을 멀리 던지고 있었기 때문이다. 그리고 깊은 바닷물에 떨어져 한참 짠물을 마신 후에 겨우 수면 위로 떠올랐을 때는 섬의 검은 형체가 멀찍이 보일 뿐이었다.

바닷물보다 더 깊은 짠물이 그의 눈동자에서 흐르고 있었다. 아무 말도 하지 못한 채 그는 천천히 헤엄치기 시작했다. 섬을 등진 채 지친 팔다리를 휘저었다.

어쩌면 남아서 뒤를 지키는 것보다 전진하는 것이 더 큰 고통일지도 모른다. 어딘지도 모르는 이곳에서 그저 달과 별만으로 방향을 잡은 채 정처없이 바다를 헤매는 것은 그 자체로도 큰 시련이었다. 그것은 한 치의 실수도 용납하지 않았기 때문이었다. 그의 마지막 임무, 살아남아서 전해야 하는 임무가 있는 한 그는 반드시 살아야만 했다.

그리고 그것을 알고 있기에 그는 바다보다 깊은 슬픔을 안은 채 헤엄을 쳐야만 했다.


"들어봐."

먼길을 달려왔는지 이마 위에 땀방울이 맺힌 소년은 흥분한 듯 소리 쳤다. 그의 손에 잘 만들어진 류트가 쥐어져 있었고 반짝이는 눈빛은 정면의 소녀를 향하고 있었다. 언덕 위의 나무 그늘에서 오랜 시간을 기다렸는지 소녀의 볼도 붉게 물들어 있었다. 그리고 수줍은 듯 정다운 눈빛으로 소년을 쳐다보고 있었다.

말보다 빠르고 화살보다 정확하다.
세상에 그 누가 나보다 빠르겠어?
나는야 쿠노야의 바람, 실프 에어드.
빨간 머리 휘날리며 오늘도 달린다.


소년의 목에서 고운 음성이 흘러나왔다.
수없이 들었음에도 소녀는 취한 듯 그 목소리에 귀를 기울였다. 오늘은 소년이 그동안 연습한 류트 연주의 성과를 보여주는 날이기 때문에 더욱 열심히 듣고 있었다. 목소리만으로도 충분한 감동을 일으켰던 소년의 노래는 류트 가락에 더욱 힘을 얻어 소녀의 마음을 적시고 있었다.

바다에 나가 돛단배를 밀어주고
달리는 기사의 땀을 닦아주지.
나는야 쿠노야의 바람, 실프 에어드.
빨간 머리 휘날리며 오늘도 달린다.


노래를 끝내고 소년은 소녀를 쳐다봤다. 약간은 상기된 표정으로 그러면서 불안한 마음을 담아 소년은 조심스럽게 물었다.

"어땠어?"

"좋았어."

소녀는 이마 위로 흘러내린 금발을 보듬어 넘기며 자그마하게 속삭였다.

하지만 소년은 그 대답이 별로 만족스럽지 않았다. 뭐가 어떻게 좋았는지 소녀의 솔직한 감상이 듣고 싶었다. 문득 소년은 헝클어진 까만 머리를 긁적이며 헤집었다. 무언가 불만스러울 때 늘 하는 버릇이었다.

그걸 알고 있는 소녀는 웃으며 설명을 했다.

"목소리야 늘 좋다고 했으니 말해 줄 필요는 없겠지? 레스터 북부 민요, '실프 에어드'의 노래도 자주 불렀던 노래였지만 오늘은 특히 더욱 흥겨웠던 것 같아. 그리고 무엇보다 류트 연주가 일품이었어. 악단과 비교해도 손색이 없을 거야. 훌륭해."

소녀의 칭찬에 소년은 활짝 미소를 지었다. 소년은 자랑스럽게 말했다.

"난 장래에 음유 시인이 될 거야. 그리고 수많은 노래를 지을 거야. 그때가 되면 너를 위해 노래를 지어도 될까?"

"멋져. 꼭 그렇게 되길 바래."

소녀의 음성이 귓가를 맴돌았다.

서서히 정신이 되돌아왔을 때 카슨의 몸은 박쥐 떼로 덮여 있었다. 온몸에 박쥐의 이빨이 박혀 있었고 피를 빼는 소리가 귓가를 맴돌았다. 깊은 어둠 속으로 떨어지는 듯한 현기증이 그를 에워싸고 있었다. 그런 와중에 정신을 차렸다는 것은 기적에 가까웠다.

힘겹게 휘두르던 그의 검도 어느새 손에서 빠져나와 바닥을 뒹굴고 있었다. 거친 숨을 몰아쉬며 카슨은 미소를 지었다. 어차피 죽는 것이라면 하나라도 더 적을 죽이는 것이 옳은 것이리라. 그의 발걸음은 천천히 절벽을 향했다. 두 팔을 벌려 품 안에서 피를 빠는 박쥐를 끌어안으면서.

그리고 카슨의 이성은 다시 그 옛날을 향해 달려가고 있었다.

소녀는 알고 있었을까?

소녀를 위해 노래를 짓겠다는 것이 소년의 청혼이었다는 것을.


단 한 번도 너는 나를 향해 마음을 열어주지 않았어. 노랫소리에, 류트 가락에 귀를 쫑긋 세우며 귀기울이는 것과는 달리 너의 마음은 언제나 형을 향해 있었지. 비참하거나 슬펐던 것은 아냐.

지금에 와서 생각하지만 나 참 바보인가 봐.

내 삶은 대체 무엇이었을까?

정말 내가 하고 싶었던 것은 무엇이었을까?

정말 내가 하고 싶었던 말은 무엇이었을까?

찬사를 받으면서도 내가 검을 쥐고 있다는 것이 그렇게 싫을 수가 없었어. 항구를 떠나며 그렇게도 레온을 보고 싶었던 것은 아마 그런 이유가 아니었을까 해. 내가 할 수 없었던 것을 해낸 동생에게 질투를 느꼈다면 넌 날 책망할 거니?

몇 달 전에 새로운 명령이 떨어지며 그렇게도 너와 로딘이 그리웠던 것도 어쩌면 그런 것이 아니었을까.

내가 이룬 경지, 내가 이룬 명성에 비해 내 삶은 고독으로 점철되어 있었어. 그렇지만 너는 네 삶의 행복을 차지했고 로딘은 만족을 하고 있었지. 나만 바보가 된 것 같아.

검으로 만족하지 못한 채 노래를 부르지도 못하고 사랑조차 말할 수 없는, 그래, 나는 바보야.

미안해, 너를 위해 노래를 짓겠다는 다짐, 지키지 못해서 미안해.

단 한 번도 말하지 않은 채 숨겨왔지만, 그래, 이렇게나마 말할게. 사랑했어. 행복하길 바래…….


카슨의 몸이 허공에 뜨는 순간 곧바로 아래를 향해 추락했다. 박쥐 떼가 급히 그의 몸에서 떨어져 나갔다. 카슨의 몸은 하얀 포말을 만들며 파도 속에 모습을 감췄다.

한적한 마을이었다.

페나인의 수도이자 위클리프 령의 중심지인 페로즈 성에서 윈저로 가는 대로 좌우로 넓게 펼쳐진 평야와 함께 윈드 마을이 자리 잡고 있었다.

멀리 윈드 성의 두툼한 성곽이 보이는, 대로에서 가깝게 위치한 촌장집 앞에 다섯 마리의 말이 서 있었다. 그리고 그 위에는 다섯 명의 기사가 늠름하게 앉아 있었다.

그들 다섯 명이 들고 있는 방패 위에는 똑같은 모양의 문장이 그려져 있었다. 쿼터드 문장의 첫 번째와 네 번째에 피닉스(페나인 왕가의 상징)가 새겨져 있었고 두 번째에 창을 든 기사(챔피온, 친위대의 상징)의 문장이 있었다. 그것만으로도 충분히 친위대의 기사들임을 한눈에 알아볼 수 있었다. 거기에 뒤에 서 있는 네 사람의 세 번째 문장은 똑같은 세 자루 은빛 창이 그려져 있었지만 앞에 있는 남자의 방패에는 한 자루 금빛 창이 새겨져 있었다.

앞에 서서 촌장을 굽어보는 남자는 거구의 몸에서 뿜어 나오는 위압 감과 더불어 머리부터 발끝까지 온통 검은색으로 치장된 모습에서 긴 장감이 표출되고 있었다. 문장에 그려진 금빛 창(친위대의 직위를 나타 냄)에 어울리지 않을 정도로 젊은 청년이었다.

그는 친위대의 흑기사, 키렌이었다.

키렌은 피로한 기색으로 낮고 건조한 음성이었지만 정중하게 촌장 을 향해 물었다.

"혹시 이 마을에 수상한 청년이 지나가진 않았습니까?"

촌장은 고개를 빳빳이 세우고—이렇게 해도 키렌의 어깨를 겨우 볼 수 있을 뿐이었지만—앞에 있는 기사를 쳐다봤다. 마을의 촌장이라곤 해도 평민인 그가 쿼터드의 문장을 제대로 알아볼 리는 없었다. 다만 피닉 스의 문장을 보고 그저 왕가의 기사쯤 된다고 미루어 짐작할 뿐이었다. 그리고 그것만으로도 앞에 있는 기사들이 얼마나 대단한 자들인지 깨 달았다.

얼른 고개를 숙여 말과 시선을 맞추며 촌장은 고개를 갸웃했다.

"수상한 청년이라굽쇼?"

"그렇습니다. 나이는 십대 후반에서 이십 대 초반까지로 여행을 하 는 듯한 차림새이고 이 근처에서 보지 못했던 청년일 겁니다. 혹시 그 런 소문을 접해본 적 없습니까?"

"전혀……."

대답을 하려던 촌장은 물끄러미 뒤편의 기사들을 쳐다봤다. 그리고 얼른 고개를 들어 기사를 향해 외쳤다.

"처음 보는 청년들이라면 세 명 정도 있습니다."

"본 적이 있습니까? 언제 지나갔습니까? 어디로 가던가요?"

키렌은 황급히 촌장을 다그쳤다. 그러자 촌장은 손을 들어 뒤편의 기사들을, 아니, 그들 뒤의 대로를 가리켰다.

"어디로 갈지는 아직 모르겠지만, 지금 막 처음 보는 청년들 셋이 마을로 들어오고 있는뎁쇼."

키렌을 포함해 네 명의 기사들은 촌장이 가리키는 방향으로 황급히 몸을 돌렸다. 그들 눈에도 세 명의 청년이 마차 위에 앉아 마을로 들어서는 것이 보였다.

고삐를 쥐고 있는 까만 머리에 이상한 복장의 구릿빛 청년과 그 옆에 갈색 머리의 지저분한 청년, 그리고 마차 뒤에서 두 사람 사이로 고개를 내밀고 이야기를 나누는 금발의 청년이 보였다.

햇살에 반사되어 눈부시게 빛나는 금발!

레온이었다.

"레온!"

반가운 마음에 키렌은 손을 들어 그들을 불렀다.

그들도 곧 이쪽을 알아봤는지 레온이 두 손을 번쩍 쳐들고 외쳐 대기 시작했다.

"혀어어어어어엉—!"


각자의 볼일을 마친 후 친위대와 상인들은 사이좋게 마을을 떠났다. 물론 사이가 좋은 것은 키렌과 레온뿐이었지만.

"언제 여기에 도착한 거야?"

"방금 전. 너흰 벌써 지나갔을 줄 알았는데 이제야 오는 거냐?"

“아~! 콘버드 대공께서 무척이나 대접을 잘해줘서 며칠 묵었어. 덕분에 위클리프의 전체적인 시세를 조사할 수 있었지. 물론 페로즈는 완벽에 가까워.”

“그런 건 묻지 않았어.”

약간 얼굴을 찡그리며 키렌은 대꾸했다.

그의 퉁명스런 말투에 알의 어깨가 움츠러들었다. 길 위에서 세 번씩이나 마주쳤지만 여전히 그는 알에게 호감을 보이지 않았다. 고삐를 쥔 알은 조심스럽게 마차를 몰고 있었다. 그 뒤로 네 명의 기사가 담담한 표정으로 따르고 있었다.

“마차 안의 이것들은 다 뭐냐?”

레온이 앉아 있는 뒤로 열몇 개의 상자가 놓여져 있었다. 언뜻 보기에도 돈 상자가 분명한데 그 수량이 의외로 많은 것에 키렌은 궁금했다.

“콘버드 대공께서 주신 거야.”

“뭐? 그럼 이거 다 돈이란 말야?”

“반은 돈이고 반은 보석으로 주셨습니다.”

알의 대답에 키렌은 다소 놀란 듯 고개를 갸웃거렸다.

“대체 이 많은 돈을 어떻게 받을 수 있었던 거야?”

6돌격 기병단에 둘러싸여 있는 레온 일행을 구할 때 공녀를 보긴 했지만 무슨 연유로 그곳에 있었는지 키렌은 정확히 알지 못했다. 왜냐하면 귀족의 일에 대해 나서서 묻는 것도 실례거니와 그런 일을 궁금해하지도 않는 성격이었고, 지금도 그렇지만 당시에 그에겐 엄청난 문제를 안고 있었기 때문에 다른 일은 눈에 들어오지도 않았었다.

레온의 설명이 이어지자 키렌은 다소 눈을 동그랗게 뜨며 귀 기울여 듣고 있었다. 콘버드 가문과 칼버딘 가문이 정략결혼을 하려 했다는 말이 충격적이었고, 공녀가 스스로 성을 빠져나와 마차에 몸을 맡겼다는 점도 놀라웠다. 그리고 그 보답으로 대공으로부터 받은 돈이란 설명에 키렌은 고개를 끄덕였다.

"그런 것치고는 좀 많군."

"귀족이기에 가능하겠죠."

알이 조심스럽게 입을 열었다.

"귀족이라서?"

"네, 대개의 귀족 분들은 금전에 대한 관념이 적으니까요."

그 말에 키렌은 콧방귀를 뀌며 차갑게 대꾸했다.

"레온 때문이겠지."

"네?"

뜻밖의 대답에 알은 키렌을 똑바로 쳐다봤다. 대공의 사례금이 많은 것이 레온 때문이라니, 영문을 모를 말이었다.

"귀족이 금전에 대한 관념이 적다는 건 그대 말대로 사실일지도 모르지. 하지만 그 어떤 귀족도 평민 따위에게 백만금을 쉽게 안겨주지는 않아. 분명 레온의 얼굴을 보고 돈을 안겨준 것이 분명해. 정확하게는 레온이 아니라 레스터 가문에게 보내는 선물이겠지만."

그리고 키렌은 어깨를 으쓱하며 냉소를 지었다.

"그렇다 해도 콘버드 대공도 어리석군. 이 돈이 정확하게 아버지 앞으로 갈 거라고 생각했다니 말이야. 나중에 사실을 알고 나면 꽤나 땅을 치겠는걸?"

키렌의 혼잣말을 듣고 있던 알은 금세 고개를 저었다. 그의 행동이 못마땅한 키렌이 그를 노려보자 곧 레온이 나섰다.

“미안하지만 형, 대공께선 내가 귀족 출신이란 건 알고 있지만 아버지, 공작의 아들이란 사실은 모르고 있어.”

“엇?”

“어쨌든 파문당한 입장이잖아. 그런 거 떠들고 다닐 순 없었어. 그러니까 저건 모두 사례금이 맞을 거야. 그리고 마리오네가 대공 몰래 챙겨준 것도 있어서 많은 것일 뿐이야.”

“흠흠, 그러냐?”

머쓱해진 키렌이 헛기침을 하며 말을 돌리자 레온도 더 말하지 않았다.

“그런데 형, 혹시 캐러디안 숲에 이는 사람 있어?”

마침 기회라고 여긴 레온이 궁금하게 여겼던 것을 물었다. 그러자 키렌은 정색을 하며 레온을 바라봤다.

“캐러디안?”

“응…….”

키렌의 얼굴이 굳어지더니 목소리를 죽여 은근하게 되물었다.

“캐러디안의 산적들에 대해 아냐는 거야?”

“응.”

이상함을 느낀 레온도 목소리를 죽여 다른 사람이 듣지 못하게 했다.

“그 녀석들은 왜?”

“일전에 콘버드에 갔을 때 제프와 키리모아란 사람을 봤는데 그들의 검술이 형하고 비슷한 거 같았거든. 그들 두 사람 모두 캐러디안의 로딘에게서…….”

“로딘!”

키렌의 억양이 약간 틀어졌다.

"그 녀석이 거기에 있단 말야?"

"응. 아는구나? 역시 그들에게 검술을 가르친 사람은 형이었지?"

"뭐?"

키렌은 의아한 듯 레온을 빤히 쳐다봤다. 그의 표정이 정말 모르는 것 같았기에 레온은 당황했다.

"어째서 내가 그들을 가르쳤다는 거야?"

약간 불쾌한 표정으로 키렌이 퉁명스럽게 물었다.

"로딘은 가문의 검법을 알고 있었어. 뿐만 아니라 제프는 쌍검을, 키리모아는 거검을 사용하는데 내 생각엔 형과 비슷한 점이 많았거든. 그래서 형이 가르쳤을 거라고 생각했어. 우리 가문에서 쌍검에 중검을 무기로 사용할 수 있는 사람은 형뿐이잖아?"

"그게 왜 나뿐이야."

키렌은 고개를 저었다.

"네가 잘못 알고 있구나. 그들에게 검을 가르친 사람은 카슨 형이야."

"카슨 형이?"

이번엔 레온이 놀라 눈을 동그랗게 떴다.

"그래. 형의 검술에 대한 재능이 얼마나 대단한지 넌 모르는 모양이구나. 사실 나의 검법도 혼자만의 독창적인 것이 아냐. 형에게 지도받은 부분도 있었지."

그렇게 대답한 키렌은 턱을 쓰다듬으며 혼잣말처럼 중얼거렸다.

"로딘 녀석은 캐러디안에 있었구나. 어쩌면 하이렌 형도 알고 있었을지도 모르겠군. 그래서 그쪽 숲에 토벌대를 보내지 않는 건지도 몰라."

"에에?"

무슨 소리인지 더 더욱 모를 말에 레온은 머리를 긁적였다. 키렌은 곧 설명을 덧붙였다.

"물론 카슨 형이 부탁한 거겠지만… 음, 넌 카슨 형과 로딘이 어떤 관계인지 모르지?"

"물론 몰라."

궁금하면서도 왠지 물어선 안 될 것 같다는 생각에 레온은 빤히 키렌을 쳐다보기만 했다. 물론 대답해 달라는 무언의 응석도 덧붙여서.

"캐러디안 일행 중에 혹시 스레이라는 음유 시인은 없었어?"

"어?"

뜻밖의 질문에 레온의 눈이 더욱 커졌다.

"역시 있었군. 로딘, 제프, 키리모아, 스레이는 원래 돌격 기병단 출신이야. 4년 전까지만 해도 카슨 형 휘하의 맹장이었을 거야."

"그럼 왜 지금은 산적이 된 거야?"

"그건 말하기 곤란한데… 사실 나도 자세한 것은 모르는데, 혹시 너, 카슨 형이 언제 단장이 되었는지 알고 있어?"

"아니, 엥? 그럼 카슨 형은 원래 단장이 아니었던 거야?"

키렌은 눈살을 찌푸리며 레온을 흘겼다. 아무리 뛰어난 기사일지라도 미천한 경험으로 단장의 자리에 앉는다는 것은 불가능했다. 레온이 이런 지극히 당연한 것조차 모르고 있다는 것에 키렌은 인상을 찌푸렸다.

"이건 군부에서도 쉬쉬하는 것 중에 하나인데, 사실 돌격 기병단의 전 단장은 로딘에게 죽임을 당했어."

"에?"

레온의 목소리가 순식간에 커졌다. 일순 모두가 돌아봤지만 레온은 곧 미소를 지으며 고개를 꾸벅했다. 모두 이쪽을 의식하지 않는다고 판단할 때쯤 레온은 다시 키렌을 향해 입을 열었다.

"대체 왜?"

"그건 나도 자세하게 몰라. 돌격 기병단에서 아무도 얘기를 안 했거든. 내 짐작엔 당시 단장은 부하들의 신뢰를 얻지 못했던 것 같아. 그리고 그 일을 저질렀던 로딘은 자신의 부하 셋과 함께 수도를 빠져나가 어딘가 사라지고 말았지. 어쩌면 형이 뒤에서 손을 쓴 것이겠지만. 아니, 지금에 와서 생각해 보니 확실히 형이 도운 것이 분명해. 그 후에 형은 단장이 되었고 로딘은 현상금이 붙은 채 잡히지 않았지."

"몰랐어… 그런 일이 있는 줄은……."

"나도 친위대에 갓 들어간 때라서 자세하게 알지는 못해. 대충 그렇다는 거지. 한데 녀석은 거기에 있는 거야?"

"어, 어어……."

"흐음… 그렇군. 로딘을 거기에 숨겨놨던 거로군."

혼잣말을 중얼거리는 키렌 옆에서 레온도 걱정스런 표정을 지었다. 괜히 말한 것은 아닐까 염려스러웠다. 로딘이 상관을 죽이고 도주한 죄인이라면 마스터의 경지에 이르고도 숨어 사는 이유는 당연했다. 그리고 친위대의 기사인 키렌으로선 사실을 알고도 모른 척할 리가 없다. 하이렌이라면 능히 사실을 알면서도 숨길 수 있겠지만 키렌은 입장이 전혀 달랐다.

그런 점을 생각한 레온은 불안함을 가득 실어 키렌을 바라봤다.

키렌도 그의 눈빛의 의미를 알아챘는지 싱긋 웃었다.

"걱정 마, 지금 내 일만으로도 벅차니까. 그리고 형이 일부러 숨겨준 것 같은데 내가 잡으러 갈 필요는 없잖아?"

"응, 형!"

레온도 안심을 했는지 활짝 미소를 지었다.

두 사람의 대화를 지켜보던 수요가 문득 웃으며 알에게 귓속말을 건 넸다.

"저 두 사람은 오물거리며 잘도 말하네. 무슨 비밀이 저렇게 많담."

"신경 꺼, 수요. 그리고 우리 얘기하는 것도 두 사람에겐 다 들린단 말야."

"알면서 그런 거야."

수요는 쾌활하게 웃으며 목청을 높였다.

알의 짐작대로 수요의 말을 키렌도 들었다. 그리고 보니 길을 가는 동안 두 사람만 대화를 한 꼴이라 키렌은 머쓱한 표정을 지었다. 그리 고 짐짓 마차를 둘러보는 척하며 화제를 바꿨다.

"한데 상인이라면서 어째 물건은 하나도 없어?"

"응. 원래의 계획은 들르는 곳마다 물건을 구입해서 다음 마을에서 팔려고 했는데……."

"경비를 아껴보려는 생각이었습니다만, 보다시피 의외의 수입이 있 어서 경비 걱정을 덜게 되었죠. 물론 지금은 마차에 실을 수 있는 양이 적다는 것도 있구요. 그리고 매매보다는 장부 작성에 비중을 둔 여행 이니까 큰 걱정은 없습니다. 그래서 차라리 여행 기간을 단축하는 방 향으로 나가보려구요."

알의 입에서 전문적인 용어가 튀어나오자 키렌은 당황하였다. 기사인 그로선 상인의 일에 대해 알 리가 없었다. 단순하게 화제를 바꾸려던 것뿐이었는데 알이 진지하게 답변하자 대꾸할 말을 잃었다.

"…장부란 건 뭐지?"

키렌의 입에서 어렵게 한마디가 튀어나왔다. 물론 궁금했다기보다는 대화를 끊어지지 않게 하려는 발악에 가까웠다.

"각 지역의 특산물에 대한 기록이야. 물론 그 지방에서 생산되는 물건들도 빠짐없이 조사하고 있어. 돌아가면 이걸 토대로 각 지역마다 어떤 것을 팔 것인지 결론 낼 수 있으니까."

"그런 걸 해야 장사할 수 있는 거야?"

고개를 갸웃하며 반문하는 키렌이었다.

"지금까지 종합적으로 판단한 것으로 레스터는 치즈와 모직물, 가죽에 강세입니다. 모두 목축에 관련된 것들이죠. 반면에 콘버드나 위클리프는 밀, 공예품, 향료, 주류 같은 것들에 강하죠."

알의 구체적인 설명을 들으면서도 키렌은 도무지 쉽게 알 수가 없었다.

"그래서?"

"간단해요. 레스터의 치즈나 모직물을 싸게 사서 콘버드나 위클리프에 비싸게 팔고, 대신 밀이나 공예품을 싸게 사서 레스터에서 비싸게 파는 거죠."

수요가 싱글거리며 대꾸했다.

"그런 간단한 걸 이렇게 여행하면서까지 조사할 필요가 있느냔 질문이다."

수요의 대답이 놀리는 것 같아 불쾌해진 키렌은 퉁명스럽게 말했다.

"간단해 보이지만 또한 간단하지 않기 때문입니다."

알은 헛기침을 하며 목을 가다듬었다.

"실제로 그 지역에서 얼마나 소비할지에 대해서도 면밀히 조사해야 하기 때문입니다. 모직물 같은 보존이 간편한 것은 상관없겠지만 음식물은 오래 두면 상하니까요. 물량이 모자라서도 남아서도 안 되죠."

"흐음, 그런가?"

알 듯 말 듯한 표정을 지으며 키렌은 고개를 끄덕였다. 기실 그는 제대로 이해하고 있지는 않았다. 다만 설명이 길어지면 더욱 복잡해질 것 같아 아예 말문을 막을 생각에 고개를 끄덕인 것뿐이었다.

그때 뒤에서 따라오던 기사 중에 한 명이 나서며 물었다.

"하면 스고우엔 무엇을 가져가 팔 생각이지?"

뜻밖의 질문에 레온을 비롯해 모두들 그를 돌아봤다.

키렌을 따라다니는 친위대의 젊은 청년이 궁금한 표정으로 그를 바라보고 있었다. 키렌은 문득 그의 출신을 떠올리고 고개를 끄덕였다.

"그렇군. 거너와 알란은 스고우 출신이었지?"

"그렇습니다, 대장."

막 질문을 했던 청년 거너가 머리를 긁적이며 웃었다. 레온 일행은 키렌 일행과 지금껏 세 번이나 마주치고도 아직 통성명도 하지 않았다. 편하게 대화하며 식사를 주고받은 것치곤 서로의 이름도 모르고 있다는 사실에 머쓱해진 일행은 그제야 인사를 나누기 시작했다.

"자네들의 이름은 다 알고 있어. 알과 수요, 레온이었지? 우린 거너와 알란, 앤더슨과 윌이라고 해."

"앤더슨과 윌은 레스터 출신이야. 모두들 나의 심복이지."

어깨를 으쓱하며 자랑스럽게 키렌은 말했다.

거녀의 질문에 알은 짐짓 생각을 거듭하며 대답했다.

"스고우는 자세한 조사를 하지 못해 잘 모르겠습니다만, 전에 갔을 때 느낀 점은 좋은 양모를 가지고도 좋은 모직물을 만들지 못했다는 겁니다. 제 추측에 불과하지만 어쩌면 스고우는 기술적으로 낙후되지 않았나 하는 생각입니다. 만약 그렇다면 레스터와 비슷한 환경으로 인해 비슷한 물건을 생산하는 스고우야말로 레스터의 최대 경쟁 상대가 되겠지요."

"호오, 그렇게 되나?"

거녀는 호탕하게 웃었다. 뒤를 이어 알란도 한마디 했다.

"그래서인지 어떤지는 모르겠지만 난 그래도 레스터의 치즈가 더 좋아. 냄새도 좋고 맛도 좋거든."

"아직은 레스터가 우위지만 기술력이 뒷받침된다면 후일은 어찌 될지 알 수 없다는 거죠."

알도 미소를 지으며 고개를 끄덕였다.

그렇게 환담을 나누며 일행은 다음 마을까지 행군을 해 나갔다.


각자의 일이 다른 것과 마찬가지로 속도에 있어서도 큰 차이가 있었던 일행은 다음 마을에서 헤어졌다. 친위대의 기사들은 수소문을 끝낸 후에 서둘러 다음 마을로 이동을 했고 레온은 천천히 마차를 몰며 여행을 계속했다.

떠나기 전에 키렌은 몇 마디 당부의 말을 잊지 않았다.

자신들은 윈저의 마법사 학회에 들를 계획이니 만약 레온이 서두르면 윈저 성에서 다시 만날 수 있을 거라는 것과 윈저의 남부 해안에서 카슨이 기다리고 있다는 것에 대해서였다.

물론 레온도 곧바로 따라가겠다고 약속했지만 지켜지지는 못했다.

윈저 령으로 들어서면서 의외로 바빠진 탓이었다. 상업 장려책을 쓰는 윈저 대공의 정책적인 힘도 있었겠지만 윈저는 지금껏 콘버드나 위클리프에선 볼 수 없었던 번화함이 있었다. 그것은 어느 특정 마을에 국한된 것이 아니었다. 콘버드의 콘월 마을이나 페로즈 성의 페론 마을처럼 영지의 중심 마을에서나 있을 번화함이 윈저에는 전체적으로 퍼져 있었다.

그 마을의 특산물은 물론 타지의 특산물, 심지어는 해외에서 들어온 듯한 것들도 있었다. 그저 물건이 많기만 한 것도 아니었다. 사는 사람도 파는 사람도 넘쳐흘렀고 그들 모두 활기가 있었다. 윈저에서 상업을 장려하는 것이 어느 정도 수준인지 확실히 실감할 수 있었다.

그리고 덕분에 세 사람은 윈저 성에 도착할 때까지 무척 바쁘게 뛰어다녀야만 했다. 그 마을의 특산물을 조사하고 어떤 것들이 있으며 어떤 것들이 잘 팔리는지, 각 상품의 시세와 소비량을 알아봐야 했다. 평소에 해왔던 것과 다름없지만 다양한 품목과 종류가 구비되어 있는 탓에 조사하는 것만으로도 만만치 않은 힘이 들었다. 거기에 해외에서 들어온 생소한 물건의 쓰임새도 알아둬야 했기에 세 명만으로도 벅찰 지경이었다.

그 덕분에 레온은 형과의 약속을 하나도 지키지 못했다. 남부 해안 도로를 따라가는 길에 항구에 들렀을 때는 카슨은 이미 그 전날 떠난 후였다.

항구 마을은 지금껏 지나온 마을과는 또 달랐다. 근 석 달 동안 배를 몽땅 차출당한 상태에다가 근처의 초지와 평원까지 군단이 주둔했던 탓에 지금까지의 윈저의 마을과는 어울리지 않게 침체된 분위기를 띄었다.

덕분에 세 사람은 다소 평온한 하루를 맞이하게 되었다.

"우와~!! 여기서도 바쁜 하루를 보냈다면 미쳐 버렸을지도 몰라!"

수요의 발악에 가까운 외침이었다.

이들 셋은 현재 바다가 훤히 보이는 마을의 초입에 서 있었다. 아침 일찍 도착한 마을에서 세 사람은 여관을 잡고 곧장 뿔뿔이 흩어졌었다.

레온은 혹시나 하는 마음에 항구로 달려가 형을 찾았고 알은 마을을, 수요는 항구로 나눠져 각자 조사를 실시했다. 하지만 의외로 항구의 한산함과 더불어 일을 쉽게 끝나는 바람에 방금 여관 방을 해약하고 마을을 떠나려던 참이었다.

"사실은 이곳이 제일 중요한 곳이란 말야. 윈저 성만큼 중요했어."

다소 걱정스런 말투로 알이 대꾸했다.

"어째서?"

마차 바닥에 누워 기지개를 펴던 수요가 벌떡 몸을 일으켜 알을 노려봤다. 아무래도 그로선 '중요했다' 란 말이 '바빠야 했다' 란 말과 똑같이 들렸다. 그리고 바쁘지 못해 아쉽다고 이해했기 때문에 알을 무섭게 째려보고 있었다.

그의 시선엔 아랑곳하지 않은 채 알은 힐끔 옆에 앉은 레온을 쳐다봤다. 형을 만나지 못했기 때문인지 그의 어깨는 축 늘어져 있었다. 평소의 낙천적인 모습과는 너무 달랐던 탓에 신경이 쓰였다. 수요가 두 번에 걸쳐 소리를 질러대며 재촉하자 알은 한숨과 함께 자초지종을 설명하기 시작했다.

"항구이기 때문이야. 페나인에서 외국 상품들이 들어오는 곳이 바로 이곳이기 때문이지. 지금까지 콘버드의 콘월 마을과 위클리프의 페론 마을을 상세하게 조사한 것도 중심지이기 때문이야. 중심을 파악하면 주변의 것들도 자연히 알게 되는 것과 같은 이치이지. 그리고 윈저의 중심은 여기 항구와 윈저 성이 되는 거야."

"호오, 그렇군."

이해력이 빠른 수요는 금세 고개를 끄덕였다.

알은 슬쩍 레온의 옆구리를 찌르며 다정한 말을 건넸다.

"형을 못 봐서 우울한 거야? 기운 좀 내."

"아니, 그냥… 뭐랄까, 기대했던 것이 깨져서 침울한 것뿐이야. 곧 괜찮아질 테니 너무 염려하지 마."

말은 그렇게 했지만 레온은 전혀 나아질 기색이 아니었다.

알은 고개를 저으며 묵묵히 마차를 몰아 마을을 벗어나기 시작했다. 그런 그들 앞으로 한 명의 중년 기사가 모습을 드러냈다.

마을로 막 들어가려는 것인지 그는 말 위에 몸을 실은 채 느긋하게 다가오고 있었다. 허리춤에 찬 검만이 '난 기사다!' 라고 외치고 있을 뿐이었지 그의 외모는 전혀 기사답지 않았다. 타고 있는 말도 비쩍 말라 당장 쓰러질 것 같았고 입고 있는 옷도 그다지 깨끗한 편이 아니었다. 소매에 짧은 레이스가 달린 것으로 '원래는' 제법 괜찮았을 옷이 었겠지만 너무 오래 입었던 탓인지 '지금은' 많이 낡아서 보기 흉하지 않을 정도에 불과했다.

다만 눈썰미가 좋은 알은 단번에 이 옷감이 외국에서 들어온 '실크' 라는 것임을 알아봤다. 이미 윈저에 들어서면서 그 부드러움과 질김에 충분히 감탄한 알이었다. 기사의 옷이 실크로 만들어졌다면 비록 추레해 보일지라도 결코 평범한 기사는 아님이 분명했다.

알은 곧 마차를 비켜서서 기사가 지나갈 수 있도록 했다.

기사는 천천히 다가온 후에 슬쩍 마차를 쳐다본 후 고개를 갸웃하며 물었다.

"혹시 알과 레온 상회의 상인들이 아닌지……."

"맞습니다만……?"

"이거 제대로 찾아왔군."

중년의 기사는 빙그레 미소를 지으며 친근한 어투로 말했다.

"내 이름은 행크 베이머라고 하네. 자네들을 만나고 싶어하는 분이 있는데 함께 가줄 수 있겠나?"

"네? 저희들을 말입니까?"

낯선 곳에서 낯선 사람으로부터 부름을 받았으니 알과 레온은 깜짝 놀랐다. 행색이 초라함에도 불구하고 비굴하지 않으면서 얼굴에 기품이 흐르는 것이 결코 거짓을 말하는 것 같지는 않았다. 그렇다 해도 뭣 모르고 따라갈 수는 없는 일. 알은 정중하게 다시 물었다.

"저희에 대해서 어떻게 아십니까?"

"레스터의 상인이라고 알고 있소. 포란을 거주로 하여 한창 기세를 올리고 있으며 그 대표는 두 명. 포란 출신의 알 베자스가 그 한 명이고 레스터 가문의 오남인 레온 레스터가 그 두 번째. 현재 전국을 상대로 커 나가기 위한 발판으로 시장 조사를 하는 중으로 콘버드를 시작으로 위클리프를 지나쳐 윈저에 도착하지 않았소?"

행크의 말에 세 사람은 입을 다물지 못했다. 너무나도 정확한 조사에 놀란 것이었다. 특히 비밀로 쉬쉬하는 내용인 레온의 정체에 대해서도 말했기 때문에 일순 대꾸할 말을 잃었다.

세 사람이 묵묵히 바라보고만 있자 행크는 헛기침을 하며 번갈아 쳐다봤다.

"더 물을 말이 있소?"

그제야 정신을 차린 알이 다시 물었다.

"우릴 부른 분은 누구십니까?"

"그건 말할 수 없소… 라기보다는 그 편이 재미있지 않겠소? 하여간 해를 끼치려는 것은 아니니 안심하고 따라오시오."

"잠시 의견을 나눌 시간을……."

"좋을 대로."

행크는 고개를 끄덕인 후에 한 옆으로 비켜섰다. 맘 놓고 의논할 수 있도록 배려하는 것이다. 그가 일정한 거리로 떨어지는 것을 지켜보던 레온은 얼른 속삭이듯 물었다.

"어떡하지, 알?"

"부르는데 가봐야지."

"누군지 모르잖아?"

수요 역시 걱정스러운지 인상을 찌푸렸다. 그러다가 알이 너무 태연한 것 같다고 여겼는지 고개를 갸웃하곤 그를 쳐다봤다.

"누구인지 짐작 가는 사람이라도 있어?"

"아니, 없어."

"한데 왜 그렇게 태연해?"

"태연할 수밖에."

"왜?"

레온도 눈을 동그랗게 떴다.

그러자 알은 팔짱을 낀 채 진지하게 대꾸했다.

"저 기사가 누구인지는 모르겠지만 우리에 대해 상세하게 조사한 것만은 틀림없어. 그리고 조사 중에 레온이 레스터 가문과 상관이 있다는 것을 알았을 거 아냐? 그걸 알고서도 우리에게 해를 끼칠 만큼 용기와 실력을 겸비한 사람이 몇이나 있겠어?"

곧 수요가 알의 생각을 알아챘다.

"그렇군. 저쪽이 접근한 것이 결코 해는 안 될 것이다, 이런 얘기지?"

"그래."

알은 고개를 끄덕인 후에 레온을 바라봤다.

"게다가 레온은 마스터야. 물론 저들은 그것도 알고 있겠지."

"과연, 과연."

수요는 연신 고개를 끄덕였다. 그리고 덧붙여 주의를 주었다.

"하지만 윈저는 마법사들이 강세라는 걸 잊지 마. 레온은 마법사와의 전투는 약하잖아?"

"아냐! 경험 부족일 뿐이야!"

발끈하며 레온이 소리쳤다.

소리가 컸던 탓에 멀찍이 떨어져 있던 행크가 돌아본다. 세 사람은 서둘러 아무것도 아니란 손짓을 한 후에 다시 머리를 맞대었다.

"그것도 감안해야겠는걸?"

"이봐, 레온. 저 기사는 어때? 어느 정도의 능력을 지녔는지 알 수 있겠어?"

"마나를 사용하지 않는 상태에서는 보는 것만으로 능력을 짐작할 수 없어. 아무리 마스터라도."

툴툴거리며 대답한 레온은 흘깃 기사를 쳐다본 후에 고개를 저었다.

"하지만 내 생각엔 나이트 급 이상은 아닐 것 같아."

"헤에, 그럼 약한 거잖아?"

"그건 기사들끼리 얘기지. 너나 내가 상대라면 얘기가 또 다르지."

알은 수요를 향해 빈정거린 후, 결심한 듯 몸을 돌려 기사를 향했다.

"행크 경, 우린 당신을 따라가기로 결정했습니다."

그때까지 이쪽의 얘기엔 관심없다는 듯한 태도로 하늘을 쳐다보던 행크는 비로소 미소를 지으며 가까이 다가왔다.

"그럴 줄 알았소. 자, 그럼 출발하두록 하지."

마치 이렇게 될 줄 알았다는 태도였다. 순간 의심이 부적 든 알이 그의 눈을 쳐다보며 물었다.

"대체 어디로 가는 겁니까? 얼마나 멀지요?"

"그런 건 가보면 차차 알게 되는 것이고… 멀지는 않소. 반나절 거리면 될 테니까."

행크는 대꾸와 함께 앞장서서 길을 가기 시작했다.

그의 초연한 듯한 태도는 마치 일행을 '꼭' 데려갈 필요는 없다는 것처럼 보였다. 그렇지만 그에게서 느껴지는 궁금증을 거부하지 못한 채 마차는 곧 그를 따라가기 시작했다.

마을을 벗어나 항구를 등진 채 북쪽으로 가는 길을 택했을 때 수요는 신음하듯 중얼거렸다.

"어디로 가는 건지 알 것 같아."

그의 말에 알과 레온은 황급히 그를 쳐다봤다. 그의 대답을 재촉하는 눈빛에 수요는 자신없는 듯 천천히 대답했다.

"이 길은 아마 윈저 성으로 가는 걸 거야."

"윈저 성?"

두 사람의 목소리가 컸던 탓에 다시 행크가 슬며시 이쪽을 돌아보고 있었다. 서둘러 세 사람이 방긋 미소를 지으며 손을 내저었다.

"아무것도 아닙니다, 행크 경."

행크는 고개를 끄덕이며 다시 앞으로 눈길을 돌렸지만 이미 그의 귀는 이쪽을 향해 활짝 열려 있었다. 세 사람의 미소에 어색함이 담겨 있다는 것을 눈치 챈 것이다.

그런 것도 모른 채 세 사람은 여전히 대화를 나누기 시작했다.

"난 이곳 출신이 아냐. 그러니 정확하게 맞는지 아닌지는 모르겠지만, 윈저는 교통이 발달되어 있다고 들었어. 넓고 큰 길이 많다고 말야. 그리고 그 길의 대부분이 윈저 성에서 시작된다고 알려져 있어."

"항구에서 윈저 성으로 가는 길이 이거란 얘긴가?"

"윈저 성은 윈저 령에서 보자면 항구 쪽에 가까워. 남부 지방에 위치하고 있다는 얘기야. 항구에서 북쪽으로 달려갈 때 제일 먼저 만날 수 있는 것이 윈저 성이란 얘기지. 그걸 미루어 짐작컨대 우리가 지금 가고 있는 곳은 윈저 성이 아닐까 추측한 거지."

수요의 설명에 레온은 진지하게 고개를 끄덕였다.

"그렇다면 우릴 초대한 사람은……?"

"이 길을 간다고 해서 꼭 윈저 성이라고 단정할 수는 없겠지."

어느새 뒤쪽을 돌아보며 행크가 한마디 던졌다.

갑작스럽게 그가 대화에 끼어들자 세 사람은 입을 다물었다. 행크는 알 듯 말 듯한 미소를 지은 채 애매한 얘기를 꺼냈다.

"이 길이 윈저 성으로 가는 것은 맞지만 우리의 목적지가 윈저 성이라고 단정할 수는 없다는 얘기야. 윈저 성 주위로 그대들은 상상할 수 없을 정도의 것들이 모여 있으니까."

"…어떤 것이 말입니까?"

의아함과 답답함, 그리고 궁금증이 치민 알이 질문했다. 그러나 행크는 여전히 시원한 답변을 해주지 않았다. 그저 어깨를 으쓱하고는 다시 앞으로 시선을 돌릴 뿐이었다.

알은 훨씬 작은 목소리로 레온을 탓했다.

"마스터는 아니라며? 한데 어째서 우리 얘기를 엿들을 수 있는 거지?"

"우리의 목소리가 좀 컸는지도 모르잖아?"

"맞아. 내가 알기론 윈저에 마스터는 없어."

그렇게 대답한 수요는 곧 정정하듯 한마디를 덧붙였다.

"기사들 중에는!"

그가 알기로 레스터에 거주하는 마스터는 한 명뿐이었다. 현 영주 대리인인 하이렌 백작이 유일한 레스터의 마스터였다. 하지만 그가 알고 있던 것과는 달리 벌써 두 명의 알려지지 않은 마스터가 있었다. 여기 있는 레온과 캐러디안 숲의 로딘의 존재가 바로 그들이었다.

그들 두 사람은 기사가 아니었다. 만약 기사였다면 수도로 차출되었을 가능성이 높았고 이름이 알려지지 않을 수 없었을 것이다.

역으로 만약 눈앞에 있는 기사가 진짜 윈저의 기사라면 마스터의 경지에 이른 채 알려지지 않을 수는 없다고 수요는 생각했다.

세 사람이 머리를 맞댄 채 행크의 정체에 대해 추론하고 있을 즈음, 알면서 모르는 척하는 것인지 정말 모르는 것인지 행크는 묵묵히 앞서

나가고만 있었다.

야트막한 언덕을 올라선 그는 뒤쪽으로 돌아서서 일행을 기다렸다. 그리고 손을 들어 전방을 가리키며 소리쳤다.

"다 왔소!"

언덕 위에서 내려다보이는 풍경에 세 사람은 말문이 막히고 말았다.

거대한 성이 보였고 그것을 둘러싼 마을이 나타났다. 한눈에도 윈저 성임을 눈치 챌 수 있을 정도로 오래된 고성이었다. 그렇지만 세 사람이 놀란 것은 결코 성 때문이 아니었다. 그 주위로 빽빽하게 들어선 마을의 규모 때문이었다.

색색의 지붕들이 오밀조밀 모여 있었는데, 그 수가 많은 것이 윈저 성을 중심으로 얼마나 많은 사람이 살고 있는지 짐작도 할 수 없을 정도였다. 게다가 수도인 페론에서 대건물이라고 하면 으레 상급 귀족의 저택을 꼽을 수 있는데 윈저는 그 저택을 능가할 정도의 건물이 군데군데 세워져 있었다.

윈저가 아무리 오랜 역사를 지녔다고 해도 수도에 버금갈 만큼의 상급 귀족을 보유하고 있지는 못할 것이다. 게다가 그 귀족들이 사이좋게 윈저 성 주변에 모여 있다는 것도 상상하기 힘들었다.

또한 종종 마을 외곽에 지어지는 큰 건물로 신전을 들 수 있는데 반해 이 마을은 대건물이 모두 마을 안에 지어져 있었고 신전과는 전혀 다른 엄숙함이 깃들여져 있었다.

마을의 또 하나의 특징은 외곽을 둘러봐도 이렇다 할 신전의 모습이 보이지 않는다는 점과 두 개의 건축물이었다. 하나는 성에 버금갈 정도로 큰 규모의 아직 지어지지 않은 성채였고, 또 하나는 십여 층에 달

하는 뾰족한 탑이었다.

　마을은 지금까지 세 사람이 보고 다닌 그 어떤 마을보다 넓었고, 높았고, 화려했다. 마을이라기보다는 왕국에 가까운 규모를 자랑하는 도시였다.

　그리고 그 마을을 가리키며 행크는 자랑스럽게 외쳤다.

　"윈저의 자랑, 꿈의 도시 브리튼에 오신 것을 환영하오!"

　도시 중심에 놓여진 성의 남문을 들어서며 수요는 투덜대고 있었다. 아닌 것처럼 꾸며대더니 결국 행크가 데려가는 곳은 윈저 성이었기 때문이었다. 물론 윈저 성을 눈앞에 두고 그곳으로 향하면서 자신들을 초대한 사람이 누구인지도 대번에 알아챘다.

　저스틴 윈저 대공!

　콘버드 가문과 더불어 페나인에서 가장 오래된 윈저 가문의 후계자, 반면에 정계는 물론 귀족 사회 어디에도 모습을 드러내지 않는 희한한 괴벽의 소유자, 귀족임에도 평민을 위한 상업 장려를 계획하고 지금의 윈저를 만든 자.

　렌베토 경의 말을 빌리자면 뛰어난 재능과 더불어 그 속을 알 수 없어 주변을 답답하게 만드는 기상천외한 대영주.

　이것이 그에 대해 세 사람이 알고 있는 사실이었다. 그리고 지금 그 귀족이면서 귀족이 아닌 저스틴 윈저 대공의 초대를 받고 그들은 성을 들어서고 있는 중이었다.

"뭐야, 결국은 이곳으로 오는 거잖아."

수요의 투덜거림이 조금 커지자 행크가 돌아보곤 고개를 저었다.

"아니오. 보다 정확하게 설명하자면 브리튼 도시로 온 것이오."

"그렇다 해도 우릴 초대한 분은 윈저 대공인 것 같은데요?"

대번에 대꾸하는 알도 고분고분한 목소리는 아니었다.

속았다는 느낌보다 '또 귀족이야?' 하는 의미가 실린 것이었지만 행크는 이내 일축했다. 그리고 지금까지와는 다른 태도로 입을 열었다.

"물론 대공의 초대였지."

그의 말투는 초연한 듯한, 무심한 듯한 지금까지의 것과는 전혀 달랐다. 근엄하면서 정중했고 자랑스러워하면서도 위압적이진 않았다. 어딘가 귀족적인 냄새가 배어 있으면서도 평민을 대하는 것에 자연스러움이 묻어 나왔다.

"당신들은 대공을 만나뵐 수 있도록 선택받은 사람들이오. 조금은 자랑스럽게 여겨도 될 텐데?"

그 말에 알은 순간 발끈하며 고삐를 잡아챘다. 말이 푸르륵거리며 멈춰 서자 알은 퉁명스럽게 소리쳤다.

"어차피 관심있는 것은 레온이겠지요? 이미 충분히 조사해서 잘 알고 있을 테니 말입니다! 마스터에 공작의 아들인 레온에게 관심이 있는 거 아니냐구요! 우린 마을로 돌아가 있을 테니 차라리 그를 따로 불러 가시죠?"

"아, 알……."

레온이 당황하여 그의 팔을 잡았다. 그러나 알은 휙 그의 손을 뿌리치고 마차를 돌리려 했다.

　알에게 있어 레온의 가세는 성공으로 가는 계기여야만 했다. 하지만 지금의 꼴은 레온을 중심으로 모든 것이 이루어지는, 말 그대로 자신은 껍데기에 불과한 존재였다. 자신의 존재 가치를 잃음으로 인해 알은 무척이나 자존심이 상했다. 상인으로서의 자부심도 흔들렸다.

　그것은 질투나 시기하는 것과는 전혀 다른 감정이었다. 요컨대 레온에 버금가는 위치를 확고히 하지 못하는 데서 오는 자기 비하에 가까웠다. 알은 레온의 동업자가 아니라 곁에서 조언이나 하는 비서와 다를 바가 없었다. 그리고 그 점을 절실히 깨닫고 있는 알이었다.

　그의 맘속에 그런 생각들이 소용돌이치고 있음에도 행크는 무심한 표정으로 그를 빤히 쳐다볼 뿐이었다. 그의 표정에 더욱 기분 나빠진 알이 빈정거렸다.

　"아니면 대공께서는 저도 보고 싶은 겁니까?"

　"물론이오."

　"에……?"

　의외의 대답에 당황한 알이 입을 벌렸다. 그러나 행크는 당연하지 않냐는 투로 반문했다.

　"당신은 상인이지?"

　"그렇습니다."

　"그것도 장래에 레스터의 상권을 쥐려는 야심에 차 있지 않소? 그런 자가 대공을 만나려 하지 않다니 이상한 노릇이군."

　"야심과 현실은 다른 것이죠. 아니, 여기 있는 레온이 없었다면 그런 야심조차 꿈꾸지 못했을 겁니다."

　행크의 표정은 여전했다. 모른다기보다 모르는 척하는 것이라고 알은 짐작했지만 도통 속을 알 수 없는 자였다.

"그것을 운이라고 하지. 또는 기회라고 하는 것도 괜찮지. 여하간에 그대는 레온을 만났고 제대로 기회를 살려낸 셈이야. 어쩌면 그것도 자신의 능력일 수 있겠지."

행크는 잠시 말을 끊고 레온을 바라봤다.

"그대는 또 어떤가? 알을 만남으로 인해서 아무것도 얻지 못했는가? 귀족 사회와는 또 다른 삶을 겪어 나가면서 느끼는 생소함이나 변화가 있었겠지? 그리고 그것을 넘어 새로운 인간 관계에 점차 발전하는 자신을 깨달았을 거야."

한참 설교하듯 말을 꺼낸 행크는 머쓱한 표정을 지으며 입을 다물었다.

그러나 두 사람에겐 그다지 먹혀들지 않은 것 같았다. 그저 멍하니 그를 바라보며 그의 말을 되새길 뿐이었다. 물론 몇 번을 되새겨도 그다지 감동적이지 않았다는 것이 두 사람의 솔직한 심정이었다.

다만 알은 대공이 자신을 보고 싶어한다는 것이 의아할 뿐이었다.

"그럼 대공께서는 단순히 레온을 보기를 원하는 것이 아니란 말입니까?"

"엄밀히 따지면 그는 귀족이지, 그것도 타지의."

그렇게 대답하는 행크의 표정은 무척이나 괴로운 감정이 실려 있었다.

처음으로 감정을 뱉어내는 것이라 생각하면서도 알은 어디선가 이런 비슷한 표정을 봤다고 느꼈다. 그리 오래 생각할 것도 없이 얼마 전 렌베토의 표정이 이러했다. 대화 중에 대공에 대한 얘기가 잠깐 나왔을 때 렌베토의 표정과 꼭 같았다. 아쉬움, 괴로움, 분통 같은 것들을 복합적으로 담은, 그러면서 숨기려고 애쓰는 듯한 표정이었다.

'대체 대공에 대한 얘기가 나오면 왜 다들 이런 표정을……?'

궁금함이 치밀었지만 섣불리 묻지 못한 채 알은 입을 꾹 다물고 있었다. 대신 곁에 있던 수요가 명랑하게 말을 받아 떠들었다.

"그러고 보니 대공께서는 귀족들을 만나지 않는다고 알려져 있죠? 그것도 타 영지의 귀족이라면 더 더욱 불가능하고 말입니다."

수요는 팔을 들어 알의 어깨를 툭툭 쳤다.

"어이, 이봐. 대공께서 우릴 보고자 하는 건 결코 레온이 공작의 아들이기 때문은 아냐. 만약 그것뿐이었다면 절대 만나려고 하지 않았을걸. 그러니 기분 풀고 가보자."

"그게 더 이상하잖아? 우리 같은 평민을 무슨 볼일이 있다고 부르겠어?"

"상인이니까."

행크는 평소의 무심한 표정으로 돌아와 담담히 대답했다.

그 대답에 어떤 뜻이 담겨 있는지 쉽게 알아챌 수 없는 세 사람은 멍청히 그의 다음 대답을 기다렸다. 그러나 행크는 대답을 마친 후 몸을 돌려 다시 성으로 들어갈 뿐이었다.

"직접 경험해 보란… 건가?"

고삐를 틀어쥐며 알은 중얼거렸다.

이중으로 건축되어 있어 튼튼하게 보이는 성벽과 한 명의 문지기도 보이지 않는 이상한 성문을 지나서 윈저 성에 들어갔을 때 세 사람은 놀라운 광경을 목격할 수 있었다.

넓은 공터 한쪽에 굉장한 양의 밀이 쌓여 있었고 그 앞에 웃통을 벗어제친 수십 명의 사내들이 바쁘게 방아를 돌리며 밀을 찧고 있었다.

밀을 방아로 옮기는 사람, 방아를 돌리는 사람, 찧는 사람, 밀가루를 포대에 담는 사람, 밀가루 포대를 마차에 싣는 사람, 소리치는 사람, 명령하는 사람, 웃고 떠드는 사람, 술 마시는 사람… 넓은 공터가 이들의 활기에 의해 꽉 채워져 있었다. 그리고 이 놀라운 광경에 누구보다 레온과 수요는 입을 쩍 벌리고 있었다.

레온이 먼저 입을 열었다.

"아무리 봐도 저곳은……."

"연병장 같은걸?"

"너도 그렇게 생각하지?"

두 사람의 대화에 알도 깜짝 놀라 자세히 공터를 살폈다.

확실히 곳곳에 굵은 나무가 박혀져 있었고 한쪽엔 과녁도 설치되어 있었다. 그곳보다 더 큰 공터나 비슷한 넓이의 공터가 없다는 것도 이곳이 연병장임을 나타내는 중요한 단서였다. 하지만 지금 그 연병장에는 수많은 농부들이 밀을 추수해서 타작하는 모습만이 있을 뿐이었다.

"뭐, 뭐야? 어째서 연병장에서 타작을 하는 거야?"

세 사람이 기겁을 하며 동시에 소리쳤다.

"지금은 추수철이니까 보다 정확한 수확량을 계산하고자 성에서 하는 거지. 음, 물론 밀 밭에서 추수하는 것보다 손이 많이 가고 힘들긴 하지만 농민들도 좋아하고 있고 무엇보다 가을 축제를 대비한다는 생각이 가득하니까 말야."

"그런 말이 아니잖아요!"

알이 발끈해서 소리쳤다. 뭐라고 설명하기 힘들었지만 지금 이 풍경은 보통 사람이라면 생각할 수 없다는 것만은 알 수 있었다.

연병장이란 기사들의 수련을 위한 공터를 말했다. 낮은 직위라고 해도 기사는 엄밀히 귀족 계급에 속한 자들인데 그들만의 장소가 바로 연병장이 아닌가. 그런데 지금 숱한 농민들이 기사들의 공간을 침범해 마구 어지럽히고 있는 것이다. 이것이 명령이었다 해도 이해할 수 없다고 알은 생각했다.

선심 쓰듯 연병장을 빌려주는 기사들도, 덥석 연병장을 빌려 당당하게 타작하고 있는 농민들도 이해할 수 없었다. 무엇보다 이런 일을 서슴없이 벌이고 있는 이 성의 주인, 윈저 대공에 대해 당혹스러워졌다.

혼자 열을 내고 있는 알을 빤히 쳐다보던 행크는 머리를 긁적였다. 그리고 고개를 들어 연병장 안에서 타작하는 농민들을 물끄러미 쳐다본 후 중얼거렸다.

"확실히 이상한 풍경이야……."

"무, 무슨 대답이……."

기가 질린다는 듯 알은 말을 멈췄다. 더 물어봐야 그가 궁금증을 채워줄 것 같지도 않았고 무엇보다 행크는 다시 큰 저택을 향해 가고 있었다.

마차를 출발시켜 행크를 따라가면서 세 사람은 타작하는 농부들을 멍청히 바라봤다.

"대공이란 사람은… 어쩐지 대단한 사람인 것 같아."

수요가 조심스럽게 입을 열었다.


행크를 따라 저택에 들어선 후에 세 사람은 곧장 대공에게 안내되었다. 역사를 자랑하는 듯 수많은 초상화가 걸린 복도를 지나쳐 세 사람은 작은 홀로 안내되었다. 벽 하나를 가득 메운 장식장이 있었고 그 안에는 주인의 취미 생활을 반영한 듯 값비싼 그릇과 희귀한 식물이 늘어서 있다. 환한 창가 밑으로 마주 볼 수 있게 배치되어 있는 소파가 있었고 행크는 그곳으로 안내했다.

세 사람이 앉는 것을 지켜본 후에 행크는 잠시 머뭇거렸다. 원래대로라면 즉시 대공께 보고를 올려야겠지만 문득 세 사람의 몰골을 살핀 후에 망설임이 생겼다. 긴 여행에 먼지를 뒤집어쓰긴 했지만, 깨끗한 인상의 레온은 물론이거니와 이국적인 용모의 알도 크게 문제는 없었다. 다만 수요를 쳐다보고 주저하고 있는 중이었다. 도무지 씻은 흔적이라곤 찾아볼 수 없을 정도로 지저분한 머리에다가 때가 흐르는 얼굴을 대공께 보여드리기가 민망했다.

그러나 행크는 곧 한숨과 함께 세 사람에게 말했다.

"여기서 잠시 기다리도록 하시오. 대공 전하를 모셔오겠소."

어차피 대공이 만나는 사람들의 외모가 다 이러하다. 주름이 잔뜩 끼거나 기름기가 좔좔 흐르는, 어떻게 생각하면 평균보다 못한 외모를 늘 대하는 대공께서 수요 정도의 인상을 가지고 기분 나빠할 리가 없었다. 오히려 레온이나 알은 평균 이상의 외모이니 어쩌면 더 좋아할지도… 라고 행크는 애써 근심을 덜려고 애썼다.

행크가 나간 후에 세 사람은 말없이 자리에 앉아 있었다.

"귀족을 만나지 않는 분이 어째서 우리를 만나길 원하는 것일까?"

그때까지 꾹 참았던 질문을 던진 것은 레온이었다. 하지만 그 질문에 대답한 이는 한 명도 없었다. 사실 그들의 공통된 궁금증이었기 때문에 대답할 수가 없었다.

문득 알은 자신이 던졌던 질문에 행크가 답한 것이 생각났다. 그리고 그것을 그대로 레온에게 답했다.

"상인이니까."

“……”

잠시의 침묵이 흐른 후에 수요가 벌떡 몸을 일으켜 창가에 얼굴을 바싹댔다.

“음, 여기선 타작하는 모습이 정면으로 보이는군.”

“뭐, 뭐야? 내 대답이 불만있는 거야? 뭐 잘못된 거라도 있어? 분명 행크 경도 이렇게 답했단 말야.”

“그야 행크 경은 이유가 있어서 그렇게 말했을지 모르지만 그게 우리가 듣고 싶은 대답은 아니잖아? 대체 어느 귀족이 상대가 상인이라는 이유로 직접 초대를 하겠냔 말야? 안 그래, 레온?”

“그런 것 같아, 내 생각에도……”

쭈뼛거리며 레온도 긍정을 했다.

“그렇지만 그게 사실인데 어쩌지?”

어느새 문이 열렸는지 두 사람이 안으로 들어오고 있었다. 뒤에서 보좌하듯 따르는 자가 행크인 것으로 미루어 말을 건네며 당당히 들어선 자는 당연히 저스틴 윈저 대공이었다.

세 사람은 동시에 일어나 다가서는 대공에게 허리를 숙이며 예를 갖췄다. 그리고 고개를 들어 각자 눈동자를 굴리며 대공을 살피기 시작했다.

짧게 자른 녹빛의 머리칼을 7:3 정도로 가르마를 탔고 이마 위로 몇 가닥이 흐르고 있었다. 녹빛의 동글한 눈망울을 비롯해 뭉툭한 코, 턱 선도 동글동글하고 볼 위도 동글했으며 풍채도 동글, 약간 도톰하게 튀어나온 배마저도 동글한 느낌이었다. 그리고 그 동글동글한 모습은 무척이나 인심 좋은 아저씨 같다는 생각에 레온은 웃음을 참지 못하고 쿡 하고 웃었다.

대공이 초대한 것이라고는 해도 자연스럽게 다가와 자리를 권하는 모습, 위압적이거나 권위를 내세우기보다 편안하게 대하려는 모습에서 알은 무척 놀라고 있었다. 그는 전혀 위엄을 보이지 않았고 눈을 위아래로 훑으며 자신들을 살피지도 않았다. 똑바로 자신들의 눈을 쳐다보는 모습에서 당당함이 느껴졌지만 그건 결코 귀족이기 때문이 아니라 그만큼의 삶을 산 중년의 연륜이라고 알은 생각했다. 그리고 그런 모습은 감탄스럽기까지 했다.

둥근 눈매에 인상 좋은 얼굴을 지녔지만 녹빛 눈동자에는 기이한 빛이 흐르고 있었다. 낙천적이고 태평한 외모와는 달리 그 눈빛엔 강렬힌 열정이 내면 깊숙이 타오르는 것 같았다. 얼핏 그 불꽃을 봤다고 어기며 수요는 얼굴을 굳히고 새롭게 긴장을 하고 있었다.

세 사람이 각자 저스틴 윈저 대공을 평가하는 동안, 그는 홀을 가로질러 맞은편에 편안하게 앉았다. 그리고 곁에 와서 멈춰 서는 행크를 바라보며 동그란 눈을 뒤룩뒤룩 굴렸다.

"뭐 해? 자네도 앉게."

"네."

거부는 하지 않았지만 행크는 그다지 좋아하는 것 같지 않았다.

자신과 나란히 앉으란 모습에 대범함을 느끼며 세 사람은 행크의 눈치를 살폈다. 깡마른 사람들이 대개 그러하듯 원리 원칙을 고수할 것 같은 행크가 달가워하지 않을 거라고 짐작한 것이다.

그러나 기실 행크는 키가 크고, 그 큰 키가 보통으로 보일 정도로 통통한 대공과 나란히 앉음으로써 자신의 체구가 초라해 보이는 것이 싫었을 뿐이었다. 게다가 두 사람이 앉은 것치고는 소파가 무척이나 비좁은 것도 그가 대공과 앉는 것을 거려하는 이유이기도 했다. 하지만 반대 편에는 건장한 청년 세 명이 나란히 앉아 있으니 달리 수가 없어 행크는 대공이 시키는 대로 자리에 앉았다.

"내가 저스틴일세."

명랑한 목소리로 대답한 저스틴은 손을 뻗어 세 사람의 말문을 막았다.

"자자, 내가 맞춰보지."

저스틴은 세 사람을 번갈아 쳐다본 후 활짝 웃었다.

"야론 인의 모습에 야론 인의 복장. 그대가 알 베자스로군? 긴 머리를 그 정도로 손질한 것으로 미루어 귀족임을 짐작케 하는 그대는 레온 레스터, 그리고 더벅머리의 자네는 수요. 그렇지?"

"어떻게 저희들을 그리 자세히 알고 계십니까?"

조심스럽게 알이 물었다.

그러나 저스틴은 별거 아니란 듯 쾌활하게 웃었다.

"경쟁자에 대해 조사해 두는 것은 당연한 일이니까."

저스틴은 레온에게 얼굴을 바싹대며 궁금한 듯 물었다.

"그대가 윌리엄 공작의 오남인 레온이란 말이지? 검술 실력은 마스터 급, 가문에서도 최강, 페나인 역대 최강의 검술을 지녔다고 하던데? 솔직히 그 얘기를 듣고 무척이나 관심이 갔네. 그대와의 만남을 고대하고 있었지."

'역시!' 하고 알은 속으로 혀를 찼다. 그러나 내색하지 않은 채 지켜보자는 심정으로 물끄러미 저스틴을 바라봤다. 그 곁에서 레온은 난감한 표정을 지은 채 고개만 까닥이고 있었다.

"왜 상인이 되고자 하지? 그런 실력이면 앞으로 기사가 되어도 대접을 받을 수 있을 텐데 말이야?"

“…….”

뭐라고 대답을 해야 할지 레온은 막막했다. 자신이 호기심을 자극하는 존재라는 불쾌감보다 ‘뚜렷하게 상인이 되어야 할 이유’를 밝힐 수 없다는 답답함이 더 신경 쓰였다.

“그냥 상인이 좋아서요…….”

그는 그저 조그만 목소리로 겨우 대답했다.

“물론 상인이란 좋은 것이지. 앞으로는 상인들의 세상이 될 테니까. 아, 나에게도 형제가 있었다면 만사 제쳐 놓고 자네처럼 세상을 떠돌며 장사를 할 텐데 말야.”

“내공 전하!”

저스틴의 말에 행크가 발끈하며 소리쳤다.

“알았어, 알았어. 그냥 내 생각이 그렇다는 것뿐이야.”

저스틴은 알과 레온을 번갈아 쳐다보며 어깨를 으쓱했다.

“형제가 없는 데다가 보다시피 내 밑에 녀석들이 대거 반대를 하기 때문에 어쩔 수 없는 형편이지.”

“대, 대공께서는… 지금 상인이 되고 싶다고 하신 겁니까?”

믿을 수 없다는 듯 알이 반문했다.

“물론이지. 상인은 훌륭한 일이니까. 미래를 생각한다면 더 더욱.”

단언하는 저스틴을 바라보며 알은 속으로 경악을 지르고 있었다. 그리고 어렴풋이 깨달을 수 있었다. 저스틴 대공은 자신들을 경멸하거나 호기심으로 대하는 것이 아니라 진심을 담고 있다는 것을, 자신이나 레온에게 있어 어쩌면 중요한 조력자를 만난 것임을, 그렇게 중요한 자리라는 것을 깨달았다.

저스틴은 다시 레온을 쳐다보며 물었다.

"그저 상인이 좋다고 생각하는 것뿐인가?"

"음, 꼭 상인이어서는 아니지만, 여행을 할 수 있다는 것이 좋아요."

대답이 만족스럽지 않았는지 저스틴은 약간 이마를 찌푸렸다. 그러나 인상이 좋은 탓에 그것은 그것 나름대로의 독특한 미소처럼 보였다.

"그럼 미래에 대한 구체적인 계획도 없이 무작정 상인이 되었단 말인가?"

"아, 네……."

다소 책망하는 어조에 레온은 움츠러들며 대답했다.

"그것참… 난 자네가 기사의 길을 포기하고 상인이 되었기에 뭔가 큰 결심을 했을 거라고 생각했는데 그저 여행이 좋아서였다니. 이건 영락없는 그 나이에 있음직한 반항이 아닌가?"

저스틴은 허리를 펴서 의자에 기대며 중얼거렸다. 문득 턱을 매만지며 고개를 갸웃거렸다.

"그렇게 불분명한 이유인데도 윌리엄 공작이 잘도 상인이 되는 것을 허락했군. 내가 알기론 그분께서는 꽤나 완고한 사람으로 알고 있었는데 말이야."

"…의절당했는데요……."

개미 목소리로 레온은 대답했다.

그 대답이 또 재밌었는지 저스틴은 낄낄하고 웃었다. 당연하다고 생각했는지 연신 고개를 끄덕이면서 말이다.

"윌리엄 공작을 잘 아세요?"

알의 질문에 대공은 웃음을 그쳤다. 그리고 입매를 살짝 말아 냉소를 띠며 고개를 끄덕였다.

"이래 봬도 소시 적에는 궁정에 있었으니까 대영주들은 한두 번씩다 봤지. 물론 지금도 여러 소식을 접하고 있으니까 그들에 대해서 파악하는 것은 어렵지 않네. 윌리엄 공작이 수도에 올라올 수 있었던 것도 따지고 보면 내가 퇴진함으로 인한 공백을 메우기 위해서였으니 모른다고 말할 수야 없지."

저스틴은 슬쩍 레온을 쳐다본 후에 덧붙였다.

"물론 윌리엄 공작은 군사적인 면으로 페나인에 몇 안 되는 전략가이기도 하지만 말이야."

"대공께서는 궁정에 계셨을 때에 탁월한 지도력과 통솔력을 지녔다고 다들 말하던데 어째서 퇴진하신 겁니까?"

수요의 질문이 의외였는지 저스틴은 눈을 동그랗게 떴다.

"그런 얘기는 어디서 들었나?"

"아… 저는 전에 서기로 일했었는데 그때 귀족 분들이 얘기하는 것을 얼핏 들었습니다."

"그랬나? 퇴진한 지 이십 년도 더 된 것 같은데 아직도 내 얘기를 하다니, 수도의 귀족들도 되게 하릴없는 모양이군."

저스틴은 소파의 팔걸이에 몸을 기대며 한숨과 함께 천장을 지그시 쳐다봤다. 그리고 천천히 고개를 숙여 모두를 둘러보며 입을 열었다.

"난 부모님이 일찍 돌아가셨네. 내가 대공의 작위를 물려받은 것이 열다섯으로 지금부터 28년 전이지. 열다섯의 나이에 대공이라니, 굉장한 파격이긴 했지만 사실 따지고 보면 뭣 모르고 설치는 철부지가 최고 작위를 받은 것과 다를 바 없었어."

"그렇지 않습니다, 대공 전하!"

행크의 반박이 이어졌지만 저스틴은 손을 뻗어 그의 입을 단숨에 막아버렸다. 그의 커다란 손바닥에 안면을 잡힌 행크는 곧 캑캑거렸지만 저스틴은 개의치 않고 다시 말을 이었다.

"어쨌든 난 별로 대단할 게 없었고, 정치에 있어 나란 존재는 필요하지 않다고 판단했기에 과감히 퇴진한 거였네. 그리고 지금에 와서 다시 생각해 봐도 그건 분명한 사실이야."

"대, 대, 대……."

몇 번이나 외치려고 몸부림을 치는 행크를 저스틴은 슬쩍 몸을 기울이는 것으로 막아냈다. 이제 행크는 저스틴에게 깔려서 숨 쉬는 것조차 버거운 모습이었다.

모른 척 그를 외면하며 세 사람은 저스틴만을 주시할 뿐이었다.

"대공께서 필요치 않은 존재라니……! 어째서 그렇게 생각하시죠?"

"깊이 알아봐야 좋을 것도 없고… 그런 게 있네."

"대공께서는 이 나라에서 가장 높은 작위를 지닌 분이 아닙니까? 그런 분이 솔선수범해서 나라를 위해야 하는 거 아닌가요? 어째서 필요치 않다고 하시며 직무에서 도망치려는 것인지 이해할 수 없습니다!"

수요의 외침에 홀은 정적이 흘렀다.

알과 레온의 '너, 왜 그래?' 하는 당황과 행크의 '잘했어!' 라는 동의, 무엇보다 저스틴의 작아진 눈동자가 불쾌하게 빛을 냈다. 몸을 바로잡으며 저스틴은 근엄하게 물었다.

"자네는 귀족도 아니면서 정치에 대해 잘 아는 것 같군? 꽤나 민감하게 반응하는 모습인걸?"

'아차' 싶었는지 수요가 움찔하며 서둘러 변명했다.

"아무래도 귀족들 밑에서 일하다 보니까 많이 알게 돼서요. 주제넘게 나섰다면 죄송합니다."

"음, 자네가 잘못됐다는 것은 아냐. 사실 나라의 정책을 결정하는 것

이 귀족들만의 권리는 아니니까 평민인 자네가 관심을 갖는 것은 분명
좋은 현상이지."

그렇게 대답하며 저스틴은 고개를 숙인 채 생각에 잠겼다. 뭔가 답
답하다는 듯한 모습이었기에 모두들 입을 다물었다. 곁에 있는 행크의
표정도 그리 밝지 않은 것이 아마도 저스틴의 고민을 알고 있는 듯했
다.

"현 페나인의 가장 큰 문제점이 뭐라고 생각하나?"

"네?"

갑자기 고개를 들며 묻는 말에 수요는 깜짝 놀라 반문했다. 전혀 생
각해 보지 않았었는지 수요는 머리를 긁적일 뿐 쉽게 대답하지는 못했
다. 저스틴은 굳어진 얼굴로 자신의 질문에 자신이 대답했다.

"귀족들의 권한이 너무 크다는 거야."

"네?"

"페나인은 원래 여섯 가문이 합쳐져서 세워진 나라야. 소영주들이
국왕의 명령보다 대영주의 명령에 우선하는 것도 여기에서 유래되는
것인데, 그렇게 되어선 왕권이 너무 약화되고 말아. 왕권의 약화는 국
력의 약화와 직결되는 것이고 타국과의 경쟁에서도 밀리게 되지. 그
래도 귀족의 이익이 줄어드는 건 아니니 결국 힘든 것은 국민들일 뿐
이지."

잠시 말을 끊고 한숨을 쉰 저스틴은 팔짱을 끼며 모두를 둘러봤다.

"왕권을 강화하는 것, 그것이 앞으로 페나인이 살아남는 길일세. 그
리고 왕권을 강화하기 위해선 대영주들의 발언권을 약화시켜야 하지.
대영주들이 합치는 것을 막아야 하며 영지 간의 경계선도 허물어야
해."

"그, 그건 불가능해요!"

수요가 놀라 벌떡 몸을 일으키며 외쳤다.

저스틴의 '영지 간의 경계선을 허문다' 는 발언이 얼마나 엄청난 것인지 알고 있었기 때문이었다. 분명 소영주들, 즉 귀족들을 왕이 직접 관리한다는 뜻으로 수요는 이해했다. 파격적인 생각이었지만 그만큼 반발도 심할 것이 틀림없었다.

"불가능하다? 그렇게만 생각하나?"

"대공께서 중앙으로 진출하지 않는 이유가 여기에 있네."

곁에 있던 행크가 나섰다. 아마도 그는 저스틴의 의견에 대해서 이미 오래전부터 알고 있었던 듯싶었다.

행크의 말 덕분에 세 사람은 곧 알아챌 수 있었다. 저스틴 대공이 자신의 생각을 관철하기 위해서 수도에 들어가지 않는다는 것을. 확실히 수도에서 윈저의 영향력은 현저하게 약했다.

"그래도 윈저의 귀족들은 여전히 대공의 말을 가장 비중있게 생각하잖아요?"

수요의 질문에 저스틴은 고개를 끄덕였다.

"그야 당연하지. 갑자기 모든 것이 뒤바뀌면 혼란만 가중될 뿐이니 사실 내 이론도 지금 당장 써먹을 수는 없지 않겠나? 무엇이든 조금씩 천천히 바뀌며 익숙해지는 것이 가장 좋네. 귀족들의 권한도 서서히 축소시켜 나가야겠지. 그렇지 않으면 반발이 심해서 반란이 일어날 수도 있으니까."

"국왕의 권한이 너무 커져서 폭군이 되면 어떡하죠?"

궁금한 듯 알이 물었다.

그러자 저스틴은 손으로 무릎을 치며 크게 웃었다.

"귀족이 약화됨으로 인해서 왕권이 강화되는 것은 맞지만, 그렇다고 폭군이 될 가능성은 거의 적을 걸세."

"어째서 말입니까?"

"지지 계층이 가만있지 않을 테니까."

세 사람은 눈을 동그랗게 뜬 채 그를 쳐다봤다. 생소한 내용인지라 무슨 뜻인지 전혀 몰랐기 때문이다.

저스틴은 수요를 쳐다보며 물었다.

"혹시 귀족의 기반이 무엇인지 알겠나?"

잠시 생각하던 수요가 눈빛을 반짝이며 대답했다.

"혹시 농노를 말씀하시는 겁니까?"

"맞네. 자신의 영지에서 얻어지는 부는 자유민보다 농노에 의한 것이 더 큰 법이지. 그리고 그것이 곧 귀족의 힘으로 직결되는 것이네. 농노는 자신들의 이권을 잃은, 말 그대로 노예들. 귀족의 권한을 제한할 힘은 전혀 없지."

저스틴은 곧 검지를 펴서 흔들며 유쾌하게 말했다.

"하지만 왕권의 지지 계층은 자신들의 이익을 위해서 국왕을 지지하는 것이니 국왕의 독재는 이루어지지 않겠지."

이렇게까지 말하니 별로 관심없던 알이나 레온도 국왕의 지지 계층이 누굴 지칭하는지 궁금해졌다.

"혹시 상인들을 말하는 건가요?"

알의 질문이었다.

저스틴이 '앞으로 상인들의 시대가 올 것이다' 라고 얘기했다는 것은 모두 알고 있었다. 혹시 이것을 염두에 둔 발언이 아닐까 알은 생각했다. 그러나 저스틴은 이내 고개를 저으며 단호하게 말했다.

“정확하게는 자유민이지.”

“자유민?”

“자유민은 소수잖아요? 그들이 국왕을 지지한다고 해서 크게 달라질 것은 없을 텐데요?”

“귀족의 권한을 축소한다는 것은 농노를 해방하여 축소시킨다는 거야. 즉, 그들의 지위를 격상하여 자유민으로 만드는 것이지.”

빙그레 웃으며 대답하는 저스틴의 모습을 수요는 멍하니 쳐다보고만 있었다. 그리고 혼잣말처럼 중얼댔다.

“농노의 해방에 의한 왕권 강화… 놀라운 발상이군요.”

“현실적으로 지금 당장은 어렵겠지만 차츰 해나가야겠지.”

“그렇지만 귀족들이 그렇게 하도록 내버려 둘 리가 없잖아요?”

“물론 그래.”

저스틴은 고개를 끄덕이고 대견한 듯 수요를 쳐다보며 웃었다.

“자네는 꽤 수준이 높군. 대개 이 정도까지 깊이 있게 정치를 논하는 사람은 그렇게 많지 않은데… 귀족 중에서도 말이야.”

잠시 말을 끊고 생각에 잠기던 저스틴은 행크를 돌아봤다.

“그 녀석이 생각나는군.”

“노만 말입니까?”

“그래.”

저스틴은 손을 들어 한 가지 제안을 했다.

“나중에 이 친구를 노만에게 데려가게. 둘이 서로 얘기할 게 많을 것 같군.”

“그렇게 하겠습니다.”

노만이 누군지 몰랐지만 수요는 잠자코 있었다. 대공이 해를 끼칠

리는 없을 테니 분명 자신에게 도움이 될 것이라 여겼다.

수요가 조용히 생각에 잠기자 저스틴은 알과 레온을 번갈아 쳐다봤다. 이윽고 그의 시선이 알에게 머물며 잠시 시간을 두고 입을 열었다.

"자네는 대단한 친구더군."

"네?"

칭찬인지 놀림인지 쉽게 분간할 수 없는 말에 알은 당황하였다. 그러나 다음 말에 대공이 건넨 말에 칭찬하는 것임을 짐작했다.

대공은 계속 말했다.

"두 달 만에 레스터의 상권을 장악한 것이 대단해서 하는 말이네."

레온이 소리쳤다.

"우리 상회가 드디어, 드디어 레스터를 손에 넣은 건가요?"

레온은 알을 얼싸안으며 기뻐했다.

"바론이 해낸 모양이야!!"

"그렇군."

알도 크게 내색은 안 했지만 기쁘긴 마찬가지였다.

"하지만 공작부의 지원을 받으면서 해낸 것이니 바론 혼자 힘이라고는 할 수 없잖아."

"그래도 대단하잖아!"

"그렇지."

두 사람의 기뻐하는 모습을 보며 의아해하던 저스틴은 곧 눈치를 챘다.

"아, 그렇군. 자네들은 타지에 있는 상황이라 현재 레스터에 대해 전혀 모르고 있군?"

"네, 그렇습니다."

대답하던 알의 안색이 굳어졌다. 방금 전 저스틴의 말을 미루어 짐작컨대 그는 이곳에 앉아서도 레스터의 상황을 손바닥 보듯 훤히 알고 있음이 분명했다. 그걸 눈치 채고도 기분 좋게 웃을 만큼 알은 교활하지 못했다.

"궁금한가?"

"네?"

"레스터의 상황 말이네."

"네, 네. 떠난 지 오래여서 궁금합니다."

"으음, 레스터 북부는 레첸 마을을 제외하면 원래 상권이 약했던 만큼 금세 장악되었네. 남부 역시 어렵지 않게 장악할 수 있었지. 바론이란 녀석도 꽤나 수완이 좋더군. 자네는 좋은 부하를 거두었어. 그것도 분명 복이겠지. 우리 윈저에도 대상이 몇 명되지만 이렇게 빠른 시간에 전 지역에 영향력을 행사할 정도로 급성장하지는 못할 거야."

"분석한 자료에 의하면 첫째, 하이렌 백작의 적극적인 지원이 있었고 둘째, 포란 자체가 레스터 상권의 중심지였다는 점이 가장 큰 요인으로 파악되었소."

"하이렌 경이 없었다면 불가능했다는 말로 들리는군요."

알이 퉁명스럽게 말했지만 행크는 진지하게 답변했다.

"시간이 좀 더 걸리고 다소의 반발이 있었겠지만 바론이라면 능히 해낼 수 있었을 거라고 판단하네."

행크로서는 그동안 조사한 자료를 바탕으로 한 말이었지만 알에겐 '바론은 할 수 있고 알은 할 수 없다' 라고 들렸다. 그는 내심 크게 불쾌하여 딱딱하게 물었다.

"저는 할 수 없었을 거란 말입니까?"

말투에 불만스러움이 흐른다는 것을 파악한 행크는 어찌할지 몰라 잠시 저스틴을 쳐다봤다. 저스틴이 짧게 고개를 끄덕이자 행크는 헛기침으로 목을 가다듬으며 다시 대답했다.

"솔직히 말하면 우린 자네의 능력에 대해 전혀 모르네. 원래 레스터의 상권은 포란을 장악하는 자가 차지할 가능성이 가장 높았고, 몇 달 전까지만 해도 여기에 해당하는 사람은 바론이었으니까. 우린 바론에 대해선 나름대로 철저하게 조사해 왔지만 자네는 예외였지. 우리로서도 레온이라는 변수가 삭용해 자네가 급성장할 것이라곤 예측하시 못했으니까. 하지만 두 사람은 만났고 결국 레스터는 큰 변동을 맞이해 지금과 같은 형태가 된 것이지."

행크의 말을 듣는 동안 알의 머리 속이 차갑게 식었다.

자신이 바론보다 못한 평가를 받고 있다고 비탄해할 일이 아니란 생각이 들었던 것이다. 지금 행크의 말은 아주 오래전부터 바론을 지켜봐 왔다는 것을 의미했고 레스터의 상권을 분석하고 있음을 시사했다. 나와 있다고 해도 자신은 레스터의 상인이었으며 앞으로 레스터를 책임져야 했다. 감정에 치우쳐 대사를 그르칠 수는 없다.

"말씀을 들어보니 꽤 오래전부터 조사하신 것 같은데, 그 목적은 무엇입니까?"

알의 목소리가 착 가라앉았다.

저스틴과 행크의 눈빛이 순간 빛을 내며 서로 눈빛을 교환했다. 그들로서도 젊은 알이 일순간에 자신의 감정을 정리하고 냉철하게 상황 분석을 하려는 자세에 대해서 크게 놀라고 있는 중이었다.

"레스터든 윈저든… 어디에나 상인은 있게 마련이니까."

"……?"

무슨 말인지 앞뒤로 재며 계산을 하는 알의 표정을 지켜보며 저스틴은 실소를 했다.

"너무 어렵게 생각하지 말게. 하나만 생각하면 되지. 상인이란 원래 이익을 추구하는 자라는 것 말이야. 서로 경쟁을 할지언정 더 큰 이익을 눈앞에 두고 있다면 서로 협력하는 것은 당연하지 않은가?"

"그 말은… 대공께서는 저를 레스터의 대상으로 인정하고 있다는 뜻입니까?"

"그게 사실이니까."

저스틴은 고개를 끄덕였다.

"우린 서로 여러 가지 얘기를 할 수 있을 거야. 물론 도움이 되는 방향으로 말야."

"어떤 도움을 말입니까? 말씀하신 대로 상인이란 서로 경쟁을 하는 것 아닙니까?"

"더 큰 이익과 목적을 위해서 타협을 하는 것도 상인의 자세지."

"더 큰… 이익과 목적?"

"말했을 텐데?"

저스틴은 아직도 생각에 잠겨 있는 수요를 슬쩍 가리키며 말을 이었다.

"상인의 권리를 최대로 하기 위해서는 귀족의 권한을 낮추고 국왕을 지지하는 것이 가장 바람직하지. 그것을 이해하고 있다면 같은 상인끼리 경쟁과 더불어 타협이라는 것을 이루어낼 필요가 있지 않겠나?"

“하지만……”
이해했다기보다 상대가 대공이라는 것에 알은 주저했다.
“대공께서는 상인이 아니지 않습니까?”
“대공이기 이전에 이 나라를 걱정하는 사람이지.”


〈4권으로 이어집니다〉

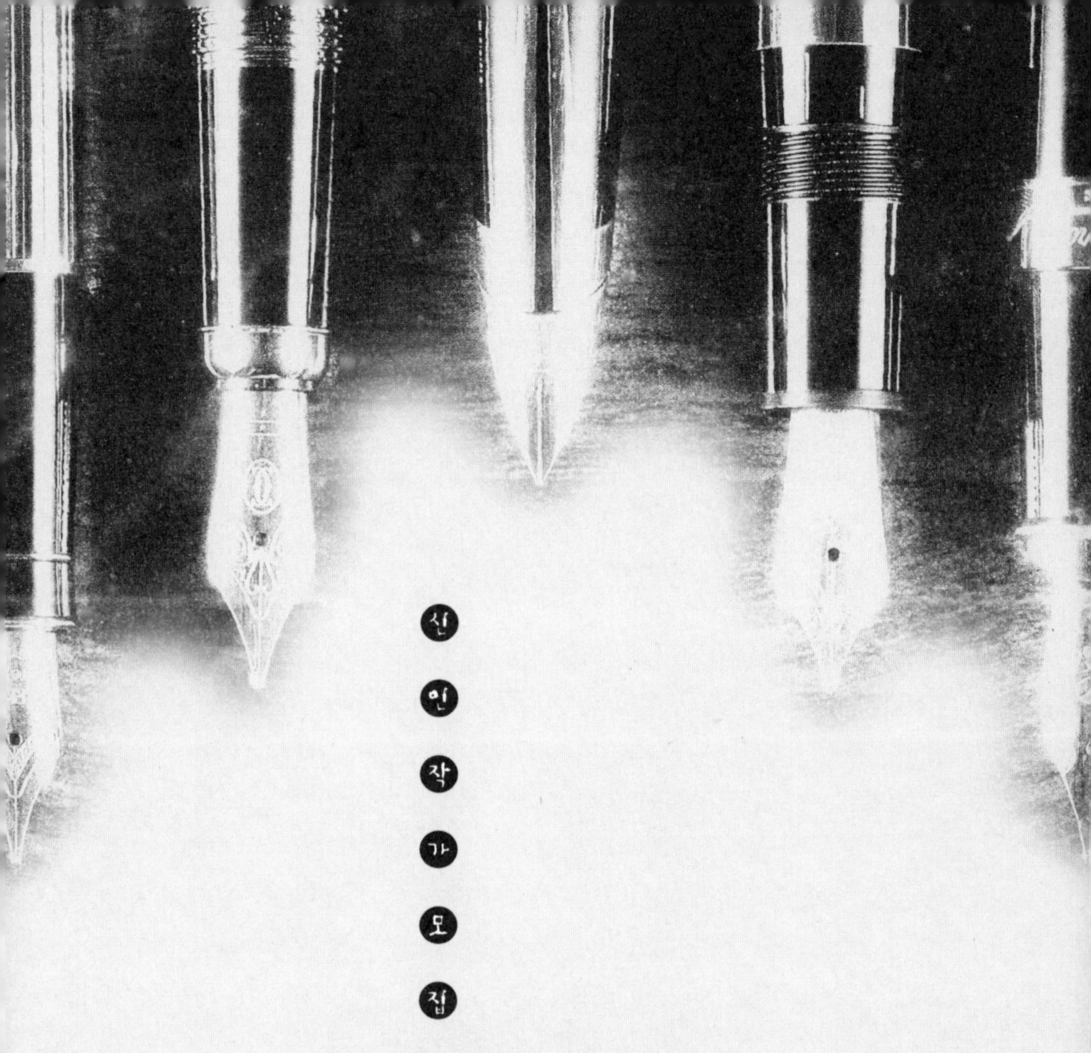